Commissaire Laviolette liebt Trüffel-Omelettes. Doch in den Eichenwäldern rund um das Dörfchen Banon gedeihen nicht nur die köstlichen Trüffel, sondern dort treibt sich auch eine geheimnisvolle Gestalt mit schwarzem Schleier herum. Als kurz nacheinander fünf junge Leute verschwinden, ist es mit der Ruhe im Dorf vorbei. Commissaire Laviolette wird mit den Ermittlungen betraut und reist nach Banon. Doch noch bevor er richtig angekommen ist, wird in einer Kühltruhe im örtlichen Hotel einer der Verschwundenen tot aufgefunden. Nun hat Laviolette erst recht keine Zeit mehr, sich mit einem alten Freund zu treffen, der ihm aufgeregt über den Diebstahl eines alten, sehr kostbaren Buches erzählen will. Ein verhängnisvoller Fehler, wie sich herausstellen wird …

Pierre Magnan (1922 – 2012) war ein französischer Schriftsteller, der vor allem durch die Figur des Kommissar Laviolette bekannt wurde. Er hat zahlreiche Romane veröffentlicht, von denen mehrere in Frankreich und anderen Ländern preisgekrönt, in zahlreiche Sprachen übersetzt und verfilmt wurden.

Irène Kuhn ist eine französische Germanistin, Dozentin, Übersetzerin und Schriftstellerin. Sie wohnt abwechselnd in der Provence und in München.

Weitere Informationen finden Sie unter www.fischerverlage.de

PIERRE MAGNAN

Laviolette auf Trüffelsuche

Ein Kriminalroman aus der Provence

Aus dem Französischen
von Irène Kuhn

FISCHER Taschenbuch

Aus Verantwortung für die Umwelt hat sich der S. Fischer Verlag zu einer nachhaltigen Buchproduktion verpflichtet. Der bewusste Umgang mit unseren Ressourcen, der Schutz unseres Klimas und der Natur gehören zu unseren obersten Unternehmenszielen.

Gemeinsam mit unseren Partnern und Lieferanten setzen wir uns für eine klimaneutrale Buchproduktion ein, die den Erwerb von Klimazertifikaten zur Kompensation des CO_2-Ausstoßes einschließt.

Weitere Informationen finden Sie unter: www.klimaneutralerverlag.de

FSC www.fsc.org
MIX
Papier aus verantwortungsvollen Quellen
FSC® C083411

2. Auflage: Juni 2021

Erschienen bei FISCHER Taschenbuch
Frankfurt am Main, April 2021

Die französische Originalausgabe erschien unter dem Titel
»Le commissaire dans la truffière« bei Librairie Arthème Fayard, Paris.

Druck und Bindung: CPI books GmbH, Leck
Printed in Germany
ISBN 978-3-596-70560-3

Meinem Freund Maurice Chevaly

~ 1 ~

«NUN mach schon, Roseline! Noch eine! Los, grab mir noch eine aus!»

Einen Grashalm zwischen den Lippen, den Kopf in die Hand gestützt, lag Alyre Morelon auf der Seite und sprach schmeichelnd auf Roseline ein. Und mit ihrer Zunge, die nach frischer Trüffel duftete, leckte ihm Roseline zärtlich den Bart. Zugleich stieß sie kurze, zufriedene Grunzlaute aus.

«Na los, Roseline! Stell dich doch nicht so an! Nur noch eine! Du holst mir noch eine raus und dann gehen wir nach Hause!»

Doch Roseline ließ sich bitten. Sie versetzte ihm lauter kleine Stöße mit dem Kopf, die besagen sollten: «Nun komm schon! Lass uns heimgehen! Du hast genug für heute! Deine Augen sind größer als dein Magen!»

Alyre betrachtete seinen Korb und seufzte. Er enthielt kaum vier Kilo, und am Samstag wollte der Aufkäufer zehn von ihm haben.

«Du bist eine dicke, faule Sau!», sagte er. «Mit dir red ich nicht mehr!»

Und er drehte sich auf die andere Seite. Da seufzte Roseline ihrerseits, auf ihre Art. Sie schnüffelte ein wenig um den Baum herum. Es war, was eher selten vorkommt, mitten im Trüffelhain aus jungen Eichen, ein Mandelbaum mit spiralig gewundenem Stamm, der so aussah, als hätten ihn die muskulösen Hände einer Waschfrau ausgewrungen. In dieser Gegend der Voralpen findet man solche geheimnisvollen Stämme mit schraubenförmigen Rindenfalten, die um ihre Achse herum erstarrt sind und wie vom Himmel angesogen aufwärts wachsen. Die Trüffel ist launisch: Man glaubt, sie am Fuße eines schönen, jungen Baumes im fein säuberlich geharkten Boden zu finden, aber nein, sie erwartet einen unter dem struppigen Durcheinander eines knorrigen Wacholders oder unter einer zweihundert Jahre alten Eiche, wo man angeblich noch nie eine herausgeholt hat. Sie erwartet einen… Sie erwartet einen, wenn man eine Roseline zur Verfügung hat!

«Krrk!»

Das war der «Ruf». Ein unnachahmlicher Ruf. Eher wie ein heller Schnarrlaut. Mit einem Satz war Alyre über ihr, bückte sich und beförderte die Trüffel in den Korb. Bestimmt war sie fast fünfzig Gramm schwer.

«Ach, bist du ein braves Mädchen! So ein braves Mädchen! Ja doch, Madame, wirklich!»

Er kniete sich dicht neben sie, küsste die Sau zweimal auf ihre dicken, seidenweichen Backen, und Roseline war so froh, ihm den Gefallen getan zu haben, dass sie ihn mit einem kleinen Schwenk des Hinterteils umschubste; worauf sie beide eng umschlungen, lachend und grunzend, über diesen segensreichen krümeligen Boden rollten, der halb aus Luft und halb aus Erde bestand und der ihre Goldmine war.

«Du Luder, du! Pass doch ein bißchen auf, du zerdrückst mich ja!»

Er stand wieder auf und ergriff den Korb. Die Luft roch von weit her nach heißer Suppe. Es war Zeit. Duftschwaden kamen vom Dorf herab, die zur Rückkehr aufforderten.

Sie gingen hintereinander her und erreichten den Rand des Eichenwäldchens. Die weiße, wie ausgestorbene Straße führte aufwärts nach Banon.

«Warte, Roseline, ich will dir doch noch dein Halsband ummachen, wegen der Autos...»

In Wahrheit war dieses Halsband ein rosa Seidenbändchen, das einst um die große Schokoladenglocke gebunden gewesen war, die Alyre seinem damals achtjährigen Sohn geschenkt hatte. Und dieser Sohn liebte Roseline ebenso wie Alyre, verdiente sie ihm doch mindestens die Hälfte seines Studiums in Paris. Eines Tages hatte er das Seidenband, auf dem sich schon lange die Fliegen tummelten, vom Rahmen des Spiegels in seinem Zimmer abgenommen und zu seinem Vater gesagt: «Hier, das kannst du ihr um den Hals binden..., bis ich sie wiedersehe.»

Das Halsband, an dem eine schlichte Schnur befestigt war, gab es nur der Form halber, denn Roseline, die sich wahrscheinlich ihres Marktwertes bewusst war, wich niemals vom Straßenrand ab.

Niemals... Nun ja, seit dem letzten Sommer kam es doch zuweilen vor, dass sie plötzlich durch die Eichen brach oder geradewegs unter das Laubdach der Lorbeerbäume raste. Und ausgerechnet an diesem Abend...

«Roseline! Du bist verrückt! Was machst du denn?»

Sie hatte ihm gerade mit einem heftigen Ruck die Strippe aus den Händen gerissen. Sie floh in Richtung jenes Lorbeerdickichts, das im Abendwind wie flüssige

Bronze schimmerte und dessen Zweige klirrten wie die Lanzen einer marschierenden Armee. Die Bäume waren 1956 erfroren. Einige hatten unten am Stamm neu ausgetrieben, die anderen von den abgestorbenen Ästen aus. Alle diese Neutriebe ragten steif wie Reisigbesen gen Himmel, Spitze an Spitze, und schüttelten die Trauerschellen ihrer giftigen Früchte.

Alyre holte Roseline am Waldrand ein. Dort blieb er einen Moment lang stehen.

Wie jedes Mal, wenn er sich am Saum des Lorbeerwäldchens aufhielt, kam es ihm vor, als wäre die Luft mit irgendeiner neuen Merkwürdigkeit durchsetzt. Auch schien ihm, als sei tief im Gestrüpp ein großes, dunkles Auto versteckt. Was tat es dort, abseits jedes befahrenen Weges? Nun, wenn man an allem und jedem hätte Anstoß nehmen wollen…!

Sie gingen weiter, eines das andere ziehend und beide vor sich hin grummelnd. An der mit dürrem Gras bewachsenen Böschung, wo er sie abgestellt hatte, nahm Alyre seine Ausbeute wieder an sich. Um den unangenehmen Eindruck zu zerstreuen, der seinen Optimismus erschüttert hatte, hob er den Korb hoch, um tief den Duft einzuatmen. Seit über vierzig Jahren grub er Trüffeln aus und nie hatte er sich an diesem Aroma satt gerochen.

Die ersten Trüffeln des Jahres verkaufte er nie. Trotz des Protestgezeters von Francine verschloss er sie drei Tage lang zusammen mit sechs nestfrischen Eiern in einem luftdichten Gefäß. Durch die Poren der Eierschalen hindurch schwitzten die Trüffeln ihren Duft, der das Eiweiß und den Dotter durchdrang. Ein subtiler Austausch fand statt, Trüffel und Ei vereinigten sich zu einem neuen, wie eigens geschaffenen Naturwesen. Es war ein Fest des Wohlgeruchs und Wohlgeschmacks, wenn an einem stürmischen Abend das noch nicht ganz gare Omelett auf dem Tisch erschien, während der gemütlich bullernde Herd einem den Rücken wärmte.

Jetzt trottete Roseline am Straßenrand durch den Staub dieses trockenen Spätherbstes.

Roseline war die einzige Sau in der ganzen Gegend, der das Glück widerfahren würde, an Altersschwäche zu sterben. Niemals würden ihre mächtigen Schenkel mit Salz eingerieben werden, um den Salpeter aufzunehmen und zu Schinken zu werden. Niemals würde ihr Speck zu Grieben ausgelassen werden. Roseline war eines jener äußerst seltenen Schweine, die die Trüffeln ausgraben, ohne sie zu fressen, außer natürlich, wenn man ihnen eine zur Belohnung gibt. Wobei man es allerdings nicht übertreiben darf, will man nicht ihren Spürsinn zerstören, denn ähnlich wie ein Säufer ein für allemal unfähig ist, einen Château-Latour von einem Château-Haut-Brion zu unterscheiden, so hätte Roseline, wäre sie zu sehr mit Trüffeln verwöhnt worden, sie schon bald nicht mehr unter der Erde ausfindig machen können.

Den Hals mit dem rosa Seidenband geschmückt, trabt Roseline in Richtung Trog, wo die warme und lecker nach der Sommerernte duftende Mischung aus Kleie und gekochten Kartoffeln auf sie wartet: ein Genuss für alle Schweine dieser Welt…

~ 2 ~

DURCH die Toreinfahrt gelangte man in einen quadratischen Hof: auf einer Seite die Hühner und nach Süden hin die Kaninchenställe. Ein Geruch nach zerkautem Gras schwebte unter dem Gewölbe des Schafstalls, in dem sich die Wärme der Herde staute. Der große Wohnraum lag im ersten Stock unter dem Vordach der gedeckten, von einem rechteckigen Pfeiler gestützten Terrasse.

Seinen Korb am Arm, streifte Alyre seine Schuhe ab und erklomm leichten Schrittes die Außentreppe. Er zog den Rahmen mit dem Fliegengitter zu sich her und öffnete die Glastür.

Francine holte gerade die mit Käse überbackene Zwiebelsuppe aus dem Ofen. Auf dem gedeckten Tisch stand der dunkle Wein bereit, ein Verschnitt aus Alicante und Jacquez, der verbotenen Rebsorte. Aber es war ein uralter Weinberg, und Francine war stellvertretende Bürgermeisterin. So drückte man bei den Rebstöcken, die seit langem hätten ausgerissen werden müssen, ein Auge zu.

Der Schäfer saß bereits am Tisch; er hielt Messer und Gabel in der Faust, Zinken und Spitze nach oben gerichtet, wie es sich gehört, und bedeutete mit seiner ganzen stämmigen Gestalt: «Na und, wird's bald?» Die drei Hunde unter dem Tisch warteten darauf, sich die Überbleibsel des Festessens zu schnappen.

«Schau dir den an, nicht für Geld und gute Worte würde der mir zur Hand gehen!» Mit energischem Finger zeigte Francine auf den Schäfer.

«Sie haben mir gesagt, dass ich zu ungeschickt bin.»

«Das kann man wohl sagen!»

Der Schäfer hieß Pascal, er war der einzige Sohn einer wohlhabenden Familie, die er verlassen hatte, weil seine Mutter seinen Vater betrog. Er war wortlos gegangen und hatte das Geheimnis für sich behalten. Er war neunzehn Jahre alt. Fast jeden Samstag lief ihm seine Mutter bis auf die Weiden hinterher und flehte ihn an:

«Aber warum? Warum nur? Du hattest doch alles, was du wolltest! Dein Vater und ich haben dir jeden Wunsch von den Augen abgelesen!» Sie sprach gegen eine Wand. Pascal antwortete nie und ging seiner Arbeit nach. Er sagte «Tag, Mam», wenn sie kam, und «Wiedersehn, Mam», wenn sie ging.

«Es gibt Leute», war Alyres Kommentar dazu, «die auf Knien rutschen würden, um die volle Wahrheit ins Gesicht gesagt zu kriegen! Aber du wirst schon sehen! Eines schönen Tages klatscht er sie ihr ins Gesicht, die Wahrheit! Und dann müssen wir die Dame von der Wiese auflesen! Die haut es auf der Stelle um! Bums, die Nase im Ziegendreck!»

Francine drehte sich immer weg, wenn Alyre dieses schöne Wort «Wahrheit» aussprach. Was verstand der denn schon von der Wahrheit? Wo sie ihn doch schon seit zwölf Jahren belog, ohne dass er einen blassen Schimmer davon hatte!

Sie warf einen Blick auf den Korb, den er am Boden abgestellt hatte.

«Ist das alles, was du mitbringst? Ihr beiden habt euch wohl nicht überanstrengt, wie?»

In Wirklichkeit waren für über tausend Franc Trüffeln im Korb. Und das würde so weitergehen, vom 15. November bis zum 15. Februar, abgesehen von den Unterbrechungen wegen schlechten Wetters. Es gab keinen Grund zur Klage. Aber Francines Taktik bestand darin, sich genauso mürrisch zu zeigen wie immer.

Und Alyre betrachtete sie wie immer mit demselben Vergnügen:

«Schau sie nur an mit ihrem Geklunker», sagte er sich, «ist sie nicht prächtig? Unglaublich, wie sie es mit dem Schmuck hat, diese Frau! Die Armbanduhr voller Steine! Und die Kette aus falschen Perlen und der Ring mit dem dicken Klunker! Und wie das glänzt, das ganze Zeug! Und wie es leuchtet! Schlimm, wenn es kein Talmi wäre! Es ist unglaublich, was sie heute alles zustande kriegen!»

Und es stimmte, dass unter der Deckenlampe der Schmuck von Francine, ihre einzige Schwäche, sanft funkelte und eine festliche Stimmung erzeugte. Jeden Tag schmückte sie sich sorgfältig damit, sobald die grobe Arbeit getan war. «Die Francine, die liebt halt das Geschmeide…», hieß es.

Auf den ersten Blick schien diese schlanke, aufrechte Francine, die immer dunkel gekleidet war, so dass nichts wirklich auffiel, schien also diese Francine mit ihren einundvierzig Jahren recht liebesleer und gerade gut genug für einen einzigen Mann. Aber wer sie berührte, zufällig oder absichtlich, erlebte eine große Überraschung. Sie war geschmeidig und fest, und man spürte, dass ihr flacher Bauch, der hart war wie der einer Athletin, zu den schönsten Bewegungen fähig war.

Es war die Politik, die sie erweckt hatte. Bis dreißig gehörte sie jener Generation von Frauen an, die die Liebe resigniert hinnehmen, so wie sie eben kommt. Aber als sie zur Gemeinderätin und dann zur Stellvertreterin des Bürgermeisters gewählt worden war, hatte sie, in den Augenblicken der Entspannung nach den diversen Sitzungen, die Welt kennen gelernt. Eines Tages hatte sie zum Spaß ein Gemeinderatsmitglied aus einer anderen Gemeinde zum Tanz aufgefordert. Aus dieser Samba war er völlig atemlos hervorgegangen.

«Guter Gott, Francine!», hatte er ihr gesagt. «Entschuldigen Sie, aber Sie sind ein bißchen zu leidenschaftlich für mich!»

Von diesem Tag an hatte sie auf allen Empfängen, die Verbandstagungen und Kongresse krönen, getanzt. Auch mit dem Übrigen hatte sie begonnen, das war unausweichlich, aber nicht ohne Seufzer und Vorbehalte. Sie verabscheute Komplikationen und Lügen. Also hatte sie ihre Liebhaber Alyre vorgestellt.

«Alyre, morgen fahre ich mit Monsieur Maucœur nach Les Angles! Wir wurden beauftragt, den zweiten Bauabschnitt der Wasserleitung abzunehmen... Du findest alles fertig im Kühlschrank.»

«Alyre, ich stelle dir Doktor Malgriaux vom Gesundheitsamt vor... Ich muß mit ihm sämtliche Ferienlager der Umgebung besichtigen» usw.

Falls je die Opposition eines Tages die Gemeinderatswahlen gewinnen würde, bliebe Francine nichts anderes übrig, als sich umzubringen oder die Wahrheit zu sagen.

«Die Wahrheit», dachte Alyre, während er die Zwiebelsuppe kostete, «als würde ich sie nicht kennen, die Wahrheit!»

Nun ja, solange er Roseline, die Trüffeln und die Bienen hatte... alles andere konnte ihm gestohlen bleiben!

«Sie ist nicht sämig genug!», rief Francine.

Darauf erfolgte keine Reaktion. Alyre hatte Hunger, mochte die Suppe sein, wie sie wollte...

Was den Schäfer betraf... Der Schäfer hielt den Löffel auf halbem Wege zwischen dem Teller und dem bereits geöffneten Mund und verfolgte mit dem Blick etwas an der Wand. Etwas, wovon nur er wusste, etwas Immaterielles, das soeben, zwischen zwei abgetickten Sekunden, aus dem Kasten der Standuhr aufgetaucht war, das jetzt auf den Töpfen und Pfannen entlang floh, um die Ecke der Kamineinfassung bog, das auf jeder der Gewürzdosen – Zucker, Salz, Pfeffer, Zimt – etwas von seinem Staub zurückließ, das den Zylinder der für die Gewitterabende vorgesehenen Petroleumlampe beschlug und sich endlich, zusammen mit dem Blick des Schäfers, dort drüben im Abfluß der Edelstahlspüle verlor.

«Schau ihn dir an!», rief Francine, die ihn beobachtete. «Was hat er denn nun schon wieder gesehen? Man könnte meinen, da sitzt eine Katze und lauert auf ein Gespenst!»

Das war es. Ein Gespenst verfolgte er, vom Kasten der Standuhr bis zum Abfluss der Spüle, der neunzehnjährige Schäfer, dessen Haare traurig am Hals herunterhingen; seine übergroßen Augen erinnerten an einen romanischen Christus, aber sie waren schwarz, tiefgründig. Er besaß diese besondere Fähigkeit, die den Katzen vorbehalten ist.

«Bei dem kann einem ja das Blut in den Adern gefrieren!», warf Francine erneut ein.

Sie fürchtete immer, dass ihre Geheimnisse über irgendeinen Umweg ans Licht kommen würden. Und ein Gespenst als Übermittler schien ihr durchaus geeignet...

Es dauerte lange, bis der Schäfer wieder von dieser Welt war. Es dauerte lange, bis er Francine erkannte, die er vergeblich und in aller Demut liebte.

«Es ist noch einer verschwunden», sagte er mit leiser Stimme.

«Ein was?», rief Francine.

Sie glaubte, er hätte ein Schaf verloren und traute sich nicht, es zuzugeben.

«Ich weiß nicht... Es sind die Gendarmen. Ich habe in La Charitonne gehütet...»

«Auf dem Weg nach Montsalier?»

«Der durch den Wald von Deffens führt, ja.»

«Und?»

«Und da sind sie aus ihrem Streifenwagen ausgestiegen, um mich zu fragen, ob ich ihn nicht gesehen habe.»

«Wen denn?»

«Einen, der verschwunden ist.»

«Und wie hieß der?»

«Jérémie ...»

«Na, das hilft uns ja viel weiter!»

«Das habe ich den Gendarmen auch gesagt. Sie haben nicht locker gelassen. ‹Wie sah er denn aus, Ihr Jérémie?› Also haben sie ihn mir beschrieben: ‹Ein braunes Gewand mit weißen Streifen, hergestellt in Djakarta›, haben sie gesagt, ‹von einer Buddhistenkolonie. Dänische Holzschuhe, die ordentlich Krach machen. Hennagefärbte Haare, die bis zum Gürtel runterhängen, und, versteckt unter dem Bart, ein Amulett aus Zypressensamen mit einem kleinen runden Buch, das unten dranhängt.› So lautete die Personenbeschreibung der Gendarmen. ‹Ach ja, wir haben noch was vergessen: eine Mandola am Schulterband.› – ‹Ja und? Seit dem Beginn der Saison habe ich vielleicht sechzig von der Sorte gesehen, die Richtung Montsalier raufgingen. Und sie sahen alle aus, wie Sie sagen!›»

«Alle!», sagte Francine. «Vor drei Tagen ist wieder einer vorbeigekommen, der wollte, dass ich ihm ein Ei gebe. Die Frau Giraud aus Parmelles hat mir ein bisschen erklärt, wie sie leben. Sie haben Zeltplanen über dem kaputten Dach der alten Kirche aufgespannt. Sie kochen am Weihwasserbecken, das mit Regenwasser gefüllt ist. Alle noch übrig gebliebenen Kirchenbänke haben sie verbrannt!»

Der Schäfer fuhr fort:

«‹Da Sie auch lange Haare haben›, haben mir die Gendarmen gesagt, ‹dachten wir, Sie wären vielleicht ein wenig befreundet. Er kam aus Noyers-sur-Jabron. Sagt Ihnen das nichts, Noyers-sur-Jabron?› Und sie haben mich angeschaut, wie Gendarmen einen anschauen, wenn sie jemand verdächtigen.»

Er schwieg. Im Holunderbusch unter der Terrasse rauschte der Wind, befreite einen Schwall von Gerüchen aus dem schlecht verschlossenen Schafstall. Der Widder wechselte seinen Platz und schüttelte dabei seine Glocke.

Der Schäfer lauschte. Er zog erneut ein Gespenst aus dem Kasten der Standuhr; er verfolgte es über die ganze Länge des Kamins, hopp! Er begleitete es bis zum

Abfluss des modernen Spülbeckens, wo es in langen Wirbeln versank.

«Das ist der Vierte seit September», sagte der Schäfer. «Der Vierte, nach dem mich die Gendarmen ganz direkt fragen...»

«Ach ja», sagte Alyre, «mal ganz nebenbei..., wo wir gerade davon sprechen, glaubst du, dass es normal ist, Francine... Glaubst du, dass es angehen kann... Glaubst du, dass es möglich ist, dass...»

Sorgfältig wickelte er einen langen Faden aus geriebenem Käse um seinen Löffel, schluckte ihn schließlich hinunter und wischte sich die Lippen ab. Er griff nach seinem Glas mit dunklem Wein, das er zwischen sich und die Birne der Hängelampe hielt. Nichts zu machen! Jacquez-Wein, da geht kein Licht durch...

Während er nach der möglichen Fortsetzung seines Satzes suchte, bemerkte er gar nicht, dass der Schäfer den vollen Löffel auf halbem Wege zwischen Teller und Mund hielt, die Lippen schon halb geöffnet, abwartend. Auch Francine lauerte mit voller Suppenkelle auf das Ende des Satzes, ehe sie sich wieder auftat.

«Was? Was kann nicht angehen? Was ist nicht normal? Spuck's aus! Ihr beide seid ja wirklich überwältigend: Der eine fängt Gespenster, als wären es Fliegen, der andere verliert sich im Ungewissen, wenn er spricht! Sag schon! Erkläre! Sprich Klartext!»

Der Schäfer riss die Augen auf, sie glänzten vor Gier. Er sah nicht nur das Schlimmste voraus, er war auch stets bereit, ihm fröhlich ins Auge zu blicken.

«Och», sagte Alyre, den sein rhetorischer Auftakt dazu bewogen hatte, kein Wort weiter zu sagen. «Och, ... das ist eine Sache, bei der man alles in Betracht ziehen muss, um sie zu verstehen. Alles! Und da man nichts weiß...»

Er glitt in einen traurigen Traum, der sich dort unten abspielte, in der Gegend seiner Trüffelhaine, zwischen den bronzenen Lanzen eines Lorbeerwäldchens. Stand diese klirrende Armee je still im Nachtwind? Das war doch eigenartig, die Launen von Roseline seit einiger Zeit, wenn sie an diesem Wäldchen vorbeikamen. Das war doch merkwürdig, die schwülen Düfte, die da neuerdings wehten und ihn schwindelig machten, wenn er dem Raunen der Luft vor diesem Wäldchen lauschte, während er die Strippe an Roselines Seidenband festknotete.

«Ich kann's irgendwie nicht fassen!», sagte Francine. «An so viel Geheimnis hast du mich bisher nicht gewöhnt!»

«Das hat nichts mit Geheimnis zu tun», sagte Alyre, «das ist Ratlosigkeit... Genau, das ist es: Ich bin ratlos...»

Diese Ratlosigkeit zwang ihn heute Abend dazu, weitere Gesellschaft zu suchen. Kaum war der Käse gegessen, erhob er sich, schob seine Serviette in den Serviettenring, in den sein Vorname eingraviert war, und verkündete, dass er zum Kartenspielen zu Rosemonde Burle gehen würde.

~ 3 ~

DIE Uhr auf dem Armaturenbrett tickte in der Dunkelheit. Das große blaue Auto stand zurückgesetzt unter dem Blätterdach der Lorbeerbäume. Zuweilen löste der Wind eine schwarze Beere, die auf dem Blech abprallte. Durch die Windschutzscheibe war einzig der weiße Fleck nervöser Hände auszumachen, auf die ein von den schwankenden Ästen gefilterter Mondstrahl fiel.

«Ist das dein letztes Wort?»

Das Mädchen hielt sich krampfhaft am Lenkrad fest und blickte gerade vor sich hin. Ihre hellen Augen füllten sich mit Tränen, und die Stimme erstickte in Schluchzern.

«Man könnte meinen, das sei eine Liebesszene...»

Der Mann auf dem Beifahrersitz hatte einen struppigen Bart und lange, verfilzte Haare; er antwortete ihr in dumpfem Ton, den Blick geradeaus gerichtet auf die fleckige Mauer in der Ferne, die von einer Eisentür durchbrochen war.

«Das *ist* eine Liebesszene...»

«Von wegen, das ist eine Geldszene!»

«Zehn Millionen! Du willst diesen armseligen verlausten Kerlen zehn Millionen geben! Und du behauptest, das wäre keine Liebe! Die Hälfte unseres Vermögens! Das meinst du doch nicht ernst! Der ganze Schweiß von zwei Generationen!»

«Der Schweiß von zwei Generationen von Ausbeutern, jawohl!»

«Aber was willst du denn damit beweisen, wenn du dich so verhältst?»

«Büßen. Ich büße für meinen Vater, für meine Mutter und ganz nebenbei auch für dich… Hör mir gut zu: In vierzig Jahren, in fünfzig Jahren bist du alt oder tot. Dann hast du einen Mann gehabt, den du nicht mehr liebst; Kinder, die sich fragen, was sie mit dir machen sollen, weil sie es noch nicht wagen, dich von der Treppe zu stoßen… Du hast zusehen müssen, wie sie je älter desto hässlicher werden. Dieser Gott, in dessen Religion man dich großgezogen hat, wird dir nichts mehr nützen. Und du, du wirst nie zu etwas nütze gewesen sein, weil du immer nur deine kleine, heile Familie geliebt haben wirst; und das Schreckliche an deinem Fall ist, dass du sie auch weiterhin lieben wirst, obwohl sie grauenhaft ist…»

«Wieso sollte sie denn grauenhaft sein?»

«Weil Eltern wie unsere, die immer nur nach Zaster gelechzt haben, nur fürchterliche Nachkommen haben können. Und du wirst dir ganz zufällig einen Mann unter anderen Kindern fürchterlicher Leute aussuchen!»

«Unser Vater war großzügig!»

Der Mann lachte höhnisch. «Richtig! Er ließ seine Almosen von so weit oben fallen, dass man immer glaubte, er teile sein Vermögen. Nein, das kann nicht sein! Ich muss da raus! So darf ich nicht werden! Ich will von dieser Familie nicht geprägt sein! Die Welt soll aus Brüdern bestehen! Wenn ich so wäre, hätte ich nicht meinen Platz unter den Menschen! Wenn ich so wäre wie du!»

Er machte Anstalten, die Wagentür zu öffnen.

«Nein, warte!», sagte sie keuchend. «Ich kann höchstens sechs Millionen freimachen! Du weißt es, dass das mein Leben ist! Dass ich dafür studiert habe! Dass ich alles dafür gegeben habe!»

«Du hast eine Fabrikantenseele!», sagte er verächtlich. «Ist das möglich? Ist es möglich, dass du das bist? Du, die du nichts Eiligeres zu tun hattest, als deine Puppen all den armen Mädchen von Oyonnax zu schenken?»

«Dafür wurde ich ordentlich gerügt!»

«Nicht von unseren Eltern! Davor haben sie sich schön gehütet. Das lief über deine Kindermädchen. Die mussten dir strenge Anweisungen geben, nur ja nichts zu teilen. Wann hast du aufgehört zu teilen? Wann hast du aufgehört, Dinge herzuschenken? Sag! Kannst du nicht wieder zurück? Kannst du mir nicht wieder ähnlich werden? Ich habe dich so geliebt!»

«Du liebst mich, aber du setzt mich wegen vier Millionen unter Druck!»

«Ich habe alle Kostenvoranschläge machen lassen. Ich habe alle nur möglichen Rabatte ausgehandelt: Beim Kauf sämtlicher Grundstücke, Ruinen, der Instandsetzung der Häuser, der Wasser- und Stromversorgung und so weiter. Um die Kommune mitten in der schönen Natur anzusiedeln, brauche ich alles!»

«Alles? Du bist verrückt!»

«Du weißt genau, dass ich das nicht bin! Ich habe Mathematik studiert. Du hast mich zweimal heimlich unter Beobachtung stellen lassen. Doch, doch, widersprich nicht! Ich weiß, dass du bei aller Liebe einen scharfen Verstand bewahrst…»

«Der Europlast-Konzern lauert. Er hat dafür gesorgt, dass niemand anders höher bietet. Gegebenenfalls bekommst du nicht einmal die sechs Millionen, die ich dir anbiete!»

Im Dunkeln huschte ein Lächeln über das Gesicht des Mannes.

«Du bist zu stark für mich, aber so stark nun auch wieder nicht. Ich weiß, dass du ein fundiertes Gutachten durch eine amerikanische Firma hast erstellen lassen. Auch ich habe dir etwas nachspioniert, mit Hilfe eines befreundeten Privatdetektivs. Die Fabrik ist auf fünfundzwanzig Millionen geschätzt worden. Und zwanzig Millionen ist die Höchstsumme, die sich die Europlast gesetzt hat, damit sich das Pokerspiel rentiert. Vergiss nicht, dass sie die Fabrik schließen werden, sobald sie sie gekauft haben. Nur die Kundenkartei nehmen sie mit. Also, Schwesterchen... Zehn Millionen, das ist mein letztes Wort!»

Er öffnete die Wagentür, diesmal mit Entschlossenheit. Ein unangenehmer Geruch stieg ihm in die Nase. Er warf einen unschlüssigen Blick auf das Laub der Lorbeerbäume. Die Wolken trieben unter dem Mond dahin.

«Jérémie!»

Sie hatte die Wagentür auf ihrer Seite zugeschlagen; nun ging sie um das Auto herum und versperrte ihm den Weg.

«Du quälst mich!»

Der Mond beleuchtete sie von Kopf bis Fuß. Sie trug ein Cape aus roher Wolle; die Seidenstrümpfe und die hohen Absätze leuchteten hell auf, wenn ein Mondstrahl sie streifte. Sie war ein hellhäutiges Mädchen mit riesengroßen Augen und Windstoßfrisur; ihr Gesicht strahlte Güte aus und Klugheit.

«Wie schön du bist!», flüsterte Jérémie. «Wie schade! Was wirst du tun mit all diesen Nieten? Dein Mann wird bei den Fußballweltmeisterschaften vor dem Fernseher hocken. Nach abendlichen Geschäftsessen wird er dich in echte Pornofilme mitnehmen. Du wirst Partys geben. Du wirst ein hundsgemeines Leben führen. Komm mit mir. Auf den Hügeln hier oben wirst du Männer kennen lernen, die zwar schmutzig, aber wenigstens rein sind. Und du wirst mehrere von ihnen kennen lernen, zwanglos, frei, bis dir ein Einziger zusagt! Oder eine Einzige, wer weiß? Aber wenigstens hast du in unserer Welt die freie Wahl!»

«Jérémie, ich flehe dich an! Ohne die Fabrik bin ich nur eine leere Hülle! Nimm mein Angebot an! Ich schwöre dir, dass ich mehr täte, wenn ich es könnte!»

Jérémie drehte sich zu ihr um. Unter seiner struppigen Mähne hatte er den gleichen sanften Blick wie das junge Mädchen.

«Mein Gott...», stöhnte er, «wie kannst du all das unter so viel Reinheit verbergen? Aber wie kannst du zugleich auch so naiv sein?»

Sie war erschöpft, ausgelaugt. Sie hörte nicht mehr hin. Dieser Bruder, den sie geliebt hatte, dieser Bruder, der Teil der Familie gewesen war, wo war er? Wo war seine Seele? Die Versuchung, sich aufs Bitten zu verlegen, die sie lange unterdrückt hatte, überfiel sie plötzlich. Doch er wandte sich ab, ging weg...

Sie sah, wie er fortging und ihre letzte Hoffnung mit sich nahm. Die Fabrik würde verkauft werden. Sie konnte ihm keine zehn Millionen geben. Das Schweizer Guthaben war unantastbar. Sie hatte es ihrem Vater schwören müssen. Nur wenn die Familie Frankreich verlassen musste, würde sie das Recht haben, daran zu rühren.

«Jérémie!»

Er ging weg, barfuß, das verwaschene, dünne Gewand hing verknittert an ihm herunter wie eine Mönchskutte, aber armseliger noch, ohne Gürtel, ohne Kreuz; da war nur diese Kette aus Zypressenfrüchten, die an seiner Taille klapperte.

«Mein Gott», dachte sie, «wie muss er frieren!»

Ihr Blick glitt den Wagen entlang; die weiße Reifenflanke reflektierte das Mondlicht. Im rechten Vorderrad war kaum noch Luft.

«Jérémie!», rief sie.

Er drehte sich um, kam zurück.

«Jérémie, ich habe noch nie gewusst, wie man einen Reifen wechselt. Und ausgerechnet heute...»

Er zuckte die Schultern.

«Hast du Werkzeug?»

«Im Kofferraum.»

Er machte sich um sie herum zu schaffen, kurbelte den Wagenheber hoch, holte den Ersatzreifen heraus.

«Tust du dir nicht weh an den Füßen?»

«Ach was! Ich bin stolz auf meine Hornhaut. Ich bin fünftausend Kilometer barfuß gelaufen! Das nutzt sich nicht ab wie Autoreifen. Scheiße! Die Idioten haben die Bolzen zu fest angezogen! Diese Mechaniker sind alle gleich! Die ziehen das mit einem Kreuzschlüssel fest, und du kommst dann mit deinem jämmerlichen Rohrschlüssel! Alles Idioten! Du hast nicht zufällig einen Engländer? Den könnte ich in die Röhre schieben, dann hätten wir einen Hebeleffekt.»

Er wühlte im Werkzeugkasten. Er kam zurück. Sorgfältig legte er die Schrauben in die Radkappe. Er wechselte das Rad. Er schraubte die Bolzenschrauben von Hand wieder auf.

«Halt das mal!»

Er hielt ihr den schweren Engländer hin, der ihm als Hebel gedient hatte. Er stand gebückt vor ihr. Sein struppiger Schädel war auf der Höhe der Motorhaube.

«Zehn Millionen», dachte sie, «und mein Leben... Und was wird aus mir?»

Es war die ganze Sippe, die Toten und die Lebenden der Familie, die den Universalschlüssel in der Hand der jungen Frau anhob und ihn mit voller Kraft auf Jérémies Schädel niederschlug... Einmal, zweimal...

Eine schreckliche Angst packte sie, denn statt zu fallen begann er sich langsam aufzurichten, ganz langsam, so wie vorhin der Wagen über dem Wagenheber hochgegangen war. Plötzlich war ihr klar, dass sie, wenn er sich jetzt umdrehte, wenn sie sein Gesicht sähe, ihrerseits sterben würde, ohne sein Zutun, vor Entsetzen, vor Reue, vor Bestürzung... Da schlug sie ein drittes Mal auf ihn ein, mit der Kraft der Verzweiflung, und diesmal brach er auf der Motorhaube zusammen. Doch das letzte Bild, das sie von ihm bewahrte, war nicht dieser große dünne Körper in dem weiten, sich an ihm bauschenden Gewand. Es war der noch lebendige Mann, der sich mit dieser ungeheuren Langsamkeit aufrichtete; der Mann, von dem sie wusste, welches Gesicht er ihr zeigen würde. Das Gesicht von jemandem, der gerade erfuhr, wie sie wirklich war!

«Ich habe ihn getötet, weil er Recht hatte», sagte sie sich. Doch gleich darauf dachte sie, dass sie das Glied in der Kette war, das die Vergangenheit mit der Zukunft verband. Was bedeutete es schon, dass sie eine Mörderin war? Indem sie Jérémie tötete, rettete sie ein ganzes Werk, rettete sie Arbeitsplätze. «Und du rettest dich selbst!», rief ihr eine Stimme zu. Plötzlich kam ihr, was sie vor diesem Augenblick gewesen war, zu Bewusstsein. War es möglich?

Sie betrachtete ihren Arm, als gehörte er einer anderen, sie betrachtete den blutverschmierten Universalschlüssel. Sie warf ihn auf den Boden. Das Geräusch, das er beim Fallen machte, weckte ihren Überlebensinstinkt. Sie musste ihre Spuren verwischen, musste weg, fliehen... Sie hob den Engländer wieder auf, bückte sich, um die Schrauben endgültig festzudrehen und die Radkappe anzubringen. Während dieses ganzen Vorgangs, während sie über das Rad gebeugt war, befand sich ihr wasserhelles Gesicht auf der Höhe von Jérémies Gesicht, und seine langen Haare streichelten die ihren.

Schließlich richtete sie sich auf, lud das Rad mit dem defekten Reifen mühsam in den Kofferraum und ging um das Auto herum, um sich ans Steuer zu setzen. Fliehen... Noch wusste keine Menschenseele, dass sie Oyonnax verlassen hatte, um hierher nach Banon zu kommen. Niemand... Am Vorabend vor der Abreise hatte sie voll getankt. Sie hatte noch nicht einmal an einer Tankstelle anhalten müssen... Wenn sie jetzt gleich wegfahren, vor Tagesanbruch wieder in Oyonnax sein konnte, wer würde sie dann verdächtigen? Sie mit ihrem reinen Gesicht? Ihrer Ausgeglichenheit? Mit dem Kummer, der durchaus nicht nur gespielt sein würde, der in der Öffentlichkeit glaubhaft wirken würde? Allein Jérémies Rechtsanwalt wusste von dessen Absicht, die Fabrik zu verkaufen. Sie selbst, wenn es ihr Jérémie heute Abend nicht ausdrücklich gestanden hätte, wüsste noch nichts davon. Alles sah danach aus, dass sie unbehelligt davonkommen würde. Sie sah auf die Uhr. Es war halb eins. Fünf Stunden Fahrt bei hundertfünfzig Stundenkilometern... Möglich. Sie streckte die Hand aus, um die Wagentür zu öffnen. Da sah sie Mambo. Auf seinen kurzen Beinen stand ein winziger Dackel aufrecht an der geschlossenen Scheibe und blickte sie wimmernd an, voller Ungeduld, sein Herrchen wiederzufinden. Vor dieser Vision schreckte sie zurück. Sie sah ihn noch auf dieser Straße, freundschaftlich und munter, mit dem Hündchen im Arm, eine große Trampertasche über der Schulter. Auch die Tasche war da. Vielleicht roch sie noch nach dem Schweiß des auf den Landstraßen wandernden Jérémie...

Nein! Sie bedeckte das Gesicht mit den Händen. Sie hatte töten können, weil die Fabrik es forderte. Den Dackel konnte sie nicht töten. Das würde über ihre Kräfte gehen. Lieber ihn verlieren... Unterwegs... Er war reinrassig. Irgendjemand würde ihn aufnehmen...

~ 4 ~

ALS sie sich gerade ans Steuer setzten wollte, hörte sie, wie auf dem holprigen Erdweg sich ein klappriges Auto näherte. Den Wagenspuren ausgeliefert, rumpelte es langsam herbei; das scheppernde Geräusch ließ eine notdürftig befestigte Stoßstange vermuten. Wer kam um diese Uhrzeit in diese verlassene Gegend? Vor dem Mercedes im Schatten tat sich eine Art grüne Höhle auf. Sie setzte sich ans Steuer, drehte den Zündschlüssel, fuhr zuerst ein paar Meter rückwärts und steuerte dann den Wagen in die schattige Höhle, bis sie hörte, wie die Äste die Karosserie peitschten. All das, ohne die Scheinwerfer einzuschalten. Sie stieg aus und verbarg sich zwischen den Lorbeerbüschen; kerzengerade stand sie da, weiß im Mondlicht, doch der Vorhang aus Bäumen trennte sie von der mit welkem Laub übersäten Lichtung, die von einer Mauer und einem rostigen Torgitter schroff begrenzt wurde.

Jérémie war an der Kreuzung, wo er sich mit ihr verabredet hatte, eingestiegen; von der Straße aus hatte sie ein dichtes Wäldchen wahrgenommen, das ihr für eine private Unterredung ganz günstig erschienen war. Vermutlich hatte ihr das Schicksal schon in diesem Augenblick eingegeben, ohne dass sie sich dessen bewusst war, dass sie ihn wohl würde töten müssen. Doch nun war sie in diesem Wäldchen gefangen. Auf die Straße konnte sie nur über diesen Waldweg gelangen, auf dem das alte Auto näher tuckerte, einen anderen Fluchtweg gab es nicht. Es kam näher, immer näher. Man hörte einen schwächlichen, im zweiten Gang laufenden Motor: schwächlich, aber dennoch robust; man ahnte, dass er es bei diesem Tempo noch zwanzig Jahre machen würde. Auf dem Weg, der von dem tief reichenden Lorbeergebüsch abgeschirmt war, fuhr es, dieses Auto, ohne jegliche Beleuchtung. Schließlich tauchte es auf. Es erreichte die Lichtung, wo Mondschein und Wind durch die Steineichen und die Lorbeerbäume huschend ihre Lichtspiele veranstalteten.

Das alte Gefährt war ehemals weiß gewesen, nun war der Lack rissig und grau, und die Karosserie sah aus wie der Panzer einer Schildkröte, so alt und durch die im Freien verbrachten Jahreszeiten so verwittert, dass man hätte meinen können, sie wäre nicht mehr von dieser Welt. Eine düstere Aura umgab diese alte Schrottkiste. Die junge Frau stand wie gebannt vor Kälte und Angst und unheilvoller Vorahnung. Wenn der Fahrer die Scheinwerfer einschaltete, konnte er Jérémies auf dem laubbedeckten Boden zusammengesackte Leiche unmöglich übersehen. Doch warum ließ er die Scheinwerfer ausgeschaltet? Was hatte er vor, hier um diese Stunde, in diesem mit verrosteten Gittern versperrten Garten?

Plötzlich erstarb der Motor. In der Stille hörte die junge Frau, wie ein großer Baum im Wind rauschte. Es war wie eine sehr langsam heranrollende Woge der Traurigkeit, und sie meinte, den Trauergesang einer Zypresse wiederzuerkennen. Sie starrte auf das graue Auto, das reglos mit beschlagenen Scheiben im Halbdunkel der kalten Dezembernacht stand, als sie die Wagentür quietschen hörte. Der Fahrersitz lag auf der dem Wäldchen, wo sie sich verbarg, abgekehrten Seite. Sie sah den Fahrer erst, als er sich aufrichtete. Er wandte ihr den Rücken zu. Gemächlichen Schrittes ging er auf das rostige Tor zu. Der Mondschein ließ eine undeutliche Silhouette erkennen, von Kopf bis Fuß steif und schwarz, ohne Taille, ohne Schultern und ohne Hals. Vor dem Tor hielt er inne, zog einen klirrenden Schlüsselbund aus der Tasche. Es folgte das Geräusch eines gut geölten Riegels, der sich mühelos in seinem Gehäuse bewegt. Der Mann stieß den Torflügel, der in seinen Scharnieren ächzte, weit auf. Dann drehte er sich um.

Die junge Frau erblickte eine schwarze, von Schatten und Mondlicht fleckige, unförmige Vogelscheuche, die kein Gesicht hatte. Von der riesigen Krempe seines Hutes fiel ein Schleier aus schwarzem Tüll herab, der die Arme bis zu den Ellbogen umfing. Er trug lange schwarze Handschuhe, die aussahen wie Frauenhandschuhe.

Durch das Blattwerk starrte sie ihn gebannt an. Seine Schritte knirschten auf dem Laub, während er langsam zu der Schrottkiste zurückging. Doch bevor er sie erreichte, hielt er inne; mit geschlossenen Beinen, die Arme eng am Körper, stand er reglos da, wie ein Jäger, der mit der Naturkulisse verschmelzen will. Sie hielt den Atem an. Zwanzig Meter waren sie voneinander entfernt. Vorhin, während der Diskussion im Auto, hatte sie eine Zigarette geraucht, und um sich herum roch sie ihr zartes Parfüm, das sie hätte verraten können, wenn nicht unter den Bäumen ein beißender, alles beherrschender Geruch gehangen hätte. Dennoch drehte der steife, angespannte Mann den unheimlichen Vorhang, der ihm das Gesicht verschleierte, mal nach der einen, mal nach der anderen Seite, und sein Hut folgte der Bewegung. Dann setzte er sich wieder in Gang, noch langsamer, auf sein Auto zu. Sie ahnte, dass er abwägte, zögerte. Wenn er plötzlich auf die Idee käme, den Lorbeer auseinander zu biegen und auf die Steineichen zuzugehen, würde er auf jeden Fall Jérémie entdecken, und dann... Nie und nimmer hätte sie Zeit, wegzukommen.

Doch die Gestalt, auch wenn ihr Verhalten immer noch äußerst behutsam war, setzte ihren Weg fort... Nur ein Mal drehte sie sich heftig um. Das war, als das rostige, in den Angeln wahrscheinlich verbogene Tor, vom Wind angestoßen, sich quietschend bewegte, was den vorsichtigen Mann zu beunruhigen schien. Er blieb eine lange Weile umgewandt und betrachtete die Öffnung, durch die ein einziger Mondstrahl fiel, dann setzte er sich, vermutlich beruhigt, erneut in Bewegung.

Er stieg nicht wieder in seinen Wagen ein. Er öffnete die hintere Wagentür, wiederum auf der entgegengesetzten Seite. Mühsam zog er eine Art längliche, schlaffe Gliederpuppe daraus hervor, die ihm weich zwischen den Armen hindurchglitt und die er nur mit allergrößter Mühe halten konnte. Taumelnd lud er sich dieses unförmige Paket auf die Schultern. Dann richtete er sich auf und ging schwerfällig auf das offene Tor zu.

Und plötzlich offenbarte der Mondschein, welcher Art die Last auf den Schultern des Mannes war. Es war die Leiche von Jérémie. Der doch im Gras lag und den sie noch immer an derselben Stelle ausmachen konnte. Eine namenlose Bestürzung ergriff sie, die Haare standen ihr zu Berge, kalte Schauer liefen ihr den Rücken hinunter. Das Amulett mit den Zypressenkugeln, das Gewand, die Füße, die der Unbekannte an den Knöcheln festhielt. Es war alles da. Alles genauso. Die Haare auf dem herunterhängenden Kopf streiften beinahe über den Boden und verdeckten das Gesicht. Schon schob sich die Schattengestalt durch das Tor und verschwand. Die junge Frau konnte sich nicht mehr rühren. Sie wußte, dass Jérémies Körper noch da lag... Was spielte sich hier ab? Wer war der, den der Mann mit dem Schleier da wegschleppte? Warum war er tot? Was würde er mit ihm machen? Das dringende Verlangen, zu wissen, was da geschah, trieb sie voran. Nun ging auch sie durch das Tor.

Als der Mann wiederkam, drehte er sich nicht sofort um. Zuerst zog er das quietschende Tor zu und drehte den Schlüssel zweimal im Schloss herum. Dann ging er genauso langsam zu seinem Auto zurück. Endlich hob er den Kopf. Dort hinten im Halbdunkel sah ihn eine junge Frau starr an. Er traute seinen Augen nicht. Zuerst hatte er Angst. Doch dieses Gesicht war so verheißungsvoll, dass er sich unverzüglich beruhigte. Er hatte nichts zu befürchten von so viel Reinheit. Unglücklicherweise hatte er nichts von dem dabei, was er gebraucht hätte... Er sah seine Hände an und spuckte hinein, zum Zeichen, dass er auf sie vertraute...

Mit kleinen Schritten ging er auf sie zu, entledigte sich noch im Gehen seiner Kleider und Schuhe. Er schob den Lorbeer auseinander. Er sah nur das Mädchen an. Er sah nicht die Farbe ihrer Augen, sondern nur ein großes, leeres Loch, das der Mondschein ausfüllte. Sie ließ das ärmellose Mantel-Cape, das sie trug, zu ihren Füßen niederfallen. Sie knöpfte ihre Bluse auf, sie zog sie aus… Er stolperte über eine weiche Masse, bemerkte bestürzt, dass es eine Leiche war. Der Gürtel, das Gewand… Die langen Haare. Erneut packte ihn die Angst. Das Mädchen war jetzt zehn Meter von ihm entfernt. Im eisigen Wind des Lure-Gebirges ließ sie ihren Rock fallen, sie war fast nackt. Nur noch zwei Meter. Er streckte die Hände vor, um ihr zwischen die Beine zu fassen, er wollte sie erst einmal betasten, sie streicheln, sie gefügig machen, bevor er sie tötete.

Bevor er jedoch ihren Leib, den er fügsam glaubte, umschließen konnte, stieß sie ihm mit äußerster Kraft ihre mit dem Schlüsselbund bewaffnete Faust in die Weichteile. Sie fühlte, wie eine dicke, weiche und zugleich harte Masse Fleisch gequetscht wurde. Sie traf ihn gleich noch einmal, diesmal mit den Schlüsseln nach außen. Er erwachte aus seinem süßlichen Taumel, krümmte sich mit einem erstickten Schrei zusammen. Er schnaubte wie ein mit Banderillas gespickter Stier. Seine Holzfällerhände streckten sich nach dem Hals der Frau aus, doch sie war nicht mehr da. Sie war dort drüben im dichten Schatten einer Steineiche, fast unsichtbar, bis auf ihre Schenkel und ihren Bauch, die im Mondschein wie ein weißer Schutzschild leuchteten. Schwankend, denn der Schmerz nahm ihm die Luft, ging der Mann mit ausgebreiteten Armen auf sie zu, mit dem Gang eines Gorillas. Das Mädchen floh zwischen den Bäumen hindurch. Er folgte ihr. Er wurde schneller, doch die Entfernung zwischen ihnen verringerte sich nicht. Sie rannte mit nackten Füßen durch das Laub und versuchte, ihn außer Atem zu bringen, und nach dem, was sie ihm angetan hatte, erholte er sich nur schwer. Er verlor sie aus den Augen. Er suchte. Er schlug sich durch die Lorbeerbäume, witternd, Furcht erregend. Der unter dem Schleier gut befestigte Hut auf seinem Kopf hatte sich kaum verschoben.

Plötzlich fühlte er sie auf leisen Füßen hinter sich. Sein Handgelenk geriet in den Schraubstock zweier stählerner Hände. Sie zog mit all ihrer Kraft. Es war das erste Mal, seit sie Judo machte, dass sie eine so gewaltige Masse aushebeln musste. Aber ihre Technik funktionierte. Der Mann krachte mitten in ein Heckenrosengebüsch.

Noch war er guten Mutes, doch die Mitte seines Körpers meldete wachsenden Schmerz; er hielt sich das linke Handgelenk und versuchte, seine gequälten Glieder zu entkrampfen.

Die Frau lief auf den Mercedes zu. Sie riss die Tür auf, während er bereits in ihre Richtung wankte, immer schneller, als stürze er voran oder als würde er gleich zusammenbrechen. Sie riss einen winzigen Revolver aus dem Handschuhfach, richtete ihn auf den Mann und entsicherte ihn. Er blieb sofort stehen.

Nun standen sie sich gegenüber. Sie starrten einander an. Sie im vollen Mondlicht, triumphierend, fast nackt, die Spitzen ihrer Brüste hoben sich mit dem erregten Keuchen. Der Mann, etwas zusammengekrümmt; er erholte sich rasch, blieb jedoch immer noch anonym, hinter seinem schwarzen Schleier verschanzt.

Sie atmeten heftig. Man hätte meinen können, dass nicht ein Zweikampf, sondern ein heftiger Liebesakt sie angestrengt hatte.

Die Stille um sie war undurchdringlich. Sogar der

Wind war verstummt. In der hellen Nacht blieb nur noch ihr feindseliges Atmen.

Mit dem Revolverlauf am Ende ihres ausgestreckten Armes deutete sie hartnäckig auf Jérémies Leiche, und mit dem Zeigefinger der linken Hand wies sie auf das Tor, das der Mann wieder geschlossen hatte. Er schien zu zögern. Sie wich zurück, um sich aus seiner Reichweite zu halten, aber dennoch nicht zu weit, damit gegebenenfalls keine der sechs Kugeln verloren ginge.

Er brauchte einige Zeit, um zu verstehen, was sie wollte. Forschend blickte er in dieses helle Gesicht, das niemals die Augen abwendete, und innerhalb weniger Minuten kannte er dieses Mädchen besser, als irgendein anderer Mensch sie je kennen würde. Er war nicht Manns genug, ihr zu widerstehen.

Also vollbrachte er diese letzte Anstrengung. Er lud Jérémies Leiche auf seine Schultern und öffnete noch einmal das Tor, während sie ihre Kleidungsstücke und ihre Schuhe einsammelte. Sie zog sich wieder an, rückte ihr Cape auf ihren Schultern zurecht und folgte dem Mann bis jenseits des Gitters, um ihn zu überwachen und zu verhindern, dass er sie überlistete.

Füchse kläfften in der Ferne, hungrig und gehetzt. Sie sagte sich, dass sie die Blutspuren bald getilgt haben würden. Der Mann legte Jérémies Körper sanft zu Boden. Er hob ihm den seidigen Bart an, strich mit der Hand über den so jungen Hals. Er murmelte:

«Wie schade…»

~ 5 ~

AN jenem Abend war Alyre Morelon länger außer Haus geblieben, da er einen Korb Trüffeln bei den Lewinkows abzuliefern hatte. Der Maler hatte sich in einem ehemaligen Sägewerk niedergelassen, einen Kilometer hinter Alyres Trüffeleichen an der Straße nach Simiane. Er genoß das Ansehen der Kritik und verkaufte seine Bilder nach Amerika. Als Alyre auf dem vor dem Atelier gelegenen Platz ankam, sah es in der Dämmerung aus, als ob eine Horde Barbaren über das Anwesen hergefallen wäre. Eine hundertjährige Eiche war von oben nach unten gespalten. Auf die Schnittfläche, die glatt war wie ein Brett, hatte der Maler in Spiralen und Windungen bläuliche Wesen gemalt. Vogelscheuchen aus malvenfarbenen und gelben Lappen hingen zerzaust am Ende bunter Stricke an den Ästen. Ihre Zungen aus klatschmohnrotem Taft hingen mehr oder weniger weit herunter, manchmal bis zum Boden, immer überlang, irgendwie phallisch. Diese ganze Abscheulichkeit wiegte sich im Abendwind.

«Spitzbube!», sagte Alyre bewundernd.

Er band Roseline, die das im Stillen missbilligte, sorgfältig am Fuße der Schicksalseiche fest.

Eine kreischende Kinderschar sprang um Alyre herum und versuchte, ihm Trüffeln aus dem Korb zu mopsen; ausgehungerte Hunde kläfften hinter ihm her; spindeldürre Katzen ergriffen die Flucht, als er sich näherte. Und dann winkte ihn Lewinkow herbei. Er hatte eine Bassstimme im Körper Hiobs auf seinem Trümmerhaufen: stets in Shorts, Muskeln wie Geigensaiten, die schlapp über seine Hahnenwaden liefen. War er sechzig Jahre alt? Siebzig? Unmöglich, es genau zu sagen.

«Was sagst du zu meinem Weihnachtsbaum?», fragte er sofort.

«Schön ist der!», sagte Alyre.

Lewinkow führte ihn zum Haus. Auf der Schwelle erwartete ihn seine Lebensgefährtin. Ihretwegen kam Alyre gerne, um Trüffeln zu liefern. Sie stand auf der obersten von vier Stufen, die zum Eingang führten. Das war ihre Lieblingsposition, um Besucher zu empfangen. Sie zeigte sich, meist triumphierend und schwanger, vollständig nackt unter einem hauchdünnen Kleid, wobei der Nabel aus ihrem Bauch ragte wie ein lüsterner Korkenzieher; die Brüste waren etwas schlapp, aber gewaltig. Sie maß, grob geschätzt, einen Meter achtzig. Noch stundenlang, nachdem er sie gesehen hatte, träumte Alyre, dass er in sie eintauchte und die Hände ordentlich was zu greifen hatten. Natürlich baute Lewinkow auf sie, um einen Rabatt auf die Trüffeln zu bekommen. Aber die unbarmherzige Francine hatte gesagt: «Dreihundert Franc das Kilo», also würden es dreihundert Franc sein.

Der Korb wurde freudig begrüßt. Alyre wurde ins Haus geschleift und vor einen Pastis gesetzt, den er überhaupt nicht mochte. Es gelang ihm, seine Ernte zu schützen, bis Lewinkow ihm den Scheck unterschrieben und er ihn eingesteckt hatte. Gleich darauf aber stürzten sich die Kinderschar (die sieben Kinder Lewinkows und dazu noch ein kleiner Laote, den er aufgenommen hatte), die schwangere Göttin und der Maler auf die Trüffeln wie auf einen Korb Kirschen. Schwarzer Saft lief ihnen aus den Mundwinkeln; das bisschen rote Erde, in die die Knollen gehüllt waren, knirschte zwischen ihren kräftigen Zähnen. Die blonde Göttin lutschte an einer, die gut und gern achtzig Gramm schwer war. Sie hielt die Augen geschlossen und schmolz förmlich vor Wonne beim Genuss dieser schwarzen Kugel, die ihr die Lippen weitete. Innerhalb einer Viertelstunde verschlangen sie Trüffeln für zwölfhundert Franc. Die geatzte Brut rülpste vor Behagen.

«Sag mal, Alyre», sagte Lewinkow zwischen zwei Bissen, «sind sie auch zu dir gekommen, die Gendarmen?»

«Zweimal!», sagte Alyre.

«Ist denn noch einer verschwunden?»

«Muss wohl so sein!», sagte Alyre.

«Also kann man nicht mal mehr in Frankreich so einfach verschwinden, wenn man will, ohne dass die Gendarmen sich einmischen?»

«Sieht so aus …», begann Alyre.

Er brach sofort ab.

«Die sind mehr als eine Viertelstunde lang um meinen Weihnachtsbaum rumgeschlichen», sagte Lewinkow. «Sie wollten unbedingt glauben, dass das richtige Menschen sind, die ich in die Eiche gehängt habe!»

«Es wird spät», sagte Alyre. «Ich muss nach Hause.»

Lewinkow umarmte ihn. Dann beugte sich auch die Göttin über ihn, um ihn zu küssen, und eine Sekunde lang lastete die Fülle ihrer Brüste auf Alyres Schultern.

Auch die Kinder beschmierten ihn mit Trüffelsaft. Im Triumphzug begleitete man ihn zu Roseline, die unter ihren Ohren hervorlugte und dabei sanft grunzte. Die Kinderschar hielt Abstand; die hundertachtzig Kilo der Sau flößten den Bengeln Respekt ein.

Alyre machte sich auf den Heimweg; um die symbolische Leine herum führte Roseline Bocksprünge auf. Die Winternacht hatte sich über den Eichenhainen niedergelassen. Im Mondschein war die Straße weiß, auf der der Mann und die Sau entlangtrotteten.

Als er wieder an seinen Wäldchen vorbeikam, fiel Alyre ein, dass er in der Astgabel eines Baumes seine Trüffelhacke vergessen hatte. Er verließ die Straße und betrat den lockeren Waldboden. Er verspürte immer das gleiche Vergnügen, wenn er seinen Grund unter den Eichen betrat. Er liebte diese Stille, diesen hellen Schatten. Er war ein Mann, der sich mit wenig begnügte.

Die Stille… Die Stille wurde in einiger Entfernung durch ein sehr feines Geräusch gestört, das Alyre nicht zu bestimmen vermochte. Es war, als ob Erde durch ein Sieb geschüttet würde. Ein leichtes Streugeräusch. Gleichzeitig bemerkte er das Eisen seiner Hacke in der Astgabel.

«Warte», sagte er.

Er ließ Roselines Leine los und wandte sich von ihr ab, um die Hacke zu ergreifen. Eine Sekunde nur… Roseline, die unruhig herumschnupperte, seit dieses sachte Geräusch zu hören war, entfernte sich etwas aus Alyres Reichweite, den Kopf dicht über dem Boden.

Und plötzlich verfiel sie in leichten, immer schneller werdenden Trab. Dann stieß sie einen wilden Schrei aus.

«Roseline!», rief Alyre.

Es war zu spät. Roseline entwischte im Schweinsgalopp unter den Bäumen. Alyre lief hinter ihr her, bereits außer sich vor Aufregung, mit klopfendem Herzen. Eine Hecke, durch die die Sau mühelos eine Bresche geschlagen hatte, tauchte vor ihm auf. Er brauchte ewig, um sie zu umgehen, um die Böschung hochzukommen. Er war verzweifelt. Von weitem hörte er seine Sau aus Leibeskräften quieken, durch die Trüffelhaine von ganz Banon. Welche Laune hatte sie jetzt wieder gepackt? War es der Ruf eines Wildschweins? Das gab es manchmal bei Sauen. Aber es war nicht die Jahreszeit. Und dann dieses Geräusch… nein, das war kein Wildschwein.

Er rief nach allen Himmelsrichtungen in dieser sternklaren Nacht. Ein schreckliches Vorgefühl hatte ihn erfasst. Plötzlich hörte er Roseline aufjaulen. Er stürmte aufs Geratewohl voran, die Hände ausgestreckt, und wiederholte seinen Ruf. Schließlich sah er sie. Sie grunzte leise unter einer Trüffeleiche und versuchte, sich den Hinterschenkel zu lecken.

«Roseline! Meine Roseline!»

Er kniete sich neben sie.

«Sie ist verletzt! Du bist ja verletzt, meine liebe Roseline! Meine arme Roseline! Warum bist du aber auch so dumm? Warum bist du bloß so neugierig?»

Er konnte nicht viel sehen im vom Blattwerk verschleierten Mondlicht. Von allen Seiten tastete er Roseline ab. Sie stieß einen Schmerzensschrei aus.

«Da, meine Roseline? Tut's dir da weh?»

Ja. Da war es. Eine große, blutunterlaufene Stelle, dazu eine Schürfwunde auf der linken Schulter, und ein paar Blutstropfen waren an der Ohrspitze sichtbar. Sie musste mit Steinwürfen angegriffen worden sein. Angegriffen? Oder war es etwa sie, die versucht hatte, einen mysteriösen Gegner anzugreifen, der sich dann verteidigt hatte?

Aber warum hatte der sich nicht gezeigt? Warum war er geflohen? Ein Trüffelwilderer?

«Wer ist der verdammte Mistkerl?»

Zornerfüllt blickte er um sich. Wenn Roselines Angreifer noch in der Nähe war, mußte er sich gut verstecken, auch wenn Alyre reichlich mager war! Er hatte das Gefühl, er sei seine eigene Schulter, die litt.

Er orientierte sich rasch. Er war an der äußersten Grenze mehrerer Parzellen, die durch Böschungen und Hecken getrennt waren. Plötzlich kam ein Wind auf, mir nichts, dir nichts, ohne dass irgendein fernes Rauschen davor gewarnt hätte. In dem Sausen, das von den Anhöhen von Montsalier herunterkam, vernahm Alyre unter den Eichen ein weiteres seltsames Geräusch. Es war das Bimmeln eines Glöckchens und das sehr sanfte Rascheln eines Kleiderstoffes, als ob eine vorübergehende Frau mit ihrem Rock die Schlehenbüsche am Wegrand streifte. Da erblickte er zwei völlig verschiedenartige, nicht zueinander passende Gegenstände, die, vom Nordwind getrieben, den glatten Hang zwischen den Trüffeleichen herunterkamen; sie kullerten im Luftzug dahin und verursachten dabei die Geräusche, die Alyre nicht hatte deuten können.

Es war ein gelber Plastikeimer, der bei jeder Umdrehung auf dem Boden mit seinem Metallhenkel gegen die Steine schlug. Er rollte noch etwas weiter auf Alyre zu und blieb schließlich in der Wurzelgabel einer

Trüffeleiche stecken. Der andere hüpfende, leichtere Gegenstand schien sich auf einem Luftkissen fortzubewegen. Alyre wusste, was es war, noch ehe er die Beschaffenheit des Gegenstands erkennen konnte. Er wusste es wegen des kalten Schauders, den er plötzlich auf seiner Stirn spürte.

«Die Uillaoude!», flüsterte er.

Eines Tages, im Alter von fünf Jahren, versteckt hinter seiner Großmutter, die ihn mitgenommen hatte, weil er noch zu klein war, um zu verstehen, was vorging, hatte er diesen Gegenstand einmal gesehen, mit seiner merkwürdigen Schleife aus einem achtfach geschlungenen Band, und zwar auf dem Kopf einer alten Dame, die er gänzlich verbarg. Es war der «Mourrail», der Beschwörungsschleier, ein Stück Tüll, aus dem durch bestimmte Praktiken die bösen Geister vertrieben worden waren und das die «Fluchaufheberin» während bestimmter, besonders gefährlicher Sitzungen schützen sollte.

Er hatte in früherer Zeit einer Witwe als Trauerschleier gedient, und er diente später als Imkerhut, da der lange Schleier während der Honigernte vor Bienenstichen schützte. Nur war er schwarz, und das war es eben. Er war schwarz und abgenutzt. Und er war auch schaurig, denn man konnte sich vorstellen, dass er nur dann Beschwörungskraft entwickelte, wenn die Witwe dem Schicksal auf die Sprünge geholfen hatte. Wenn sie durch irgendeinen Kunstgriff den Tod ihres Ehegatten beschleunigt hatte.

Alyre hütete sich, diesen Gegenstand zu berühren, den er an dem unentwirrbaren Knoten seines Bandes, an dem schwarzen Stroh des flachen Hutes erkannte. Er glaubte natürlich nicht an all diesen Unfug, aber vorsichtig war er doch. Und die Dinge, die sich da in der Nacht zutrugen, waren schon seltsam... Er begnügte sich damit, zuzusehen, wie der Hut zu seinen Füßen im Luftzug zitterte, und als der launische Wind den «Mourrail» auf seine Schuhe zu schubsen drohte, wich er eilig zurück.

Der Eimer hingegen war viel weniger beunruhigend, gerade weil er so banal aussah, und Alyre zögerte nicht, ihn zu ergreifen. Er stellte sich so hin, dass der Mondschein auf den Boden des Eimers fiel. Er enthielt nur noch Spuren eines körnigen Materials, das Alyre zusammenklaubte und in seiner Handfläche hüpfen ließ. Es war schwer, sandig, etwas klebrig. Wenn man dieses Zeug zwischen Daumen und Zeigefinger nahm, bildete es Klumpen wie Brotkrümel und wurde warm. Es schien Alyre, als erfüllte es sich mit seltsamem Leben. Er warf es schnell wieder weg, schleuderte den Eimer weit fort und wischte sich lange die Hände an den Oberschenkeln ab. Er schnupperte daran und verzog das Gesicht. Ein undefinierbares Unbehagen erfasste ihn und drehte ihm den Magen um.

«Hauen wir ab, Roseline!», flüsterte er.

Aber sie humpelte, und sie kehrten nur sehr langsam nach Banon zurück. Er hörte nicht auf, sie auf der ganzen Strecke auszuschimpfen, so sehr war er ihretwegen in Sorge.

«Du dummes Luder! Was hattest du denn zu suchen in diesen Trüffelparzellen, die uns gar nicht gehören? Wenn der Pascalon Bayle oder der Polycarpe Bleu oder Sidoine oder Albert der Rattenfänger mich um neun Uhr abends in ihren Trüffelhainen überrascht hätten – und obendrein noch mit dir! –, dann hätten wir schön dumm dagestanden! Und dazu kommt noch, dass das alles Neffen der Uillaoude sind!

Aha, das stimmt ja überhaupt! Das sind alles Neffen der Uillaoude! Und diese Uillaoude, das ist die würdige Nichte derjenigen, zu der mich meine Großmutter damals mitgenommen hat…»

Alyre Morelon betrachtete den Himmel, wo der Mondschein die Sterne matter erscheinen ließ. Es passierte ihm nicht oft, dass er den Himmel betrachtete, doch heute Abend war er besonders verwirrt.

«Macht nichts, Roseline… Es passieren schon merkwürdige Dinge… Was hatte der da zu suchen unter den Eichen von wem auch immer? Mit einem Eimer voll was auch immer… Und mit einem ‹Mourrail› auf dem Kopf? Wozu sollte ihm das nützen? Und warum hat er sich nicht zu erkennen gegeben? Und warum hat er Steine nach dir geworfen?»

Das waren viele Fragen für einen einzelnen Mann und eine hinkende Sau.

Als er zu Hause ankam, Roseline mit hängendem Kopf an ihrem Seidenband hinter sich herziehend, beeilte er sich, Schnaps und Penicillin zu holen, und reinigte ihr trotz ihres fürchterlichen Geschreis die Wunde; er brachte sogar einen Verband an, ohne sich allerdings Illusionen darüber zu machen, wie lange sie den umbehalten würde.

«So! Und wenn's morgen nicht besser geht, bringen wir dich zum Doktor Arnaud nach Manosque…»

Worauf er aus der Werkstatt ein dickes Vorhängeschloss holte nebst Schrauben. Er sicherte den Riegel des Schweinekobens und schraubte die Haken ein.

Er war gerade mit dieser Arbeit fertig, als Francine,

die von einem ihrer Ausflüge zurückkam, die Wagentür zuschlug.

«Ach! Was machst du denn da? Wie kommst du denn auf die seltsame Idee, Roseline einzuschließen? Hast du Angst, dass sie dir geklaut wird? Bei den Schreien, die sie ausstößt, sobald sich ihr ein Fremder nähert, würde es mich wundern, wenn –»

Alyre fiel ihr ins Wort. «Ich habe keine Angst, dass sie mir geklaut wird», sagte er, «ich fürchte, dass sie umgebracht wird. Das ist nicht dasselbe… «

Er spähte in die finsteren Ecken des Schuppens, als könne er dort die Gegenwart eines Mörders wittern.

~ 6 ~

ALS Laviolette, wie immer in seinem apfelgrünen Ford Vedette, eines Spätnachmittags in Banon anlangte, war der Platz wie leer gefegt vom Mistral. Ein winziger Dackel irrte herum, vom Wind ganz verschreckt.

Laviolette schätzte das Dorf mit drei Blicken ab. Der erste galt der Zypresse, die in der Ecke eines in Terrassen angelegten Gartens stand; es war die letzte von hundertfünfzig, mit denen die Mönche, um die Zeit zwischen den Gebeten auszufüllen, im 18. Jahrhundert das Glacis geschmückt hatten. Der zweite registrierte die drei Miethäuser mit den runden Giebelfenstern, bei denen man sich fragte, ob sie aus der Erde emporgeschossen oder einfach draufgestellt worden waren.

Zwei moderne Hotels kamen noch dazu, von denen das eine sich als *Hôtel des Fraches* und das andere als *Hôtel de Lure* kundtat. Nach ihrem Beispiel machte sich zum Plateau hinab ein ganzes Schock Marseiller Villen breit, wo jeder den Reichtum seiner Phantasie und seine Auffassung von Kunst dem Neid der Vorübergehenden darbot. Laviolette war es sofort klar, dass dieses Banon da ohne Geheimnis war und ihn nichts anging.

Sein dritter Blick aber offenbarte ihm ein anderes Banon. Da war ein alter Mann mit Baskenmütze, der den Platz überquerte und auf den Brunnen zusteuerte, die Füße gegen den Mistral gestellt. Laviolette näherte sich ihm und lüftete seinen Hut.

«Sie kennen nicht zufällig», sagte er, «einen Ort, wo ich preiswert essen und schlafen könnte?»

Das Wort «Hotel» verwendete er absichtlich nicht.

«Essen und schlafen?», wiederholte der Mann.

Dieser Aufschub erlaubte ihm, sein Gegenüber eingehend zu betrachten. Er sah einen Mann, der nichts hermachte, er war weder fett noch mager, allerdings hatte er einen großen Kopf und hervorstehende Augen, und der Blick schweifte ins Weite. Als einziges Gepäck hatte er einen blauen Seesack über die Schulter geworfen, den er wohl einst aus England mitgebracht hatte.

«Sie könnten vielleicht mal bei der Rosemonde Burle nachfragen», sagte der Alte.

Den Anhöhen Banons zugewandt, deutete er mit zwei oder drei Umdrehungen seines Stockes auf eine noch nicht erkennbare gastfreundliche Spelunke und auf den Weg, um dorthin zu gelangen. Aber der Mistral riss ihm die Worte, die er durch seine zahnlosen Kiefer brabbelte, von den Lippen weg.

«Bei wem?», fragte Laviolette.

«Bei der Rosemonde Burle! Oben an der Straße, unterhalb vom Tor. Das Ding heißt *La Rabassière**. Aber Vorsicht! Sagen Sie ihr ja nicht, dass ich es bin, der Sie schickt! Wenn sie will, kann sie, aber… wenn sie weiß, dass ich… dann gute Nacht!»

Laviolette dankte ihm und umging die Terrasse des Cafés, in dem vier Müßiggänger hinter der Scheibe den

* *Rabassière*: Trüffelhain, aber auch: die Trüffelsucherin, das Trüffelweib (Anm. d. Ü.)

Hals reckten und ihn mit den Augen verschlangen. Sie hätten ihren Wettgewinn vom Sonntag hergegeben, um zu erfahren, was zum Teufel dieser Fremde den Gabriel Montagnier gefragt hatte. Und übrigens war Laviolette kaum um die Ecke des Platzes gebogen, als einer der Beobachter nach draußen schlich und Kurs auf das Pissoir nahm, wo der Alte schlurfend verschwand.

Die Straße vor Laviolette stieg steil an. Und hier war das echte Banon. Die Erdgeschosse wiesen wohl ein paar Läden und die eine oder andere hübsche Rentnerlaube mit grün gestrichenen Briefkästen auf, doch man brauchte nur den Blick nach oben zu richten, und schon sah man drei Stockwerke altersloser Steins und Fensterläden, deren Wagenblau in der Sonne der vergangenen hundert Jahre gebleicht war.

Die Straße verjüngte sich zum höchsten Punkt des Dorfes hin. Unter der aufgerissenen Teerschicht, die der moderne Städtebau ihr auferlegt hatte, ließ sie von Hufen und Rädern polierte Pflastersteine sehen. Und da, drei Stufen über dem Fahrdamm, entdeckte Laviolette *La Rabassière*.

Über der Eingangstür war, verwaschen, verwittert und rissig, das Schild mit der pastellblauen Schrift auf abgeblättertem dunkelbraunem Grund noch zu erkennen: Es bestätigte ohne Prahlerei, dass das Haus ein Hotel und Restaurant beherbergte.

Die Rahmen der drei großen Fenster waren sorgfältig gewachst; die bis auf halbe Höhe aufgetragene Schlämmkreide verhinderte, dass man in den Innenraum sah, und wohl genauso den Blick nach draußen.

Laviolette drückte die Klinke und steckte den Kopf

durch die Tür. Ein intensiver Trüffelduft überwältigte seinen Geruchssinn. Der Raum war leer. Vom oberen Stockwerk rief eine resolute Frauenstimme:

«Ich komme!»

Sechzehn Tische gab es im Lokal. Am Eingang war das Gewölbe doppelt, unsichtbar verfugt wie ein Kreuzgewölbe. Laviolette konnte seinen Blick nicht wieder abwenden von diesem rätselhaften Doppelgewölbe ohne Stütze.

«Sie schauen sich meine Decke an? Schön, wie? Wenn ich daran denke, dass ein Maurer sie mir verputzen wollte!»

«Da ist sie ja noch mal heil davongekommen!»

Er stand fassungslos vor diesen Steinen, die ohne Zement aneinander gefügt waren und ganz allein durch das Können des Steinmetzes zusammenhielten.

Er senkte den Blick. Rosemonde ging hinter ihren Tresen. Ihre Hüften wiegten sich harmonisch bei jedem Schritt von rechts nach links, von links nach rechts. Zwar war sie wohlbeleibt, aber durchaus geschmeidig. Sie wandte sich ihm zu.

«Was wünschen Sie?»

Sie war eine Frau von mittleren Jahren, rothaarig, mit grünen Augen. Ihr Haar und ihr Busen waren üppig, doch ihr schmaler Mund deutete auf Zurückhaltung hin. Ihr war sofort klar, dass er nicht gekommen war, um am Tresen etwas zu trinken.

«Wichtig ist nicht so sehr das, was ich wünsche», sagte Laviolette. «Wichtig ist, was Sie mir anbieten können.»

«Haben Sie gegessen?»

«Ja danke. Nein, ich suche einen Ort, wo ich mich

einquartieren und essen kann, so an die vierzehn Tage lang, vielleicht länger...»

Sie wischte sich die Hände an ihrer Bluse ab.

«Mein Gott!», sagte sie. «Bei dem Wind, der auf der Veranda wehte, habe ich mich in die Bettlaken verwickelt, die ich gerade aufgehängt habe, und jetzt bin ich ganz nass! Warten Sie mal kurz, ich geh mich nur schnell umziehen... Nicht, dass ich mir noch eine Lungenentzündung hole! Das wäre eine schöne Bescherung! Haben Sie einen Augenblick Zeit?»

«Machen Sie nur, machen Sie nur!», sagte Laviolette.

Dass in diesem Busen eine Lungenentzündung aufkommen könnte, schien ihm unwahrscheinlich, so stolz prangte er. «Sie wird es sich überlegen», sagte er sich, «das Für und Wider abwägen...»

Nach drei Minuten kam sie wieder.

« Sie möchten also bei mir wohnen?»

«Wenn das möglich wäre.»

«Aber wissen Sie... Es ist nicht geheizt. Durch das einzige Zimmer, das ich Ihnen geben kann, führt nur das Ofenrohr. Gewöhnlich vermiete ich nur an Sommergäste, verstehen Sie!»

«Und Ihr Zimmer, ist das denn geheizt?»

«Nein! Ich nehme mir einen Stein mit nach oben, der den ganzen Tag im Backofen gelegen hat, und packe ihn in einem Strumpf...»

«Einen Stein in einem Strumpf! Wie bei meiner Großmutter...», dachte Laviolette.

«Sie hätten doch sicher auch einen für mich?»

«Mein Gott! Ich hätte wohl fünf davon, daran fehlt's

nicht. Aber wissen Sie, es gibt auch ein gutes Federbett...»

«So ein dickes Federbett?», fragte Laviolette hoffnungsfroh.

«Ja, genau!»

«Und es ist dottergelb?»

«Richtig!»

«Dann behalten Sie mich da, ich flehe Sie an!»

Sie lachte schallend.

«Na gut, es geht in Ordnung... Ich nehme Sie auf! Bringen Sie Ihre Sachen nach oben! Es ist im ersten Stock, gleich gegenüber der Treppe. Aber, wissen Sie, im *Hôtel de Lure* wären Sie vielleicht besser aufgehoben!»

«Ach, danke», sagte Laviolette. «Sie haben mich genau genug angeschaut, um vom Gegenteil überzeugt zu sein!»

~ 7 ~

«WELCHER mag es wohl sein?», fragte sich Alyre.

Er hatte soeben die Tür zur Kneipe von Rosemonde Burle aufgestoßen. Sie waren alle bereits in das Spiel vertieft, als er eintrat. Der Bäcker und der Pfarrer in Zivil tranken ein Glas zusammen, ehe sie den Brotteig kneten gingen, was sie gemeinsam taten, der eine half dabei dem anderen. Martel, der das Baugeschäft hatte, und Martin, der Klempner, besprachen den Zeitplan einer anstehenden Baustelle.

Aber Alyres Freunde, der Klüngel der Trüffelsucher, waren dort hinten im Dämmerlicht, diskret, ihr Kartenspiel haltend. Rosemonde sah ihnen zu, die Ellenbogen auf der Theke, die Faust auf der Hand, ruhig und wehmütig.

«Welcher ist es?», fragte sich Alyre noch einmal.

Er näherte sich ihnen leise. Sie sahen ihn nicht kommen. Er beobachtete sie von der Seite. Die «Todfeinde», wie man sie nannte. Es waren die letzten Trüffelproduzenten der Umgebung. Da ihre Kinder weggegangen waren oder kurz davor waren wegzugehen, würde hier niemand mehr Trüffeln ernten, wenn sie einmal nicht mehr wären. Dickicht, Gestrüpp und Unkraut würden endgültig die Trüffelhaine überwuchern, nicht anders, als wenn der Wald untergegangene Zivilisationen zudeckt.

«Was für ein Glück», dachte Alyre, «dass mein Paul, Agronomiestudium hin oder her, fest entschlossen ist, wieder herzukommen und hier zu bleiben.»

Seine Freunde taten ihm ein wenig Leid, dass sie nicht die gleiche Gewißheit hatten.

«Und dabei», sagte er sich, «ist unter ihnen ein Dreckskerl!»

Er dachte an Roselines böse ramponierten Schinken, der, alle Regenbogenfarben durchlaufend, langsam von den Steinwürfen heilte, die sie kürzlich abbekommen hatte.

«Ich hätte mich auf die Lauer legen sollen», sagte sich Alyre, «er muss sie ja irgendwann abgeholt haben, seinen Beschwörungsschleier und seinen Eimer...»

Lautlos setzte er sich rittlings auf einen Stuhl, in einigem Abstand, um sie noch bequemer beobachten zu können.

Sie waren alle etwa in seinem Alter, außer Albert Pipeau, dem Rattenfänger, dessen Mutter mit vierzig «überrascht» worden war, als sie glaubte, kein Risiko mehr einzugehen. «Was ihn nicht daran hindert, schön wie ein junger Gott zu sein», verkündete sie.

Doch mit allen anderen, Polycarpe Bleu und seinem Bruder Omer, den Brüdern Virgile und Pascalon Bayle, Sidoine Pipeau, Alberts fünfzehn Jahre älterem Bruder – mit ihnen allen, die in Banon blieben und allen Schwierigkeiten zum Trotz von einer Herde, einigen Trüffelparzellen und ein paar Dutzend Bienenstöcken ihr Leben fristeten, war Alyre zur Schule gegangen. Von den Schulkameraden waren nicht mehr viele übrig. Entweder waren sie weggegangen oder sie hatten den Beruf gewechselt oder sie waren schon tot.

«Es kann nicht sein», dachte Alyre, «dass es einer von denen da ist, der meine Sau mit Steinen beworfen hat! Sie wissen alle, was sie wert ist! Ich leihe sie ihnen sogar manchmal, wenn sie gerade mal keinen Hund zur Hand haben...»

Indes musste er ehrlicherweise zugeben, dass diese Leihgaben selten waren und nie spontan.

Was bei diesen Männern auffiel, die aussahen, als kämen sie aus früheren Zeiten und hätten sich in dieses Jahrhundert verirrt, war die Strenge ihrer Züge.

«Man weiß ja, dass es nichts zu lachen gibt», dachte Alyre, «da sind die Sorgen ringsum; da ist, dass es in einem Jahr kaum Honig gibt und im Jahr darauf zu viel, dass er aber zu dunkel ist, weil die Bienen zu viel auf Eichenblüten gesammelt haben. Und dann wollen ihn die Leute aus Marseille nicht. Man weiß ja, dass Lavendelessenz sich nur alle fünf Jahre verkauft und dass man Geduld haben muss... Man weiß ja, dass es die Fälligkeiten beim Crédit Agricole gibt... aber schließlich ist das doch kein Grund, um auszusehen wie lauter zugeschnürte Geldsäcke... Sieh sie dir nur an: Die sehen alle gleich aus! Nicht nur ziehen sie sich alle gleich an, mit den blauen Arbeitsanzügen vom Elektrizitätswerk und wasserdichten Schirmmützen, sie sind auch alle gleich mager! Als würden sie sich verbieten, dicker zu werden, aus Angst, man würde dann irgendwas zusätzlich von ihnen verlangen! Sie haben Gift in der Seele», folgerte Alyre leichthin. «Und ich, ich habe ein sonniges Gemüt, trotz meiner Francine.» Das war eine Schlussfolgerung, die ihn dazu bewegte, seinen Tabaksbeutel und sein Zigarettenpapier aus der Tasche zu holen und sich gelassen eine zu drehen. Und während er die entsprechenden, hochpräzisen Handbewegungen machte, bemerkte Alyre, dass im Halbschatten auf der anderen Seite der Spieler ein Mann wie er rittlings auf einem Stuhl saß und sich eine Zigarette drehte, als wollte er ihn nachmachen, ein schweigsamer Mann mit schwerem Blick, der aber, wie es Alyre auf seiner Seite tat, aufmerksam das Gegenprofil der Kartenspieler beobachtete.

Man hatte erfahren, dass er irgendetwas bei der Polizei war und dass er hier angeblich «im Interesse der Familien» über diese Verschollenen ermittelte. «Wie ist das möglich», dachte Alyre, «dass solche Landstreicher eine Familie haben und dass die sich für sie interessiert? Und wenn ich dem da von meiner Sau erzählen würde? Wenn er sich für die Familien der Hippies interessiert, kann er sich doch auch für meine Sau interessieren, was? Seit einiger Zeit kommt es mir so vor, das ist so eine Vorahnung…, dass sie bedroht ist, meine Roseline…»

Ihn schauderte. Er stellte sich diesen rosigen und pummeligen Hals vor, der so verletzbar war… so begehrt bei Fleischern…

Er gab sich einen Ruck. «Du bist vollkommen plemplem… Wer sollte denn deine Sau umbringen wollen? Und wieso?»

Das Gezeter eines Spielers gegen einen anderen, der sich offenbar vertan hatte, holte ihn aus seiner Träumerei. Es war Polycarpe Bleu, der von dem heftigen Tick geschüttelt wurde, der ihn von Zeit zu Zeit überkam; er beschimpfte den Holzhändler Sidoine Pipeau, seinen Partner. Die andere Mannschaft, die aus Pascalon Bayle und Omer Bleu bestand, hatte ihre Karten eingesammelt und wartete das Ende der Auseinandersetzung ab, mit der neutralen Miene von Leuten, die sehr zufrieden darüber sind, dass nicht sie sich zur Schau stellen.

«Schau sie dir an, wie sie sich freuen, dass sich ihre Brüder anschnauzen!», dachte Alyre. «Sie haben sie nicht gerade in ihr Herz geschlossen, ihre Brüder! Ich habe mich immer gefragt, warum sie sich darauf versteifen, alle in dieselbe Kneipe zum Kartenspielen zu kommen, wo sie seit über zwanzig Jahren nicht mehr miteinander reden! Wahrscheinlich aus Bequemlichkeit... Oder es ist wegen der Rosemonde... Man muss sagen, dass Rosemonde... Zwar kann sie es mit der Frau von Lewinkow nicht aufnehmen, natürlich nicht, aber immerhin...»

Albert Pipeau und Virgile Bayle, die ebenfalls dem Spiel zusahen, jeder von einer Tischkante aus, ergriffen Partei, um Öl ins Feuer zu gießen. Ein heftiger Hassausbruch, der in keinem Verhältnis stand zu einer bloßen Meinungsverschiedenheit beim Spiel, erfasste diese verschlossenen Männer, die sich schon immer kannten und die handfeste Gründe hatten, einander nicht zu mögen; zugleich aber hatten sie genauso solide Gründe, so nahe wie möglich beieinander zu bleiben, sich zu bespitzeln, sich nicht aus den Augen zu lassen.

«Handfeste Gründe», sagte sich Alyre. «Was kann es Handfesteres geben als eine enttäuschte Liebe? Polycarpe und Omer, die sind zerstritten aus Blödheit. Bei ihren langen, schulmeisterlichen Gesichtern ist das kein Wunder... Dabei sind sie als Kinder in derselben Seifenkiste aufgewachsen, wenn man so sagen darf. Als sie klein waren, waren sie im Sommer voller Fliegen, so oft wurden sie gewaschen... Meine Mutter hat mir den Umgang mit ihnen verboten... Seitdem hat sich ihr

Stolz wieder aufgerichtet. Der eine hat beim Militär seine kleine Karriere gemacht. Bei den Jahren, die doppelt zählen… ist er schon mit vierundvierzig Jahren im Ruhestand, und mit seinen zweihundert Hektar, die er im Winter an den Schäfer von Larche verpachtet, hat er ausgesorgt! Omer, sein Bruder, der ist immer hier geblieben mit einer Frau aus Saint-André, die ihm etwas Geld in die Ehe gebracht hat. Er hatte sogar einen Weinberg, lauter Jacquez. Eines Tages hat Polycarpe, der immer das Orakel der Familie gewesen ist, wohlmeinend zu ihm gesagt: ‹Du solltest deinen Weinberg roden!› – ‹Wie, roden? Hier wächst doch nichts anderes!› – ‹Du weißt, dass das Jacquez ist und dass der verboten ist, der Jacquez, und vor allem, dass man davon Krebs bekommt?› – ‹Bist wohl selber ein Krebs, was?!› Ein Wort gab das andere… Polycarpe hat ihn mit einem anonymen Brief bei der Steuer angezeigt, angeblich, um ihm das Leben zu retten! Omer hat ihn überall verfolgt, mit dem geladenen Grobschrotgewehr. Alle haben mitgemischt: die Gendarmen, der Pfarrer, der Bürgermeister. Man hat sie dazu gebracht, einander die Hand zu geben, auf dem Platz, vor aller Augen: Sie haben sie zurückgezogen, als ob sie gebrannt hätte. Auf dem Totenbett hat ihre arme Mutter sie angefleht, einander zu umarmen. Sie haben es getan. Ich war dabei: Sie schnauften wie in die Enge getriebene Wildschweine. Seitdem haben sie sich an die Situation gewöhnt, aber reden kein Wort miteinander! Man geht Karten spielen – nie zusammen, nichts da! –, man geht zum Zuschauen beim Boule, aber kein Wort!»

Der Streit beruhigte sich. Es grummelte noch ein bisschen zwischen den unzufriedenen Partnern, doch die Partie ging weiter. Man hörte, wie Pascalon Bayle bei jeder ausgegebenen Karte seinen Daumen leckte. Der Fremde, der rittlings auf seinem Stuhl saß, beäugte jetzt Alyre, der sich unwohl fühlte, als wäre er schuldig. Dann kam er um den Tisch herum und legte ihm die Hand auf die Schulter, als wären sie alte Bekannte.

«Und Sie?», fragte er. «Spielen Sie nicht?»

«Och», sagte Alyre, «ich schau zu.»

«Sie haben, glaube ich, den Hof da drüben Richtung Montsalier, direkt am Ortsausgang von Banon?»

«Richtig!», sagte Alyre.

Der Fremde nickte, ging wieder um den Tisch herum, setzte sich wieder rittlings auf seinen Stuhl.

«Mit solchen Fragen kommt der nicht weit», dachte Alyre. Doch er saß günstig und konnte feststellen, dass die Schultern der Spieler und der Zuschauer, die die Partie verfolgten, sich unmerklich krümmten, während der Mann hinter ihnen vorbeiging; selbst Pascalon Bayle, obwohl er eben eine Karte ablegen wollte, warf einen Blick in die Kulissen, als lauere irgendeine böse Überraschung auf ihn.

«Diese Typen sind aalglatt», sagte sich Laviolette. «Man könnte meinen, sie hätten all ihre Unebenheiten abgefeilt.»

«Welcher war es?», fragte sich Alyre. «Welcher dieser Dreckskerle war neulich nachts in den Trüffelhainen und hat ums Haar meine Roseline umgebracht?»

Seine beiden Freunde seit Urzeiten, Pascalon und Virgile Bayle, beobachtete er aus nächster Nähe. Auch diese beiden waren zerstritten. Sie waren «Charakterköpfe». «Im Krieg», dachte Alyre, «im Krieg hat der Virgile mal drei Stunden auf die Ellenbogen gestützt auf der Wiese in der Sonne gelegen – und da war er erst siebzehn –, während die Deutschen über den ganzen Hügel streiften, um zwei Widerständler zu verfolgen. Virgile, der hatte sich bäuchlings mitten in die reglose Herde gelegt, die er mit kleinen Pfiffen in Schach hielt! Sein Bruder, der Pascalon, das ist ein kleiner Ganove. Er hat kaum Trüffelhaine und verkauft immer mehr Trüffeln als wir, die wir viele haben... Das ist nicht normal... Zu Hause benimmt er sich wie ein Pascha. Seine beiden Töchter putzen ihm die Schuhe. Seine Mutter hat er ins Altersheim gesteckt. Nebenbei spielt er ein bisschen den landwirtschaftlichen Gutachter... Wenn du ein günstiges Gutachten willst, musst du ihm nur was zustecken. Jedenfalls sind diese beiden da auch verkracht, aber bei denen weiß noch nicht mal ich, warum. Sie leben in zwei Haushälften, mit zwei Frauen, die freundlich miteinander reden. Aber sie nicht, von wegen! Man weiß nicht, warum. Eines Tages hat man geglaubt, man wisse es. Aus zwanzig Metern Entfernung, von einem Garten zum anderen haben sie sich aus vollem Hals angebrüllt. Doch keiner ist näher rangegangen, aus Angst, gesehen zu werden. Und außerdem hat da der Mistral geblasen, und was für einer! Wir haben kein Wort verstehen können. Nichts! Und seitdem hört man keinen von beiden mehr. Nicht nur, dass sie nicht mehr miteinander reden, nein, auch den anderen antworten sie kaum noch.»

Welche Gedanken prallten da wohl seit Jahren aufeinander in diesen störrischen Köpfen, unter den fest sitzenden Schirmmützen, Gedanken, die nie herauskommen würden, die nie in Worte gefasst würden? Niemand, nicht einmal Gott Vater, würde diese Unbeugsamen in die Knie zwingen. Sie wussten, was sie wussten, und damit basta... Jeder für sich. Kein Mitleid. So lässt sich's leben, wenn man zu den Wilden gehört!

Alyre schob seinen Stuhl etwas zurück, um die beiden jüngsten Neffen der Uillaoude in seinem Gesichtsfeld zu haben: Sidoine und Albert Pipeau. «Sidoine, das ist ein wohlhabender Mann. Zwanzig Jahre lang hat er die Hälfte des Holzeinschlags von Lure an die italienische Verwaltung verkauft. Eine Zeitlang hat er zwischen Lardiers und Saint-Etienne fünfzehn portugiesische Landarbeiter beschäftigt. Er will es nicht mehr machen. Angeblich ist die Arbeitskraft zu teuer... Sidoine ist schon ein schöner Mann, aber sein Bruder erst, der Albert! Sieh ihn dir an!», dachte Alyre nicht ohne Groll. «Er wird der ‹Rattenfänger› genannt, weil er verführen kann wie kein anderer.»

Mit einem überlegenem Lächeln saß dieser Albert breit auf seinem Stuhl, mit ausgestreckten Beinen, die Hände in den Taschen, das Geschlecht zeichnete sich unter der engen Hose ab. Er hatte eine gerade Nase, eine niedrige Stirn, kurze schwarze Locken kringelten sich bis auf die Augenbrauen. Die Augenfarbe war ungewiss unter den vorstehenden Brauenbögen.

«Sieh ihn dir an, den da, wie glücklich der aussieht! Aber nicht aus guten Gründen! Sieh dir das an, wenn sogar die Rosemonde bei dem anfängt rumzuschnurren! Wenn sie ihm ihren Busen unter die Nase hält, während sie ihm den Eisenkrauttee serviert! Es würde mich wundern, wenn Francine...»

Sein Blick wurde so durchdringend, dass Albert ihn trotz seiner Selbstgefälligkeit spürte und den Kopf umwandte. Alyre senkte die Augen, um seinen Hass zu verbergen.

«Dabei», sagte er sich, «bin ich ja wahrlich kein unglücklicher Mensch. Aber sein Bruder! Ja, da gibt es doch einen guten Grund, seit fünfzehn Jahren zerstritten zu sein! So einen Grund findet man nicht alle Tage!»

Fast hätte er den Mund aufgemacht und ihnen munter zugerufen: «Erinnert ihr euch? Erinnerst du dich?» Er beherrschte sich mit Mühe, doch er widerstand nicht dem Vergnügen, Sidoine mit einer gewissen mitleidigen Überheblichkeit anzusehen, während er sich seine Geschichte ins Gedächtnis rief.

«Er hatte unlängst eine gewisse Victoire geheiratet, die er sich aus der Drôme geholt hatte. Albert war gerade aus dem Militärdienst entlassen worden. Sie hatte ihn noch nie gesehen. An einem Abend im Winter, spät, an der Ecke bei der Kirche, lief sie zu Gardon, Zucker kaufen. (Sie hat es seitdem ganz Banon hundertmal erzählt.) Genau an der Ecke! Wenn das nicht Schicksal gewesen ist! Sie ist mit ihm zusammengestoßen, und ehe sie sich's versah, hatte er die Arme geöffnet, sie ist gar nicht erst zum Sprechen gekommen! Was hätte sie auch tun können vor diesem Bild von einem Mann? Sie kam aus Dieulefit. So einen wie den hatte sie noch nie gesehen! Danach… Es hat acht Tage gedauert. Sie konnte nicht mehr. ‹Das ist es›, wiederholte sie, ‹ja, das ist die Liebe!› Als sie erfuhr, dass es sein Bruder war, hat sie dem Sidoine alles erzählt. Sie sind nicht alle so wie meine Francine… Sie haben aufeinander geschossen, unter den Kastanienbäumen der Uillaoude, wie im Krieg auf Patrouille. Die Gendarmen haben sie in Handschellen abgeführt; sie waren schwarz vom Pulver. Da sie die Geschichte tausend Franc Bußgeld gekostet hat und sechs Monate Gefängnis auf Bewährung, haben sie sich ein wenig beruhigt, aber... der eine sollte besser nicht auf den anderen treffen, wenn der sich gerade über einen Brunnenrand beugt...»

Er seufzte. «Und wozu all das? Was ist das, die Welt? Jetzt sitzt die Victoire auf ihrem Hängebusen. Sie hat fünf Kinder in die Welt gesetzt. Sie läßt sich gehen. Die Liebe ist für sie gestorben. Hundertmal könnte sie um die Kirchenecke rennen... Nie mehr!»

«Welcher wohl?», fragte sich Alyre noch einmal. «Das sind beides Neffen der Uillaoude. Aber sie übt ihre Kunst nicht mehr aus... Womöglich hat sie ihren Beschwörungsschleier irgendwo herumliegen lassen. Egal, neulich hat meine Roseline etwas gesehen, was sie nicht hätte sehen dürfen. Ich muss auf sie aufpassen...»

Alyre ging als Letzter, weil er mit Rosemonde wegen einer Eierlieferung eine Kleinigkeit zu besprechen hatte. Als er die Tür hinter sich zumachte, waren alle Gäste mit ihren Autos weggefahren, und auf dem kleinen Platz mit dem Brunnen stand nur noch der Kommissar Laviolette im Mantel; er pinkelte an die Glyzinie des Pfarrhauses und betrachtete dabei den Mond.

«Sagen Sie mal, Herr Kommissar...»

Alyre ging auf ihn zu, um im Duett mit ihm zu pinkeln.

Laviolette drehte den Hals und sah diesen kleinen Mann, der eher feinsinnig wirkte, auf die Glyzinie zukommen und dabei an seinem Hosenschlitz herumkramen.

«Haben Sie mir etwas mitzuteilen?», fragte er.

«Meine Sau ist überfallen worden!», antwortete Alyre.

Er erzählte ihm den vorgestrigen Abend. Das heißt, er erzählte ihn fast... Denn er erzählte zwar von Roselines Flucht unter den Bäumen, von ihrem Schmerzensschrei... Auch von den Schrammen erzählte er ausgiebig, allerdings hütete er sich, auch nur ein Wort von dem Eimer und dem Beschwörungsschleier verlauten zu lassen. Diese Geschichte war zu heikel... Er sah noch die schwarze Spitze am Boden zucken, im Wind, als ob sie ein eigenes Leben beseelte. Nein. Der Polizei erzählt man nicht von solchen Geheimnissen, an die man selbst nicht glaubt.

«Haben Sie Feinde?», fragte Laviolette.

«Ach was, wo denken Sie hin!»

«Man hat keine Feinde», dachte Alyre bitter, «wenn man ein betrogener Ehemann ist. Mit einem betrogenen Ehemann hat man jede Menge Nachsicht; man haut ihm auf die Schulter. ‹Ach ja, Alyre!›, heißt es, und bei aller Herzlichkeit lässt man erkennen, was man von ihm hält.»

«Wissen Sie», sagte Laviolette, «wenn Ihre Sau jemanden angegriffen hat, dann ist es nicht verwunderlich, dass er sich verteidigt hat! Vielleicht hat man sie für ein Wildschwein gehalten!»

«Sauber und rosig, wie sie ist?»

«Ach, wissen Sie, im Dunkeln...»

Alyre schüttelte den Kopf. Und außerdem... Da war ja nicht nur das...

«Apropos!», rief er, während sie sich beide mit unendlicher Mühe den Hosenschlitz zuknöpften. «Glauben Sie, dass es möglich ist, können Sie glauben, dass es normal ist, dass..., dass..., dass man den Schrei einer Sau mit dem eines Wildschweins verwechselt?»

«Warum nicht?», antwortete Laviolette. Doch er

hatte den Eindruck, dass der kleine Mann sich anders besonnen hatte und dass er ihn eigentlich etwas ganz anderes hatte fragen wollen.

~ 8 ~

«SIE ist weder ganz legal noch ganz normal, meine Anwesenheit hier», sagte Laviolette. «Eigentlich ermittle ich auf Zehenspitzen...»

«Über Ihren Auftrag wurde ich unterrichtet», sagte Viaud, der Chef der Gendarmerie. «*Man* hat mich darum gebeten, Ihnen alle nur erdenkliche Unterstützung zu gewähren...»

«... und gegebenenfalls Beistand, ich weiß», seufzte Laviolette. «Hilfe habe ich genug. Ich kann mich auch an Marseille wenden.»

«Für eine Ermittlung im Interesse der Familien wird das nicht erforderlich sein», sagte Viaud.

«Sicher nicht, sicher nicht! Das ist eine Ermittlung in Grautönen, aus dem Hintergrund, sozusagen... Übrigens, als *man* mich angerufen hat, hat *man* mir die Pille keineswegs versüßt: ‹Sie sind unauffällig, unscheinbar›, hat man mir gesagt, ‹Sie machen nichts her...› Natürlich ist das eine Zusammenfassung... Man hat mir das nicht alles auf einmal an den Kopf geworfen... Aber», fügte er hinzu, und diesmal wandte er sich dem zweiten Gendarmen zu, «finden Sie wirklich, dass ich dermaßen wenig hermache?»

Die beiden Gendarmen brachen in schallendes Gelächter aus.

Viaud erhob sich und holte aus seinem Schrank einen dunkelbraunen Ordner, der die Kopien der verschiedenen Akten enthielt.

«Sie müssen wissen,» sagte er, «dass bei diesen Fällen von Vermissten ein deutlicher Unterschied besteht zu allen übrigen Fällen dieser Art...»

«Was für ein Unterschied?», fragte Laviolette.

«Die Spur hört in Banon auf, einem Dorf mit neunhundert Einwohnern. Ich war in Remiremont, bevor ich hierher kam, einer Stadt mit vierzigtausend Einwohnern, einer Industriestadt. Man beklagte jahraus, jahrein zwölf bis fünfzehn Vermisste, fast immer Mädchen, die – fast immer – an der Côte d'Azur wiedergefunden wurden... oder im Iran... Und hier nun fünf in Banon! In drei Monaten!»

«Und die findet man an keiner Côte d'Azur wieder!», betonte Laviolette.

«Hier ist die persönliche Akte zu jedem einzelnen Fall mit der Befragung desjenigen, der die jeweilige Person sucht», sagte Viaud.

Im Allgemeinen handelte es sich um einen Brief des Vaters oder der Mutter, der auf der Polizeiwache oder dem ihrem Wohnort am nächsten gelegenen Kommissariat registriert worden war. Nur einer der Betroffenen hatte sich die Reise bis nach Banon geleistet. Alle hatten Personenbeschreibungen von wohlerzogenen Kindern geliefert: Blazer, Schulkrawatten, Schuhe von Bally; bei den Mädchen Jeans, Pullover, Schmuckanhänger vom letzten Geburtstag. Alle hatten bei ihrem letzten Treffen mit ihren Eltern die Armbanduhr zur Schau getragen, die sie zur Kommunion geschenkt bekommen hatten, alle waren glatt rasiert und sauber gewesen. Die

Fotos zeigten Kinder aus bürgerlichen Familien. Sogar dieser komische Constantin Spirageorgewitsch war keineswegs ein Hergelaufener, sondern der Sohn eines Pariser Wirtschaftsprüfers. Und auch Ismaël Ben Amozil war der Spross eines ehrenwerten Kaufmanns aus dem Pariser Konfektions-Viertel, der in seinem Lager die T-Shirts kubikmeterweise und die Dschellabas pyramidenweise verkaufte.

«Aber das da: Klempner und Installateur?»

«Ja, das war vielleicht die erste Trotzreaktion seinem Vater gegenüber. Mit sechzehn Jahren als Lehrling zu einem Heizungsinstallateur in der Rue Oberkampf zu gehen», meinte Laviolette.

«Jérémie Piochet –»

«Der Name ist mir nicht unbekannt», sagte Laviolette.

«Natürlich nicht. Falls Sie zu Hause einen Eimer oder eine Schüssel aus Plastik haben, was Stabiles, da haben Sie seinen Namen in den Boden geprägt gesehen.»

«Ach, deshalb!»

«Ja. Seine Mutter ist gerade gestorben. Er und seine Schwester besitzen jetzt die große Firma in La Cluse bei Oyonnax.» Viaud sann einen Augenblick vor sich hin. «Sie ist entzückend…», fügte er hinzu.

«Wer denn?»

«Seine Schwester.»

«Kennen Sie sie?»

«Sie ist hier in Banon. Sie wartet… Sie irrt herum. Sie ist untröstlich. Sie müssten sie mal sehen… Das Gesicht unter dem Blondhaar… Engelhaft!»

«Na, na, Chef… «, sagte Laviolette.

«Ich habe ihr versprochen, ihren Bruder wiederzufinden!»

«Tot oder lebendig?»

«Darüber habe ich mich nicht so genau geäußert.»

Laviolette seufzte. «Bleiben die Mädchen, die sich im selben Zeitraum zuletzt gemeldet haben», sagte er.

«Incarnacion Chinchilla... Die Nichte eines Hotelbesitzers in Irún. Er ist extra hergekommen, aber inzwischen wieder abgereist. Er liebt seine Nichte über alles. Er hat ihr Foto geküsst, das er mitgebracht hatte. So inbrünstig, dass ich mich gefragt habe...»

«Ja. Sie haben sich gefragt, ob er sich nicht ein bisschen an ihr vergangen hat... So dass sie die besten Gründe der Welt gehabt hätte, sich auf und davon zu machen...»

«Gut möglich. Ein Fall, der bei Patricia MacAdarash wahrscheinlich ähnlich liegt, so merkwürdig das klingen mag. Bei ihr ist es wohl eher der Stiefvater. Sie ist Erbin einer Schnapsbrennerei in Dundee, in Schottland...»

«Einer Schnapsbrennerei? In Schottland?»

«Ja. Whisky. Aber im Ausland unbekannt. Nur für den Landesgebrauch. Über diese Patricia kennen wir ein paar Details mehr. Mit dem Hals einer Bierflasche, die sie zuvor zerschlagen hatte, hat sie die Hängebäckchen eines Fünfzigjährigen bearbeitet, der ihr an den Po gegriffen hatte. Passiert ist das im *Perpendiculaire* in der Rue Saint-Benoît in Paris. Sie war betrunken. Offenbar hat sie ihn angeschrieen: ‹Sie sind genau so ein Schwein wie Stiefpapa!› Das steht da drin in der Akte... Ein Protokoll vom Kommissariat des sechsten Arrondissements.»

«Psychodramaturgin...», murmelte Laviolette, «alle

beide... Ob sie, statt zu unterrichten, nicht vielmehr Patientinnen gewesen sind?»

«Wahrscheinlich», antwortete Viaud.

Laviolette nahm die fünf vergrößerten Fotos, die vor ihm ausgebreitet lagen, unter die Lupe. Fünf jugendliche Gesichter, die so unterschiedlich waren wie nur möglich. Der Blick hingegen und der Gesichtsausdruck waren die gleichen. Daraus ließ sich absolut nichts ableiten, da es Blick und Ausdruck eines Großteils der jungen Generation von heute waren. Sie bedeuteten im Klartext: «Es bringt nichts, mit denen zu reden, es bringt nichts, ihnen etwas zu erklären. Sie würden es ja doch nicht verstehen! Sie sind zu blöd!»

Laviolette seufzte. Was war aus ihnen geworden mit ihrer gestaltlosen Revolte, Ausgeburt ihres verdrehten Charakters, mit ihrer Einsamkeit, für die die Älteren nur jämmerlich armselige Lösungen anzubieten hatten? Was war aus ihren Gesichtern geworden? Was war aus ihren Körpern geworden? Waren sie tot? Waren sie lebendig? Und wieso gerade Banon?

«Verstehen Sie, Kommissar», sagte Viaud, «diese Fotos zeigen die Verschollenen, wie sie *vorher* waren. Zwischen der Aufnahme und dem Menschen, der in Banon strandete, liegen Monate. Monate in denen sie getrampt sind, in der freien Natur marschiert sind, Nächte unter den Brückenbögen der Landstraßen verbracht haben. Wo sie sich nicht waschen, wo sie sich nicht rasieren. Sie haben sich unterwegs die Haare mit ich weiß nicht was eingeschmiert, und von da an haben sie alle einen rötlichen Kopf. Sie haben Hasch geraucht. Ihr Blick hat eine radikale Veränderung erfahren. Wenn sie hier ankommen, sind sie alle gleich: als ob sie einen Monat lang in einem Schlammloch verbracht hätten, ehe sie wieder herausgefischt wurden. In dem Zustand sehen wir sie hier vorbeikommen... Da können Sie Fotos zeigen, so viele Sie wollen! So, wie sie noch darauf aussehen, hat sie hier niemand je gesehen! Wir haben diese Unterlagen vielleicht dreihundert Personen vorgelegt. Keiner hat auch nur einen Einzigen erkannt, hat auch nur gezögert!»

«Da oben in Montsalier...»

«Das ist unsere Routine-Runde. Oft im Streifenwagen, manchmal zu Fuß, und dann kommen wir von oben, durch den Wald von Deffens...»

«Und da haben Sie auch nichts erfahren?»

Viaud lachte. «Erfahren! Man erkennt sofort, dass Sie mit dieser Sorte Mensch keinen Umgang pflegen. Sie hocken da, um ein Feuer aus feuchtem Holz herum und blicken finster vor sich hin. Dann zeigt man die Fotos her. Und es kommt nichts. Keine Reaktion. Kein Augenzwinkern. Man geht da unter ihnen herum und hat schließlich den Eindruck, selbst ein Gespenst zu sein, so wenig sehen die einen! Man sollte sich besser nicht unterstehen, ihnen die Hand auf die Schulter zu legen. Sie würden zusammenbrechen und gleich losbrüllen, dass man sie verprügelt hat!»

«Dabei müsste sie das doch beunruhigen, dass ihresgleichen einfach so verschwinden!»

«Nichts beunruhigt sie. Sie wissen, wie man verschwindet und warum man verschwindet.»

«Haben sie nie Kontakt zu den Leuten in der Gegend?»

«O doch: Im Sommer beschäftigt man sie kurz, um das Heu einzuholen, um Kartoffeln oder Melonen aufzulesen. Doch, doch, es gibt schon Kontakt! Abgesehen davon, dass hin und wieder auf mysteriöse Weise eine Ziege verschwindet, kann man sogar sagen, dass die Bevölkerung an diese Art von Tourismus völlig angepasst ist.»

Laviolette hatte sich rittlings auf einen Stuhl gesetzt und drehte sich mit größter Sorgfalt eine Zigarette.

«Ihre innerste Überzeugung?», fragte er.

«Aller Wahrscheinlichkeit nach sind sie woanders… In Katmandu, in Benares, in Punta Arenas… Weiß man's?» Viaud stand auf und sah durchs Fenster auf die Winterlandschaft. «Trotzdem… Irgendwas stimmt da nicht… Im Grunde… Ich frage mich, ob Sie nicht genau der Richtige sind für diese Sache…»

«Und ich frage mich, ob Sie nicht ausreichen würden…»

«Tja… Ach! Bemerkenswert ist… Nun ja», entschloss er sich plötzlich, «bei den Mädchen gibt es immerhin ein seltsames Detail. Wir haben bei der Post ermittelt und erfahren, dass am achtzehnten Oktober zwei junge Frauen, Patricia MacAdarash und Incarnacion Chinchilla mit Namen, je eine telegrafische Postanweisung von zwei Pariser Börsenmaklern bekommen haben. Zwei Tage davor hatten zwei Mädchen Telegramme losgeschickt, die mit diesen Vornamen unterzeichnet waren. Die beiden Anweisungen sind jedoch nie abgeholt worden.»

«Waren es große Summen?»

«Zweitausendfünfhundert und dreitausend Franc. Die Auskunft ist nicht offiziell. Wir können uns im Bericht nicht darauf berufen. Diese Zahlungsanweisungen hat der Leiter des Postamts nach Ablauf der vorgeschriebenen Zeit an die Absender zurückgeschickt.»

«Alles weist also darauf hin, dass weder Patricia noch Incarnacion Banon je verlassen haben...»

«Na ja... Bei normalen Leuten wäre das fast selbstverständlich. Bei Hippies ist das was ganz anderes. Abgesehen davon, dass sie alle gleich aussehen, werden die Nachforschungen noch dadurch erschwert, dass diese Leute außergewöhnlich mobil sind, verstehen Sie! Sie glauben, die schlafen ruhig, allein oder paarweise, auf einem ramponierten Bettgestell oder direkt auf dem Boden... Von wegen! Auf einmal, gegen zwei Uhr morgens, egal bei welchem Wetter, packt sie das dringende Bedürfnis zu fliehen...»

«Zu ‹fliehen›, sagen Sie, aber wovor denn?»

«Egal... Vor ihren Hirngespinsten, ihren Erinnerungen. Fast alle haben sie unerträgliche Erinnerungen, die in ihre Kindheit zurückreichen. Also stehen sie kurzentschlossen auf, ohne ein Wort an ihren momentanen Partner noch an sonst wen. Sie steigen über die anderen Schläfer hinweg und gehen in die Nacht hinein, mit bloßen Füßen oder kaputten Schuhen, die Gitarre auf dem Rücken. Mit dem Bellen der Hunde verfolgt man ihre Spur von Weiler zu Weiler. Manchmal werden sie unterwegs von der Polizei angehalten. Aber weshalb soll man sie festhalten? Wie soll man die Route ihrer Wanderungen erstellen? Sie haben immer genug Geld bei sich, um nicht als Landstreicher zu gelten. Und was ihren festen Wohnsitz betrifft, das ist natürlich der ihrer Eltern! Und glauben Sie mir, der ist öfter in besseren Wohngegenden als in Belleville oder sonstigen Arbeitervierteln! Das nur, um Ihnen zu erklären, dass die beiden Mädchen möglicherweise Geld angefordert haben, als sie nüchtern waren, und weggegangen sind, als sie total bekifft waren und nicht mehr in der Lage, sich an irgendwas zu erinnern...»

«Ja, ich verstehe, was Sie meinen. Aber danach, sind sie danach denn nirgends mehr an eine Kontrolle geraten?»

«Meines Wissens nicht.»

«Das wüssten Sie. Das stünde in dieser Akte, die dünn ist wie Zigarettenpapier. Und Sie wüssten auch, wenn man die drei anderen festgenommen hätte... Es werden also fünf Personen gesucht, von denen keine einzige von irgendeiner Polizeidienststelle kontrolliert worden ist. Der älteste Fall ist drei Monate alt, der neueste zwei Wochen. Wenn die Sache anders wäre, wüssten Sie das, denn Sie stehen ja am Ausgangspunkt der Fahndung...»

«Wahrscheinlich», sagte Viaud.

«Es nützt natürlich nichts, daraus voreilige Schlüsse zu ziehen, aber immerhin... Sagen Sie, glauben Sie denn an diesen unvorhergesehenen Aufbruch?»

«Nun... Ehrlich gesagt, nicht wirklich. Aber das ist eher eine Intuition als eine logische Schlussfolgerung. Deshalb ist meine Meinung wertlos.»

«Aha! Nun, da ich die Ihrige teile, haben wir es schon mit zwei wertlosen Meinungen zu tun. Wir brauchen also nur darauf zu warten, dass uns das logische Denken überkommt...»

Er stand auf. Der Chef der Gendarmerie begleitete ihn hinaus.

«Selbstverständlich bin ich nicht hier, um die Nase in Ihre Angelegenheiten zu stecken», sagte Laviolette. «Nicht nur, dass ich sozusagen zum Spazierengehen hier bin, ich bin auch ohne Auftrag, ohne Weisung da... fast ohne Motiv.»

«Letztendlich kommen Sie, um eine Atmosphäre zu schnuppern!»

«Genau! Ganz genau! Ich komme, um eine Atmosphäre zu schnuppern.»

«Auf jeden Fall können Sie sich darauf verlassen: Falls etwas geschieht, werde ich nicht versuchen, es allein zu interpretieren...»

Sie schüttelten einander die Hand wie zwei alte Komplizen. Draußen, auf der zum Krankenhaus hin abfallenden Esplanade wirbelte der Staub zwischen den stark gestutzten Platanen. Banon trieb in der kalten Öde des Winds. Das Laub fegte um die dem Nordwind ausgesetzten Mauern. Der Himmel war schwarz. Es war kein Mond zu sehen.

Um zehn Uhr waren die Straßen ausgestorben. Man hörte zuweilen die schlecht eingestellten Fernseher und das fauchende Geräusch des Anzünders in der Bäckerei, wo der Chef und der Pfarrer den Backofen anheizten.

Laviolette bemerkte, dass unter den geköpften Platanen, nicht weit von seinem «Blechbomber», wie er seinen Ford Vedette nannte, ein anderer Wagen parkte, breit wie ein Panzer, stabil wie ein Eisenbahnwaggon, metallisch blau.

Er sah auch den Hund, den er bei seiner Ankunft bemerkt hatte. Er humpelte von Haus zu Haus, irrte unter den jungen Ulmen des alten, seit langem geschlossenen Hotels herum bis zu den Mauern des neuen Postamtes. Manchmal versuchte er schüchtern, sich an einer grünen Mülltonne aufzurichten, doch sie waren alle fest verschlossen. Die einheimischen Hunde würden sie erst gegen fünf Uhr morgens umstoßen, wenn ihre entnervten Besitzer sie endlich freiließen.

«Der da, der hat sich verlaufen», dachte Laviolette. «Da muss etwas geschehen!»

Die Nase im Wind (soweit es die Kälte erlaubte) schlenderte er über den Platz und pfiff dabei eine muntere Weise. Unauffällig steuerte er auf den Dackel mit den hervorstehenden Rippen zu.

«Wenn alles eintrifft, was ich dem Mistkerl wünsche, der sich dieses Tier vom Hals geschafft hat, dann macht er es nicht mehr lange», sagte sich Laviolette.

Der Dackel musste seit einigen Tagen so vielen Fußtritten ausgewichen sein, dass er äußerst misstrauisch geworden war. Laviolettes halblaute Annäherungsversuche blieben ohne Wirkung. Jedes Mal, wenn er sich ihm auf weniger als zehn Meter näherte, stieß der Hund ein panisches Bellen aus und ergriff die Flucht.

«Ich muß ihn auf die Garage zutreiben», sagte sich Laviolette laut.

Das war, an das *Hôtel des Fraches* angrenzend, eine riesige Toreinfahrt, die in eine stockdunkle, seit einem Jahrhundert unveränderte Wagenhalle führte. Der Boden war aus gestampfter Erde. Zwar waren die Torflügel vorhanden, aber seit Ewigkeiten verzichtete man darauf, sie zu schließen, weil sie so schwer waren. Im Sommer standen hier die Autos der Hotelgäste. Noch immer stand da, für die Ewigkeit ausgespannt, zugebaut mit leeren Kisten, der alte Wagen, den anno achtzehnachtzig der Wagnermeister Vinatier gebaut hatte. An den Seiten trug er noch immer die kunstvoll geschnittenen Banner, die seine Route anzeigten: «Banon–Revest-du-Bion».

Laviolette war es nach und nach gelungen, das argwöhnische Tier näher an den dunklen Eingang dieser Höhle zu locken, doch sobald er versuchte, den Dackel hineinzutreiben, entwich er ihm und bellte klagend. «Das schaffe ich nie allein!», seufzte Laviolette. «Vor allem nicht bei dem Wind, der ihn wohl ganz verrückt macht...»

«Das Schwierigste», dachte er, «ist, dass ich seinen Namen nicht weiß! Deswegen gibt es nichts Verloreneres auf der Welt als einen Hund ohne Herrchen. So ein armes Wesen hat einen Namen gehabt. Mit diesem Namen hat man ihn gerufen! Und dann, plötzlich, hat er nichts mehr; nichts zu fressen, nichts zu lieben und nicht mal einen Namen mehr, kannst du dir das vorstellen?»

Es gelang ihm nach einiger Mühe, den Dackel bis zur Toreinfahrt zurückzudrängen. Er betete ihm die ganze Litanei der verlorenen Hunde herunter, die er so gut kannte:

«Komm, du armes kleines verlassenes Ding! Da oben in Piégut wirst du in der guten Luft nicht unglücklich sein. Der alte Ricandance, der schon acht für mich hütet, wird dich behandeln wie einen König! Und er wird dir wieder einen Namen finden – er wird dich nach Strich und Faden verwöhnen!»

Er traf Anstalten, ihn unter einer Gemüsekiste einzufangen. Der Dackel war trunken vor Müdigkeit, vor Unglück, vor Hunger, aber vor allem fürchtete er sich vor dem Menschen. Er vertraute niemandem mehr.

Er wich Laviolette aus, der versuchte, ihn zu packen. Er sprang aus dem Schuppen hinaus und rannte zur Straße nach Revest, wo er verschwand.

«Wie kann man ihm beibringen», dachte Laviolette traurig, «dass manche Menschen keine Schweinehunde sind?»

~ 9 ~

«FAHREN Sie durch das ‹Vallon des Soupirs›», hatte Rosemonde gesagt, von der er den Weg nach Montsalier wissen wollte.

Das «Seufzertal». Wie passend! Unter den Wolken, die geballt an den blattlosen Ästen vorbeistrichen, waren nur abgestorbene Bäume zu sehen: vom Blitz getötet, durch Ungeziefer krepiert, zerfetzt von den Jägern, die darin die Stangen ihrer Lockvögel aufstellten. Sie töteten die Bäume, indem sie ihnen Zimmermannsnägel in den Stamm schlugen. Der Wind war so heftig, dass der Schotter auf den steilen Abhängen aneinander schlug. Irgendwo weit unten klangen die Glocken einer Herde.

Laviolette, der aus dem Auto ausgestiegen war, betrachtete den steilen Pfad eher lustlos. Wenn man «in die Jahre kommt», wenn man viel raucht, wenn man ein bisschen trinkt und wenn man kleine Bandscheibenprobleme hat, dann freut man sich nicht gerade über einen steilen Weg, den man erklimmen soll. Er stürzte sich jedoch schnaufend und murrend in das Unternehmen. Von den Böen angerempelt, mit aufgerissenem Mund wie ein Fisch ohne Wasser, dann und wann vom Wind zurückgestoßen und gegen den schwarzen Stamm eines seit hundert Jahren abgestorbenen Maulbeerbaumes gedrückt, erreichte er schließlich den Felsen mit den Mühlen. Sie standen unterschiedlich hoch und waren auf halber Höhe geköpft. Keinerlei Überreste deuteten darauf hin, dass sie je Flügel gehabt hatten oder mit jener schweren Holzmechanik bestückt waren, die die Mühlsteine antrieb. Dabei glaubte Laviolette durch das Getöse des Windes das Surren eines Mühlrads zu hören. Er marschierte seitwärts wie ein Krebs. Nebelschwaden umströmten ihn, er schlug um sich wie jemand, der gleich ertrinken wird. Manchmal hob der Wind den Nebel bis zu den Wolken hinauf. Dann lüftete er den Schleier und gab den Blick frei auf sechzig Quadratkilometer Land in einem Licht ohne Quelle: bis zum Vallon des Toupins, bis nach Chastelar de Lardiers, bis zu den Rockfalten des Mont Ventoux, der sich weiter oben geflissentlich bedeckt hielt, um nicht die Phantasie zu reizen. Die Wälder von Carniol, die Wälder von Albion waren mit fein säuberlich gekämmten Stellen durchlöchert, die wie Lichtungen aussahen, nur dass sie zu ordentlich waren, zu symmetrisch. Scheinbar harmlose Bilder, die genügten, um Laviolettes empfindsame Seele erschaudern zu lassen.

Schnarrend ragte die Gebetsmühle in all diese Eindrücke hinein. In einem Steinmann verankert, rotierte sie atemlos und falsch herum. Laviolette stand zwischen den Nebelfetzen und betrachtete sie ungläubig.

Jemand hatte diesen Pfahl auf seiner Schulter aus dem hintersten Asien mitgebracht (gekauft? gestohlen?); nun betete er seine Pergamentstreifen im schneidenden Wind der Basses-Alpes herunter.

«Jemand», dachte Laviolette, «der versucht, seine Gebete wohin auch immer zu richten… Jemand, der völlig verstört ist, weit weg in der Menge verirrt, außer Sicht von Descartes und Montaigne... Hin- und hergerissen zwischen der Hässlichkeit des Menschen und der Schönheit der Welt. So sehe ich das. Ich verstehe sie. Sie haben Recht.»

Er orientierte sich zwischen den Ruinen. Hie und da hatte man einige Schwellen freigelegt, einige Steinhaufen zu methodischen Quadraten aufgeschichtet. Die trockenen Brennnesseln schlugen ihre Stängel aneinander und gegen die Stiele der abgestorbenen Fenchelstauden. Ein morscher Feigenbaum knackte.

Erst das Klatschen der Zeltplanen machte Laviolette auf die Kirche aufmerksam. Die jungen Streuner hatten sie mehr schlecht als recht aneinander gefügt und an den noch heilen Balken zwischen den Rissen im Dach befestigt. Zusätzlich hatten sie Folie ausgerollt, wie sie Gemüsegärtner verwenden, um das Frühgemüse zu schützen. Das Ganze war mit schweren Ziegeln befestigt, mit Steinplatten aus den Ruinen, die gefährlich klapperten, dort oben, in der Nähe des leeren Türmchens.

Die romanische Profilleiste aus runden Wülsten war irgendwann gestohlen worden. Ein großer Teil des Eingangsbereichs, dem die Stütze entzogen war, war über der Schwelle des Vorplatzes zusammengebrochen. Man musste über den kleinen Schuttberg hinüberklettern.

Laviolette erklomm ihn und stolperte hinunter auf den Mittelpunkt der Kirche zu, wo das Weihwasserbecken stand. Es war eine Schale voll Regenwasser. Auf den intakten Bodenplatten unter der blinden Rosette, durch die das Tageslicht sickerte, glomm ein Feuerchen aus Stechpalmen vor sich hin. Der Wind drückte die Flammen nieder. Es knisterte und rauchte. Obendrauf hatte jemand ein paar feuchte Eichenstrünke geworfen, was die Sache nicht besser machte. Der Rauch irrte durch den Raum, auf der Suche nach einem Ausgang. Er schlängelte sich unter den beschädigten Rundbögen dahin, doch es blieb genug davon in Bodennähe zurück, um Laviolettes Augen zu reizen.

Er glaubte zunächst, die Räuberhöhle wäre leer, doch dann bemerkte er auf einem metallenen, durchhängenden Bettgestell zwei gekrümmte große Schlafsäcke. Die Reißverschlüsse waren fast bis oben hin zugezogen. Aus dem offenen Teil ragten nur zwei schmutzige Haarschöpfe. Plötzlich richtete sich einer der Schlafsäcke auf, der Verschluss ging auf, und vor Laviolette erschien ein prächtiger Brahmanenkopf mit einem herrlichen Bart. Der Mensch riss mandelförmige Augen auf. Er war gut und gerne fünfundvierzig Jahre alt. Sein auf den Kommissar gerichteter Blick drückte keinerlei Neugierde aus. Er schwankte drei Sekunden, ob es die Mühe lohnte, in die Welt zurückzukehren. Und beschloss, dass dies nicht der Fall sei. Der Schlafsack fiel auf das ramponierte Bettgestell zurück. Eine lange Hand mit schmalen Fingern suchte den Reißverschlussnippel, und zog ihn – zack! – bis zur äußersten Grenze wieder hoch. Es folgten einige Zuckungen, dann nichts mehr.

Ein nagelneuer Klärgrubeneinsatz aus Plastik diente als Tisch. Wo zum Teufel hatten sie denn die geklaut? Drei Literflaschen Billigwein, in denen einiges fehlte, standen auf dem Deckel herum, neben einem Biobrot, von dem ein Drittel abgegessen war, und einem Tabakbeutel.

Unter der niedrigen Tür der mit Trümmern angefüllten Sakristei stand eine weiße Ziege mit vollen Zitzen neben einem Haufen rindenloser Äste festgebunden und meckerte.

«Diesen Erleuchteten kommt es nicht einmal in den Sinn, die Ziege zu melken!», dachte Laviolette.

Ein lautes, rhythmisches Stöhnen ertönte hinter dem Altar. Die Apsis war zusammengestürzt, und der Tabernakel lag unter dem Schutt begraben. Ein mickriger, mit Gips beschmutzter Kerzenleuchter ragte wie ein frommer Überrest daraus hervor. In dem vom Alter geschwärzten Tropfenfänger konnte man noch die Reste einer Kerze erkennen.

Laviolette ging um das Hindernis herum. Ein kräftiger Kerl und ein ebensolches Weib lagen nackt unter Überwürfen aus Schafsfell und trieben es auf Holzfällerart miteinander. Der Mann, dessen Bart strahlenförmig abstand, lag auf einem Bergsteiger-Daunenschlafsack. Das Mädchen saß rittlings auf dem robusten blonden Kerl, der sich redlich Mühe gab, ihr besagtes Stöhnen zu entlocken. Ihre schmutzige Hand ruhte seitlich auf der Steinplatte mit dem Namen eines mittelalterlichen Kleinfürsten, der dort begraben lag.

Ihre offenen Augen blinzelten noch nicht einmal, als Laviolette vor ihnen auftauchte. Sie setzten ihre rhythmischen Exerzitien fort, ohne sich auch nur eine Sekunde stören zu lassen.

«Er hat Recht, der Kollege von der Gendarmerie», überlegte Laviolette. «Für die da sind wir tatsächlich Gespenster...»

Das war das Seltsamste an diesen Außenseitern, dass sie die Welt, der sie sich verweigerten, schließlich transparent sahen; dass deren grobe Wirklichkeit sich mit der gleichen gespenstischen Inhaltslosigkeit füllte wie ihre Drogenträume.

Bis auf dieses Paar, die beiden Larven, die auf dem maroden Bettgestell schliefen, und den Rauch war der Raum leer.

Mit welcher Hoffnung hatte er sich hierher begeben? Selbst wenn er sie mit Arschtritten traktierte, würde er von den vier Träumern nichts erfahren.

Er war im Begriff, wieder aufzubrechen, als er am Ende des Querschiffs, an den Votivaltar einer verblassten Heiligen gehäuft, einen Kubikmeter Abfälle in Pyramidenform entdeckte. Er schielte auf dieses Geschenk des Himmels. Nach den aufeinander folgenden Schichten und den mehr oder weniger schimmligen Gerüchen zu urteilen, wurde diese Müllhalde ganz offenbar seit langem von der Kommune benutzt; auch wurde sie wohl hin und wieder mit dem Urin und dem Erbrochenen derer begossen, die in manchen Nächten zögerten, sich über die Schwelle hinauszubegeben. Jedenfalls zog diese archäologische Ablagerung Laviolette an wie ein Braten einen Schwarm Wespen.

«Natürlich ist das nicht die Arbeit eines Kommissars…», sagte er sich, während er seine Handschuhe überzog. «Natürlich hätten die Gendarmen vor mir bemerken können, dass diese Mülldeponie ein Indiziennest darstellt. Aber um das mit aller erforderlichen Aufmerksamkeit zu durchsuchen, braucht es eine Archäologenseele.» Vor der Goldgrube hockend, holte er mit Überzeugung Luft. «Und einen stabilen Magen», dachte er noch.

Er sortierte eifrig, indem er zu seiner Rechten die namenlosen oder uninteressanten Verpackungen anhäufte und zu seiner Linken alles, was es an Notizen, Papieren, diversen Flugblättern, Briefumschlägen gab, kurz alles, was später zu untersuchen sein würde.

Das Licht war nicht sonderlich hell unter der Rosette, und er hatte seine Brille im Auto gelassen.

Er hütete sich vor Rasierklingen und Glasscherben, die seine Handschuhe durchbohren konnten. Dafür legte er einige gebrauchte Injektionsnadeln und einige zerbrochene Spritzen beiseite. Dann stopfte er das Ganze in eine verrostete Keksdose. All das würde zusammen mit genauen Angaben aus dem Labor zurückkommen.

Seine Finger wühlten sich durch Monatsbinden, die mit ihrem getrockneten Blutgeschmier wie Girlanden aneinander hingen. Zweifelhafte Fleischreste, die seit Wochen hartnäckig darauf bestanden, nur teilweise zu verrotten, verklebten seine Handschuhe. Mit den Bodensätzen der Konservenbüchsen konnte jedoch nichts mithalten. Die Mischung aus verrostetem Eisen und vergammeltem Fisch bildete einen Geruchscocktail, der nur schwer zu verkraften war.

Er ging mit Schwung und Methode vor, befeuert durch die Liebesromanze, die, von ungläubigen Jubelrufen leitmotivisch überhöht, hinter dem Altar auf- und abwogte.

Je tiefer er ins Zentrum des Mülls vordrang, desto mehr packte ihn ein bei Archäologen wohlbekanntes Gefühl: die Überzeugung, dass jemand vor ihm hier gewühlt hatte. Verschmutzte Poster von Che oder von Angela Davis, alte, längst vergessene Sachen kamen schnell zum Vorschein; hingegen waren Fetzen von Plakaten, die zu Demonstrationen im Larzac oder am Standort irgendeines Kernkraftwerks aufriefen, in Kaffeesatz hineingedrückt. Lauchstrünke und -blätter erwiesen sich als noch frisch unter zwanzig Zentimetern unbeschreiblicher Dinge, wohingegen man Verschimmeltes an die Oberfläche geholt hatte, das schon nach Humus roch. Kurz, die chronologische Reihenfolge war durcheinander gebracht. Dies veranlasste ihn dazu, trotz des unerträglichen Gestanks weiterzumachen.

Das Indiz lag ganz unten auf den verrotteten Abfällen. Es war ein Rucksack der Marke Lafuma, ohne Seitentaschen und ohne Gestell, eines jener sehr kleinen Modelle, die für Alleingänger am Berg bestimmt sind. Laviolette hatte sofort das Gefühl, dass der Müllhaufen aufgewühlt worden war, um diesen Gegenstand darin zu verbergen.

«Zu neu, zu sauber, zu wenig durchdrungen vom Müllgeruch, um da wirklich seit so langer Zeit zu liegen, wie es die Tiefe anzuzeigen scheint.»

Er hatte Mühe, ihn zu öffnen, denn die Lederschlaufen waren in ihren Metallösen aufgequollen. Er zog ein Schulheft heraus, ein Exemplar von Vergils *Georgica*, eine intakte Dose Hundefutter.

«Die ernähren sich doch hoffentlich nicht von so etwas?», dachte er.

Eine vorzeitige Dämmerung erfüllte die Kirche. Laviolette konnte nichts mehr unterscheiden. Im Übrigen war er sich ziemlich sicher, zu der Schicht vorgestoßen zu sein, die noch aus der Zeit vor der ersten Vermisstenmeldung stammte. Das Paar hinter dem Altar war noch immer mit dem Beischlaf beschäftigt. Es hatte nur die Stellung gewechselt. Auf dem kaputten Bettgestell lagen die beiden Schlafsäcke wie zwei riesige Bohnen immer noch unbeweglich da. Laviolette verließ die Kirche, in einer Hand die Keksdose, in der anderen den Rucksack.

Die Gebetsmühle drehte sich noch immer mit vollem Schwung. Der Wind wurde stärker, löste jedoch den Nebel nicht auf. Laviolette lief die Geröllhalden hinunter zum sicheren Hafen seines Wagens. Doch er war nicht allein im Unwetter.

Eine Herde bimmelte am Abhang auf der anderen Talseite.

«Ein Schäfer?», dachte Laviolette. «Der kreuzt doch sicher dauernd hier herum… Und wenn er etwas weiß?»

Er packte die Keksdose und den Lafuma-Rucksack in den Kofferraum. Mehr schlecht als recht folgte er dem Gebimmel der Herde. Er erklomm den Hang auf einem Weg, der rutschig war wie ein Haufen Kies. Er hielt häufig an, um sich an den verschiedenen Geräuschen zu orientieren, die der Sturm herantrug: dem vertrauten Geräusch der weidenden Herde; einem anderen, ungewisser Natur: manchmal heftig, manchmal so schwach, dass man glaubte, es nur in der Phantasie zu hören…

Der Peitschenhieb einer Windböe löste den Nebel mit einem Schlag auf und durchlöcherte die Wolken bis zum Blau des Himmels. Laviolette erkannte nun die spiralförmig angeordnete Herde, Kopf an Schwanz, die blökte wie in Bergnot. Zwei Ziegen meckerten auf dem Gipfel eines Geröllhaufens, der früher einmal ein Bauernhof gewesen war. Am Fuße einer Mauer, auf einer großen flachen Steinplatte, lagerte eine Hirtengestalt in einem Kriegsgefangenenmantel; mit der Faust stützte er sein bärtiges, struppiges Kinn, sein Blick schien bereit, die erstbeste Wundererscheinung hinzunehmen. Zwei Hunde, den Kopf zur Seite geneigt, mit bebenden Ohren, ließen sich nichts entgehen; sie waren so konzentriert, dass sie die Steine unter Laviolettes Schritten nicht rollen hörten.

Schäfer und Hunde hielten die Nase über eine fünfzig Zentimeter breite Öffnung, die kaum breit genug war, um einen Menschen durchzulassen; sie klaffte direkt am Boden, am mächtigen glatten Fels. Mit verwitterter Rostfarbe auf den Stein gepinselt, stand daneben der Name dieses Schlunds: «Gouffre de Caladaïre».

Eine sonderbare, leise Musik, hervorgerufen vom Unwetter, kam aus dem Loch, und sie war es, die den Schäfer und die Hunde so fesselte.

Laviolette hielt den Augenblick für gekommen, den Schäfer auf die Erde zurückzuholen, ehe dieser sich auf die Suche nach dem Wind machte und sich durch das scheinbar harmlose Loch zwängte, das jedoch einen vierhundert Meter tiefen Abgrund aus Finsternis verbarg.

«Huhu!», rief er. «Wohin geht's da?»

Die Hunde stürzten herbei. Es waren zwei unbeschreibliche Bastarde mit widerspenstigem, struppigem Fell und verschiedenfarbigen Augen, das eine schwarz, das andere aquamarinblau. Sie verharrten einen Meter von Laviolettes Füßen entfernt und bellten ihn an, als sähen sie eine Viper.

«Trusco! Toulouse! Bei Fuß!», rief der Schäfer, völlig vergeblich.

Die Fangzähne rückten zu einer engen Gasse zusammen, als Laviolette auf den Schäfer zuging. Die Hunde ließen von ihm ab, sobald er die Hand ihres Herrchens gedrückt hatte und dieser sie zum Zusammentreiben der Herde schickte.

«Geht's?», fragte Laviolette.

«'s geht!», sagte der Schäfer. «Sie gehen ein bisschen spazieren?»

«Sie treiben die Herde bei diesem Wetter raus?»

«Haben Sie keine Angst vor dem Nebel?»

«Finden Sie was zu fressen für sie?»

«Haben Sie sich verlaufen?»

Das hätte noch lange so weitergehen können, mit Fragen hin und her zwischen Gesprächspartnern, die fest entschlossen sind, nicht zu antworten, sondern den anderen auszufragen. Doch Laviolette gab diese Methode bald auf, um direkter ans Ziel zu kommen.

«Ich suche meine Tochter», sagte er übergangslos. «Sie haben sie nicht zufällig getroffen?»

Einen so unschönen Tag hätten nur Leute, die daran gewöhnt sind, das Wetter zu nehmen, wie es kommt, als Erklärung für einen Familienausflug erwähnt. Doch dann antwortete der Schäfer erst einmal auf Laviolettes dritte Frage.

«Ach», sagte er, «es geht nicht darum, was sie fressen... Wir füttern sie drinnen. Aber die Chefin will, dass wir sie bei jedem Wetter raustreiben. Sie sagt immer: Schlechtes Wetter härtet die Mutterschafe ab. Das ist eine Frau, die Chefin, ich sage Ihnen!»

Um die Persönlichkeit dieser Frau zum Ausdruck zu bringen, schüttelte er die Hand, als ob er sich verbrannt hätte. «Genau!», unterbrach ihn Laviolette. «Meine Tochter ist auch ein bisschen so! Sie haben sie nicht zufällig gesehen?»

Der Blick des Schäfers streifte über den Horizont, als

wolle er eine Herde Rauch zusammentreiben, während die seine von den Hunden ordentlich in Schach gehalten wurde.

«Wann haben Sie sie denn verloren?»

«Vor einer Weile schon! Einem Monat, zwei Monaten… Sie hatte sich verkleidet, es sollte heruntergekommen und arm wirken. Sie hat einen englischen Akzent!», fügte er in plötzlicher Eingebung hinzu.

«Oh», sagte der Schäfer, «ja dann, wenn sie einen Akzent hat…»

Er schüttelte wiederholt seinen Wuschelkopf, was wohl bedeutete, dass alle Hoffnung verloren sei. Er untermauerte die Aussage durch einige Umdrehungen mit seinem Stab, die sowohl die Unermesslichkeit der Welt als auch die Ungewissheit der Dinge und die Vergeblichkeit der Suche nach einer Stecknadel in einem Heuhaufen zum Ausdruck bringen sollten.

«Verstehen Sie», sagte er endlich, «diese Mädchen, die sehen alle gleich aus!»

«Oh, das weiß ich wohl!», sagte Laviolette niedergeschlagen.

«Aber…», fuhr der Schäfer fort und näherte sich dem Kommissar, «wenn sie einen englischen Akzent hatte… Vor einem Monat, vielleicht zweien, na ja, sagen wir mal fünf Wochen… Da war wohl eine, die mich um etwas gebeten hat… Sie wollte ein Lamm oder zwei. Sie war blond, ganz flach, mit großen, nackten Füßen, nur ein bisschen älter als ich…»

«War's die hier?», fragte Laviolette.

Rasch zog er das Foto aus seiner Brieftasche, das Patricia MacAdarash drei Monate vor ihrem Verschwinden zeigte.

«Mag sein», sagte der Schäfer, «vielleicht war's die. Sie hatte tatsächlich solche Sommersprossen um die Nase herum... Aber sie sah besser aus als die. Moderner angezogen... Mehr *in*...»

«Was heißt das, *in*?»

«Oh», sagte der Schäfer, «das kann man nicht erklären...»

«Wie schreibt man das?»

«Was weiß ich!», sagte der Schäfer. «Ist das Ihre Tochter?»

«Es ist meine Stieftochter. Ihre Mutter ist Engländerin. Sie kam gerade aus Indien zurück...»

«Sie wollte zwei Lämmer! ‹Wer wird sie euch schlachten?›, habe ich sie gefragt. Ich habe geglaubt, dass sie mir die Augen auskratzen würde. ‹Ich will sie nicht, um sie zu schlachten! Nicht, um sie zu töten! Im Gegenteil, um sie zu retten! Ihr denkt nur ans Töten! Ihr denkt nur ans Geld!› – ‹Nein. Die gehören mir nicht›, hab ich ihr gesagt. Sie hat mir angeboten...! Sie hat mir...!»

Er faltete die Finger über seinem Stab in Erinnerung an diese verlockenden Offerten.

«Sie hat mir alles Mögliche angeboten. Sogar ganz hässliche Sachen! Sie hat ‹du› zu mir gesagt! Sie hat sich ihr langes Kleid mit beiden Händen gegriffen und es bis über den Bauchnabel hochgehoben, und sie hatte kein Höschen an!»

Noch immer musste er deswegen die Augen weit aufreißen.

«Aber», seufzte er, «ich, mit meiner Mutter ...»

«Ach, klar, wenn man halt eine Mutter hat...», fiel Laviolette in sein Seufzen ein.

«Dabei ist meine gar keine», zischte der Schäfer.

«Mist!», dachte Laviolette. «Jetzt hört er nicht mehr auf! Er wird mir sein ganzes Leben erzählen!»

Auf die Gefahr hin, die vertrauensselige Laune des Schäfers zu zerstören, schnitt er ihm das Wort ab.

«Und wann ist das passiert?»

Der Schäfer, der zu seiner Mutter hin abdriftete, brauchte einige Sekunden, um sich zu fangen.

«Och, wann ist das passiert?», wiederholte er. «Das ist im November passiert, vielleicht am elften... Sie sagte mir: ‹Ich hab kein Geld! Ich biete dir mich an! Ein gutes Geschäft, du wirst sehen! Engländerinnen, hast du schon mal davon gehört?› Aber ich, mit meiner Mutter... Da hat sie mir gesagt: ‹Warte! Warte vier Tage! In vier Tagen habe ich das Geld! Dann gebe ich dir das Geld!› Ich sagte: ‹Ich spreche mit der Chefin darüber!› ‹Nein!›, rief sie, ‹bloß nicht die Chefin! Die sind alle gleich! Wenn die erfährt, dass ich sie retten will, dann verkauft sie sie dem Schlachter sogar billiger! Heb sie mir vier Tage auf! In vier Tagen habe ich das Geld! Ich gebe dir das Geld! Und mich kriegst du auch! Du wirst sehen, was ich zu bieten habe!› Aber ich, seit meine Mutter...»

«Und wann haben Sie sie wiedergesehen?», fragte Laviolette.

«Nie!», rief der Schäfer. «Das war das erste und letzte Mal in meinem Leben. Und», fügte er hinzu, «ich denke noch immer daran... Weil ich glaube, wenn ich es mir richtig überlegt hätte... Sogar mit dem Gedanken an meine Mutter...»

~ 10 ~

IN der Nacht von Sonnabend auf Sonntag, eine Woche vor Weihnachten, überstürzten sich die Ereignisse.

Seit zwei oder drei Tagen schon verschlechterte sich das Wetter. Im nördlichen Tief zerrissene Wolkenfetzen jagten über das Land und wurden vom Mistral vertrieben.

In jener Nacht fiel der Wind von Westen ein. Der Schnee kam vom Lure-Gebirge herüber, durch alle Schneisen, durch den Wald von Deffens, durch das Calavon-Tal, die Steilhänge des Crau de Bane herunter. Er brauste wie eine Fahne über die kleinen Täler. Er fegte waagrecht heran, drückte sich an die Fassaden, füllte die Dachziegelränder von unten her, bedeckte das schwarze Zifferblatt der Kirchturmuhr. Die drei alten ehrenamtlichen Helferinnen und der Pfarrer, die letzte Hand an die Krippe anlegten, hatten Mühe, im Krebsgang und bis zu den Augen in ihre Wollschals gepackt, in ihre Häuser zurückzukommen.

Der Schnee hielt weder auf den Dächern noch auf dem Boden, wenn er keinen Hindernissen begegnete. Er klebte auf der Westseite der Baumstämme, an den Brückenbögen der Landstraßen. Er verwischte die zwischen zwei Böschungen eingeschnittenen Wege.

In Banon war man der Meinung, dank des Unwetters

in dieser Nacht vor der Menschheit Ruhe zu finden und dass man es getrost stürmen lassen konnte, wenn man nur die Ölheizungen und Öfen etwas höher stellte.

Mit weit aufgerissenen Augen verfolgte Claire das Schneegestöber hinter der angehobenen Gardine ihres Fensters im *Hôtel des Fraches*.

Mit wundem Herzen beobachtete sie den armen Mambo, der sich auf dem Platz am hohlen Stamm einer Platane zusammengerollt hatte und schlotterte. Zwischen sie und den ausgesetzten Hund, in die vom Wind aufgewirbelten Schneeschleier, schob sich stets dasselbe Bild: Jérémies hohe Gestalt, die sich langsam aufrichtete und sich zu ihr hindrehen würde, wenn sie ihn nicht erledigte.

Die unerträgliche Vision ließ sie nicht los, und dabei ballte sie so sehr die Fäuste, dass sie sich die Fingernägel ins Fleisch grub.

Sie wandte sich ab, ging zum Bett, auf dem der Brief des Notars ausgebreitet lag. Sie kannte ihn fast auswendig:

«... Selbstverständlich ist diese lange Abwesenheit Ihres Bruders, der bei jeder wichtigen Entscheidung mitzeichnen muss, sehr nachteilig für den Ablauf der Geschäfte... Ich zweifle nicht daran, dass Sie ihn bald ausfindig machen werden, wie Sie mich in Ihrem Brief hoffen lassen. Doch wäre es ärgerlich, wenn ihm in der Zwischenzeit, verzeihen Sie mir, irgendein verhängnisvoller Unfall passiert wäre, denn dann würden die Dinge ins Stocken geraten, bis, verzeihen Sie noch einmal, wir den Nachweis für sein Ableben erbringen könnten...»

Er schloss:

«Auf alle Fälle scheint mir diese Verantwortung für Ihre und Jérémies Schultern recht schwer, zumal Ihr Bruder so unbeständig ist... Und falls ich mir einen väterlichen Rat erlauben darf, so scheint mir das vorteilhafte, großzügige Angebot von Europlast dergestalt, dass es Ihre ganze Aufmerksamkeit verdient...»

Claire zerknüllte den Brief und warf ihn in eine Ecke. «Selbstverständlich, meine ganze Aufmerksamkeit!», dachte sie. «Und er, für seinen väterlichen Rat, würde eine sagenhafte Provision kassieren!»

Doch es stand Schlimmeres in diesem Brief: «den Nachweis für sein Ableben erbringen». Daran hatte sie nicht gedacht... Wann würde man Jérémies Leiche entdecken, da, wo sie sich jetzt befand? Sie war durch ihre eigene Raffinesse in eine Mausefalle geraten...

Ebenfalls hinter den Fensterscheiben standen Rosemonde und Laviolette dicht nebeneinander und betrachteten das Unwetter, das von den Gipfeln oberhalb von Banon niederstürmte. Es blies durch das enge Tor in der Festungsmauer und wurde unter den Straßenlaternen in einem triumphierenden Geysir wieder ausgespuckt. Die Luftwirbel schleuderten den Schnee gen Himmel zurück, ehe er erneut nach unten gesaugt und mit hundert Stundenkilometern die Straße entlang gepeitscht wurde.

«Wie wär's mit was Starkem?»

«Das scheint mir das richtige Wetter dafür zu sein ...»

«Es kommt doch keiner mehr... Die Frauen haben ihnen bestimmt gesagt: ‹Bei dem Wetter wirst du doch wohl nicht Karten spielen gehen? Fehlt sie dir so, deine Rosemonde?»

Sie setzte sich ihm gegenüber. Er drehte sich eine Zigarette. Sie waren allein, zu zweit, einander fast vertraut. Auf jeden Fall litten sie am selben Unglück: Dass sie alt wurden, machte sie zu Komplizen. Bis Mitternacht erzählten sie sich vertrauliche Dinge und sprachen von der Vergangenheit. Ihre Einsamkeit wurde immer größer. Aus tiefem Herzen sahen sie sich tief in die Augen. Sie waren bei ihrem dritten Gläschen, um sich Mut zu machen.

Es war zu kalt, zu feindselig, als dass zwei Wesen sich nicht aneinander gedrängt hätten, wenn sie die Gelegenheit dazu hatten. Doch sie fürchteten zu sehr, dass sie einander nur noch Erinnerungen zu bieten hätten. Um halb eins gingen sie schlafen, jeder für sich. Doch weil sie es nicht gewagt hatten, weil sie nicht zur Tat geschritten waren, obwohl sie doch ein so großes Bedürfnis danach empfanden, bekamen sie weiche Knie, so als wären sie achtzehn Jahre alt.

Dann begann die Nacht.

Zuerst sah man durch das Unwetter hindurch ein schwebendes, verschwommenes Licht auftauchen: Es war eine klapprige, über ihre Schneeketten holpernde Schrottkiste, die einen nur ihr selbst bekannten Weg verfolgte.

Sie hatte schielende Scheinwerfer und ein zerbrochenes rotes Rücklicht, die hintere Stoßstange war auf der einen Seite mit dickem Draht festgebunden. Nichtsdestotrotz fuhr sie gegen das Gestöber an, wobei ihre Scheibenwischer in der Schneeschicht, die sich auf der Frontscheibe bildete, zwanzig Zentimeter große Luken schuf. Für jemanden, der die Einsamkeit suchen mochte, schien dies die schönste Nacht der Welt. Aber…

Zwei sechzehnjährige Pickeljünglinge, die Kinonarren waren und gerade aus dem *Lido* kamen, den Kopf voll mit brennenden Lastwagen, strandeten um Mitternacht auf dem Pflaster von Manosque. Es war eine Nacht wie für eine Rallye geschaffen.

Was tun? Heimgehen? Zum stinkenden Ölofen zurück oder zur älteren Schwester, die sich ungeniert hinter der schlecht isolierten Wand zum Stöhnen brachte? Und zu allem Überfluss war morgen Sonntag…

Sie gingen in Richtung Résidences des Prés, auf der Suche nach irgendeinem Geschenk des Himmels. Gekrümmt marschierten sie gegen den Sturm, in ihren dünnen Jacketts und ihren Kunststoffschuhen. In der Tiefe ihrer Taschen befummelten ihre Hände ganze Bündel Büroklammern aller Größen und spielten mit jenen langen Kabelstücken, die so nützlich sind, um Anschlussklemmen einer Batterie miteinander zu verbinden.

Plötzlich hielt der eine den anderen zurück, um ihm durch das Gestöber hindurch etwas zu zeigen. Es war, drei Meter von einer Straßenlaterne entfernt, ein mit Schachbrettmuster bemalter, für Rennen hochfrisierter Renault 12. Das sah man an seinen vielen Schildchen, an der Anzahl der Scheinwerfer, an seinen Wimpeln, an seinen nach außen versetzten Rädern und der Vielzahl an Abziehbildern auf den Scheiben.

Auf dem eisigen, vom Wind freigefegten Boden

kniend, machten sie sich mit Engelsgeduld daran, die Tür aufzubrechen. Sie brauchten dazu nur zehn Minuten und fünf weitere, um die kunstvoll bearbeitete Büroklammer so einzusetzen, dass sie das Lenkradschloss löste. Es war ihr fünfter gelungener Versuch, langsam wurden sie zu alten Hasen. Meistens fuhren sie per Anhalter wieder nach Hause, wenn der Benzintank sie dreißig oder fünfzig Kilometer von Manosque entfernt im Stich ließ. Aber heute Nacht – welch ein Glücksfall: Die Benzinuhr zeigte einen vollen Tank an!

Schon lange hatten sie ein schönes Rundstreckenrennen über Forcalquier, Banon, Sault und das Méouge-Tal im Auge. Klasse! Der Motor schnurrte. Mit quietschenden Reifen fuhren sie an.

Währenddessen luden bei Bonniol in Revest-du-Bion die fünf Seringueiros aus Forcalquier, die beim Seniorenball aufgespielt hatten, ihr Schlagzeug in den Kombi; sie tranken schnell noch ein letztes Schlückchen und widerstanden den dringenden Ermahnungen der Organisatoren:

«Ihr werdet doch wohl bei diesem Wetter nicht Auto fahren! In einer Stunde, vielleicht weniger, bilden sich die ersten Schneeverwehungen! Fühlt ihr euch nicht wohl hier? Bleibt doch da! Wir können euch ohne weiteres unterbringen!»

«Nein, nein! Wir haben Spikes! Schönen Dank! Das ist nett von Ihnen, aber wir müssen nach Hause: Eben gerade, bevor es Schneeverwehungen gibt!»

Der eine hatte eine junge Frau, der zweite eine gewaltige Grippe, die drei anderen hatten schon vier durchzechte Nächte hinter sich. Wenn man sie anschubste, fielen sie um. Und morgen mussten sie mittags und abends in Peyruis spielen.

«Nein, nein, bis zum nächsten Mal!»

Kopfschüttelnd sah man ihnen nach, bis ihr Rücklicht dort hinten verschwand, in der Kurve an der Kirche, unter dem heulenden Fluch der uralten Ulme, deren Äste wild schlugen wie die Flügel eines Erzengels.

Währenddessen erreichte die Klapperkiste mit zwanzig Stundenkilometern den Platz von Banon, hustete ein bisschen zwischen dem *Hôtel de Lure* und der Drogerie Martin und tuckerte dann abwärts, der Landstraße nach Simiane zu.

Das Unwetter tobte in weißen Wirbeln über die Fahrbahn, brach sich klatschend an den Scheibenwischern, die auf dem Eis abrutschten. Der Mann am Steuer heftete sein Gesicht an die Windschutzscheibe und erkannte seine Gegend nicht wieder. Die mangelhaften, schlecht eingestellten Scheinwerfer zeigten ihm vom Schnee angeschwollene Bäume, Mauern, die von unten nach oben mit einer weißen Schicht wie neu verputzt waren, welche die Fenster zukleisterte, alle Linien nach oben verschob, die Gebäude größer erscheinen ließ und sie deformierte. Er sah sich gezwungen, laut abzuzählen:

«Das da müssen die Mandelbäume von Calut sein... Hier das Häuschen von Jean Laine. Ach, da ist ja das Trüffelgrundstück von César Blanc!»

Er bremste heftig. Er war zu spät losgefahren! Die erste Schneewehe der Nacht war da, vor ihm, im Dreieck von der unteren zur oberen Böschung, und versperrte die Straße. Wenn er da hineinfuhr, würde er stecken bleiben, sogar mit seinen Schneeketten. Nach seiner unbeholfenen Schätzung hatte er bis zum Bestimmungsort noch einen Kilometer zurückzulegen. Nie... Niemals würde ihm das zu Fuß gelingen. Den Versuch durfte er nicht wagen...

Er traf seine Entscheidung ganz schnell. Obwohl er die Straße für sich allein hatte, manövrierte er mehrmals hin und her, um das Fahrzeug in Richtung Banon zu wenden. Die Schneeketten klickten makaber auf dem Straßenbelag.

Währenddessen kreuzte der Kombi der Seringueiros auf dem Platz von Banon die Spuren der Schrottkiste.

«Du solltest dich anschnallen!», sagte der Fahrer zum dritten Mal zum Schlagzeuger der Band.

«Ach was! Welchen Polizisten sollen wir denn bei diesem Wetter und um diese Zeit schon treffen?»

Er blickte hinauf zur Fassade des *Hôtel des Fraches*, wo ein Fenster erleuchtet war. Blitzartig nahm er ein schönes, geheimnisvolles Frauengesicht wahr, das in die Nacht hinausspähte, und die Erinnerung an diese Schönheit wiegte ihn in einen sanften Traum für die drei Kilometer, die er noch zu leben hatte.

Währenddessen sabberten die beiden Pickelgesichter vor Wonne: Der eine hatte das Gaspedal durchgetreten, und mit hundertzwanzig Sachen schossen sie von einer Glatteisplatte zur anderen, schrammten knapp an der Mauer eines Brückenbogens oder am Stamm eines Baumes vorbei, an dem Katzenaugen funkelten. Sie sahen absolut nichts: ein Tunnel aus Schnee direkt vor der Motorhaube! Was sie auf den Gipfel der Glückseligkeit brachte. Das war toller als Kino… Und absolut echt… Nur eines bedauerten sie: dass niemand sie sehen konnte.

Als sie die Kurve der Mares Basses erreichten, hatte der Tod sie bereits dreimal ganz knapp verfehlt. Sie hatten die Sense sausen hören, was sie enorm erregt hatte.

Diese Kurve kennen alle. Sie führt falsch herum, im Schatten des Weilers Les Ferrières und nördlich von Les Plaines. Sie schließt eine lange, gerade Strecke ab, auf der die beiden Pickelgesichter den Renault 12 auf Hochtouren gebracht hatten. Dass die Scheinwerfer die Nacht auf nicht mehr als dreißig Meter durchbohrten, beflügelte ihre Phantasie: Vor ihnen erstreckte sich eine leere, extra für sie frei gemachte Straße.

Im Vollgefühl der Ungewissheit fuhren sie mit Tempo hundert in den Geländeeinschnitt, dicht an der linken Böschung. Sechs Meter weiter vorn tauchte der Kombi der Seringueiros auf, mit Fernlicht, schön auf der rechten Seite, wie es sich gehört.

Das Glatteis hätte alles retten können. Auf der gewölbten Eisschicht begann der Renault 12 einen Rutsch nach rechts, was die Bahn vor dem Kombi frei machte. Doch der Fahrer reagierte im Reflex: Angesichts dieses Rennwagens, dem er nicht ausweichen konnte, riss er sein Fahrzeug nach links.

Der Zusammenstoß geschah auf der Mitte der Straße.

Der Renault wirbelte im Kreis herum, die Türen flogen auf. Er drehte sich sechsmal um sich selbst und tönte dabei wie ein Brummkreisel. Bei der zweiten Umdrehung schleuderte er den Beifahrer heraus, der über zwölf Meter den Boden pflügte und immer wieder aufhüpfte, ehe er, ohne Nase und Ohren, noch zuckend zwischen den Buchsbäumen der Böschung auf dem Bauch liegen blieb. Der Fahrer wurde bei der vierten Umdrehung hinauskatapultiert, er flog gegen die leere Tränke vom Brunnen des Tiefbauamtes, wo er sich den Kopf einschlug.

Der Kombi, dessen Lenkung ausgefallen war, bretterte geradeaus auf die mächtige Eiche zu, die an dieser Stelle als Orientierungspunkt für die Armee dient. Er zerplatzte daran wie eine reife Melone. Das Dach sprang sechs Meter hoch, die Wagentüren brachen wie ein Kartenhaus zusammen; der Beifahrer glitt, vom Aufprall getötet, in den Schnee; der Fahrer blieb sterbend hinter dem Lenkrad eingeklemmt. Die drei anderen, die hinten im Wagen gesessen hatten, krochen auf ihren mehr oder weniger kaputten Gliedern so weit wie möglich vom Tank weg, der sein Benzin verlor. Das große Schlagzeug mit seinen glänzenden Messinganhängseln war in die Luft geschleudert worden und fiel zurück auf die Fahrbahn, wo es krumm und schief, holterdiepolter, einen grotesken Tanz aufführte. Mal fiel es auf die scheppernden Becken, mal auf den Triangel, der jetzt verbogen war. Das Pedal des Schlagzeugs schlug bei jeder Kapriole dumpf gegen das Trommelfell.

Das Instrument landete schließlich in einem Straßengraben, doch der Sturm schlug weiter auf seine geplatzten Felle und schnaubte unter den verbeulten Becken, die noch vibrierten wie unter der leichten Hand, die sie nun nie mehr berühren würde.

Einer aus dem Weiler Le Largue, der mit offenen Fensterläden schlief, wurde im Schlaf geblendet von der Explosion eines Benzintanks. Er setzte sich auf und sah vor sich das Unwetter, johannisbeerfarben als würde dahinter die Sonne aufgehen.

Er eilte zum Telefon.

In diesem Augenblick passierte die Schrottkiste, ihre Gespensterketten über die Fahrbahn schleifend, die Kreuzung von Dauban und fuhr wieder in Banon ein.

Der lauernde Fahrer spürte sofort, dass die Nacht nicht mehr günstig war. Dort unten fuhren zwei Gendarmen eilig den Streifenwagen aus der Garage. Oben waren Fenster hell erleuchtet, die vorhin dunkel gewesen waren, und Schatten huschten dahinter herum. Als er den höchsten Punkt der Straße an der Brunnenecke erreicht hatte und zur Abfahrt in Richtung La Rochegiron ansetzte, ertönte die Alarmsirene ein Mal sehr lange. Der Mann sah, wie im Dienstraum der Feuerwehr das Licht anging. Jemand kippte das große Tor hoch, und nun erhellte sich auch die Werkstatt von Martel, dem Mechaniker, was den Abschleppwagen sichtbar machte, der ständig draußen parkte.

Der Fahrer konnte unmöglich über die einzige Straße an diesen Männern und diesen Lichtern vorbeifahren. Er bog kurz entschlossen zum Platz ab; dort aber, etwa bei der Tankstelle, sah er durch die Schneeschleier den funkelnden Helm von Jules Bec, der vorbeitrabte und dabei noch schnell das Koppel über seinem dicken Bauch zuschnallte. Und er hatte gerade noch Zeit genug, ein weiteres Mal abzubiegen und so dem Biscarle auszuweichen, der die Treppe neben der Post hinaufstieg.

An den Fenstern wurden Gardinen angehoben. Die Schrottkiste war inmitten dieser beginnenden Panik gefangen wie eine Ratte. Da entdeckte der Fahrer die dunkel gähnende Toreinfahrt der Wagenabstellhalle des *Hôtel des Fraches*. Er fuhr schnurstracks hinein, stellte den Motor ab, löschte die Scheinwerfer und hielt sich still.

Draußen auf dem gefrorenen Boden hallten Schritte. Mit jaulendem Martinshorn fuhr das erste Kontingent von Freiwilligen mit dem großen Löschfahrzeug los. Der Strahl der Scheinwerfer fegte im Vorbeifahren über die Höhle der Wagenhalle bis zu den Spinnwebfetzen hoch, die an der Decke hingen. Der Mann machte sich ganz klein auf seinem Sitz.

Leute sprachen laut, befragten sich gegenseitig von einer Tür zur anderen. Der Bäcker kam in Pantoffeln und Unterhemd auf den Platz heraus, seinen Zigarettenstummel im Mundwinkel, um sich vor Ort zu informieren; als er das Löschfahrzeug sah, trat er hastig beiseite. Sogar bei Maître Lagardère, dem Notar, wurde Licht gemacht; beunruhigt lüftete er seine Vorhänge. Die beiden Hotels machten Licht an der jeweiligen Bar. Der Porsche des Doktors fuhr mit quietschenden Reifen um die Kurve und überholte den manövrierenden Abschleppwagen.

Laviolette hörte die Sirene nur schwach und dachte, sie betreffe ihn nicht.

In der Schrottkiste, die sich im Dunkeln verbarg, suchte der Mann einen Ausweg aus der Lage, in die der Zufall ihn getrieben hatte. Schon schlurften da draußen zwei oder drei Leute aus dem Ort herum und husteten herzzerreißend bei der ersten Zigarette des Tages. Es brauchte nur einen von ihnen das Bedürfnis zu pinkeln zu überkommen, der dann glaubte, die Dunkelheit der

Wagenhalle wäre ganz geeignet... Er musste schnell machen, sich entscheiden... Er entschied sich.

Der Einsatz dauerte drei Stunden, in denen das Unwetter nicht nachließ. Die beleuchteten Tresen der Hotels wirkten wie Magnete auf ein paar Strubbelköpfe, die die Neugierde aus den Ehebetten getrieben hatte und die diese seltsame Nacht nutzten, um sich ein Schlückchen außer der Reihe zu genehmigen. «Heute ist Sonntag», sagten sie sich. «Und außerdem, sieh dir die vier armen Kerle an! Wozu soll man sich da enthalten?»

Die Neuigkeit, dass der Unfall vier Tote verursacht hatte, machte bereits die Runde.

Um fünf Uhr kehrten die Feuerwehrleute zurück. Zuerst tauchte der Rettungswagen auf, in schleichendem Tempo. Er brachte die, die keine Pflege mehr brauchten, in die Leichenhalle des Krankenhauses. Die Verletzten waren durch den Rettungsdienst von Saint-Etienne, der zu Hilfe gekommen war, nach Manosque gebracht worden. Als Letzte fuhren die Gendarmen ihr Auto in die Garage, und dann kam noch Martels Abschleppwagen, der mit seinen sechzehn Blinklichtern wie ein futuristischer Leichenwagen aussah: An ihm hing der Kombi der Musiker, ohne Türen und ohne Dach holperte er auf seinen verzogenen Hinterreifen vorbei.

Alles strömte in die Hotels, um sich bei einem Schnaps aufzumuntern und sich den Alptraum zu erzählen. Alles stimmte ein in das Konzert aus Lärm, lauten Ausrufen und Diskussionen, man stand bis um sechs Uhr morgens im Schnee und im Gestöber herum, bis endlich an den Theken das Licht ausging, die letzte Unterhaltung im Getöse des Windes erstarb. Eines nach dem anderen wurden die Fenster dunkel. Banon schlief lange an jenem Sonntagmorgen.

Abgesehen vom Wrack, das am Galgen des Abschleppwagens angekettet hing und im Wind hin und her schaukelte, blieb nur der hinten in der Remise in seiner Schrottkiste zusammengekauerte Mann. Erst als er nur noch das vertraute Schnurren der Knetmaschine des Bäckers hörte, wagte er, loszufahren. Er fuhr aus dem Schatten heraus in die Böen, mit krummem Rückgrat, zusammengekniffenen Pobacken, und war darauf gefasst, irgendeinen verspäteten Nachtvogel oder Frühaufsteher auftauchen zu sehen, jemanden der ihn erkennen und sagen würde:

«Nanu! Was treibst du denn da?»

Aber nein. Banon hatte für heute Nacht genug Aufregung. Er traf keine Menschenseele. Er fuhr schaudernd am Gerippe des Kombis vorbei.

Er holperte dahin, begleitet vom düsteren Kettengeräusch. Er durfte sogar zusehen, wie sich unter der riesigen Buche, die sein Grundstück begrenzte, das Wetter plötzlich änderte und der Wind nun von Süden blies.

Unter dem Schneevorhang, der sich auf einmal hob und den Großen Bären enthüllte, hätte man dem sinistren Gefährt auf dem zum Tal hin geneigten, aber schneefreien Weg lange nachblicken können.

In der Erinnerung an die letzten Stunden starrte der Fahrer zuweilen, als hätte er Halluzinationen, auf die schmale Luke, die der Scheibenwischer schuf.

Am Ende ließ seine rechte Hand das Lenkrad los und er hielt sie hartnäckig auf den Mund gelegt, wie einer, der sein Haus brennen sieht.

Trotz seines dickflüssigen Verstands war ihm sehr

wohl klar, dass dieser riesige Knüppel, den der Herrgott ihm soeben zwischen die Räder geworfen hatte, den Anfang vom Ende verkündete.

~ 11 ~

DAS Morgengrauen war nicht sonderlich verheißungsvoll. Um acht Uhr fuhren die Schneepflüge aus, aber das Schmelzwasser rieselte bereits von den Dächern, und nur die Schneeverwehungen, die allerdings schon vom Tauwetter angenagt waren, erforderten noch einen Einsatz.

Als der Nebel Banon freigab, gegen zehn Uhr, glänzten die Dachziegel in der Sonne. Man hörte Boulekugeln aneinander klicken, etliche Marseiller schienen begierig, sich in einem Großwettkampf mit den Einheimischen zu messen. Der Platz füllte sich mit Spielern und Schaulustigen.

Der Sonntag begann nach Hasenpfeffer und nach Frischlingsgulasch zu duften. Der Bäcker legte die vier Dutzend sonntäglichen Windbeutel ins Schaufenster, die man ihm innerhalb einer Viertelstunde entreißen würde. Er versprach stets, mehr davon zu backen. Die Brüder Bleu, die Brüder Bayle, Biscarle, Jules Bec und viele andere, die nicht bei Rosemonde verkehrten, kamen, die Hände auf dem Rücken, die rasierten Wangen vom Bimsstein glänzend, die Sonntagsluft zu atmen und die Ereignisse der Nacht zu kommentieren. Gruppen standen andächtig vor dem Schrott des Kombis, der immer noch am Abschleppwagen angekettet vor Martels Werkstatt hing.

Gegen elf Uhr sah man Alyre Morelon von seinem

nahe gelegenen Hof anmarschieren. Er hielt eine frisch gestriegelte Roseline an der Leine, die mühsam ihre bebenden Lefzen unter Kontrolle hielt. Roseline liebte Leute und Lärm. Und Alyre liebte seine Sau so sehr, dass er sie an Sonntagen wie diesem auf den Platz mitnahm, um mit ihr zusammen der Boulepartie zuzusehen. Anfangs mussten die Männer lachen. Doch seit sie wussten, dass Roseline fähig war, ganz allein sechs Kilo Trüffeln pro Tag auszugraben, wurde diesem Arbeitstier ein gewisser Respekt entgegengebracht. Und manche, zum großen Stolz Alyres, kraulten ihr sogar den Kopf.

Doch an diesem Morgen war Roseline unruhiger Laune. Die Lefzen bebten immer heftiger. Sie zog an ihrer Leine Richtung *Hôtel des Fraches*. Dem Wildschweinduft entgegen? Dem Hasenduft?

Als die Partien sich von einem Ende des Platzes zum anderen verlagerten, folgten ihnen die Schaulustigen, um sich ellipsenförmig wieder um sie herum zu gruppieren. Jedermann verfolgte konzentriert die Vorbereitungen zum Wurf, jedermann, außer einem, der, die Hände auf dem Rücken, seine unsichtbaren Fingerglieder knetete und immer wieder flüchtige Blicke zur Remise des *Hôtel des Fraches* hinüberwarf. Alyre näherte sich, um auch ihn zu begrüßen. Doch als er ihm die Hand reichte, heulte Roseline so laut und so lange auf, dass der erfahrene Werfer, der gerade dran war, seine Kugel verfehlte und einen schrecklichen Fluch ausstieß. «Roseline, hörst du wohl auf, Zeter und Mordio zu brüllen?», sagte Alyre. Roseline wich mit dem ganzen Gewicht ihrer hundertachtzig Kilo zurück und brüllte aufs neue, so schrill, dass einem schier das Trommelfell platzte. Als wollte sie einem den Willen brechen und gleichzeitig zum Tumult aufrufen. Die Schreie kamen wohldosiert, und dazwischen trompetete und knurrte sie und bebte vom Kopf bis zum Ringelschwanz. «Schreien wie ein gestochenes Schwein» war nicht mehr nur eine Redensart. Der Mann, den Morelon soeben gegrüßt hatte, sah sie finster an, mit einer Art Entsetzen. Seine Augen und die der Sau fixierten einander böse.

Die Spieler protestierten scharf:

«Hör mal! Bring sie mal schön wieder nach Hause, ja? Die verdirbt uns ja das ganze Spiel!»

Das war der Augenblick, in dem Laviolette sich von Gruppe zu Gruppe schob, um zu seinem zwischen den Spielern geparkten Auto zu gelangen. Der blaue Mercedes stand noch immer da, neben seinem Vedette. Zerstreut drückte er Alyre und seinem Nachbarn die Hand und stieg in sein Auto. Das Knurren der Sau verfolgte ihn.

«Wahrlich Zeter und Mordio!», sagte er sich leichthin.

In der Seele war er ein Dorfmensch, und hier fühlte er sich wie in den Ferien.

Im Moment gab es nicht viel, wo er hätte ansetzen können. Er hatte die in der Höhle der Hippies aussortierten Abfälle ins Labor geschickt, zusammen mit genauen Anweisungen, was gesucht werden sollte, und wartete auf das Ergebnis.

~ 12 ~

WIE immer im Leichenzugtempo schipperte er nach Vachères, zu seinem alten Freund aus den Jahren der Résistance, dem Marquis des Brèdes (in der Résistance hieß er Jean Fréron, weil er Voltaire verabscheute*). Gemeinsam waren sie 1943 im Bergmassiv von Allevard um Haaresbreite dem Tod entgangen.

Seit dieser gesegneten Zeit hatten sie sich nie wieder getroffen. Brèdes war Ornithologe am Nationalen Forschungszentrum und ein bekannter Mann. Laviolette bekam Ansichtskarten von ihm aus aller Herren Ländern, Karten, die exotische, in Tasmanien oder auf den Galapagos-Inseln im Aussterben begriffene Vögel darstellten. Statt Neuigkeiten stand auf diesen Karten nur: «Was sagst du zu dem? Erinnert er dich an niemanden?» Oder auch: «Von diesem hier gibt es nur noch zweihundert Pärchen. Und die Männchen sind alle Päderasten! Kannst du dir das vorstellen?»

Alle Karten von Brèdes – er legte Wert darauf, dass man das Adelsprädikat wegließ – waren im selben Stil verfasst. Sie waren sehr enge Freunde gewesen, und als

* cf. Émile Fréron, franz. Publizist und Kritiker, 1718–1776, erbitterter Gegner Voltaires und der Philosophen; gründete die Literaturzeitschrift *L'Année littéraire*. (Anm. d. Ü.)

Laviolette ihn von Banon aus anrief, lud er ihn gleich für Sonntag zum Mittagessen ein.

«Und natürlich bist du allein?», sagte Laviolette.

«Natürlich bist du's auch?», sagte Brèdes.

Durch die Fenster mit den großen Scheiben blickte man auf einen ovalen Teich. Das schiefe Gerippe einer kahlen Weide neigte sich über den Spiegel aus unbeweglicher Bronze. Vor einem strahlend blauen Himmel ragte schwarz das nördliche Profil von Vachères über die Wiesen ohne Gras.

Obwohl er viele schöne Möbel enthielt, schien der Raum fast leer, so groß war er. Sie waren eben von der Tafel aufgestanden, wo die Pächterin ihnen direkt auf der dicken Tischplatte aufgetragen hatte. Sie betonte, dass es keineswegs an Tischwäsche fehle, und die Missbilligung in ihrer Stimme war nicht zu überhören.

«Unmöglich, ihr klar zu machen, dass ich es mag, wenn sich die Fayencen und die Flaschen im Holz spiegeln, sie hat dafür kein Verständnis. Siehst du diesen Saint-Emilion, den wir gerade getrunken haben? Nun, für mich gehört das Vergnügen dazu, dass ich Flasche und Etikett verkehrt herum sehe, eben in dem gewachsten, spiegelnden Holz...»

Er entzündete seine Pfeife an der Glut des Kamins. Er war ein magerer Mann mit sehr langen Beinen, der sich sehr schnell und leise bewegte. Fast ohne den Boden zu berühren, hätte man glauben können.

«Ich erzähle dir diese Dinge, weil ich dir zutraue, dass du sie verstehst...», sagte er abschließend.

Laviolette nickte. Um ihn herum knackten krummes Gebälk und uralte Türen. Das Haus lebte unter einem riesigen Satteldach, das zwei Stockwerke mit Zimmern ohne Möbel beherbergte. Die hallende Leere dieser Zimmer, von denen jedes mit einem Kamin versehen und mit sechseckigen Bodenfliesen aus rotem Ton gekachelt war, hatte etwas Mysteriöses.

Der Wohnsitz der Familie des Brèdes war nie ein Schloss gewesen, sondern eine Seidenraupenzucht. Fünfzig Jahre nach der letzten Ernte hing in den langen Gängen noch immer ein schwacher Geruch nach den Raupen und ihren Kokons.

«Und nun», sagte Brèdes, «was willst du nun eigentlich in Banon? Falls das nicht ein Geheimnis ist.»

«Nein, das ist kein Geheimnis, es ist lediglich sehr geheimnisvoll! Fünf Vermisste...»

«Wer wird vermisst?»

«Hippies!»

«Och, die! Von denen habe ich sogar welche an den Ufern des Kuku-nor getroffen. Wenn du wüsstest, wo die überall auftauchen und wo sie verschwinden! Und warum!»

«Wahrscheinlich, wahrscheinlich... Aber in diesem Fall scheint es wohl so... Alles deutet darauf hin, dass sie nach Banon gekommen und dass sie auch da geblieben sind.»

«Und man findet sie nicht wieder?»

«Nein.»

«Seit langem?»

«Der erste Fall ist vor drei Monaten gemeldet worden.»

«Und deswegen hat man dich hergeschickt? Genügen die Gendarmen denn nicht?»

Laviolette seufzte:

«Die Vermissten tragen fast alle ausländische

Namen. Höheren Orts mag man das nicht so sehr, dass plötzlich so viele Ausländer verschwinden. Man sollte auch nicht die Bevölkerung verrückt machen... Also sind sie an mich herangetreten... Du siehst so harmlos aus, so durchschnittlich, hat man mir gesagt, und obendrein stammst du aus den Basses-Alpes...»

«Wie auch immer!», fuhr er fort. «Du warst doch früher recht scharfsinnig und du hast einen logischen Verstand. Kannst du dir einen Grund dafür vorstellen, dass fünf junge Leute, die nichts miteinander verbindet als ihr Hippiesein, die aus Überzeugung oder gezwungenermaßen arm sind wie Hiob... Kannst du dir einen einzigen Grund dafür vorstellen, warum sie ausgerechnet in Banon verschwunden sind?»

«In Banon. Bist du dir da sicher?»

«Zu Beginn war ich es nicht, aber die Indizien häufen sich. Wenn ich mich von den Tatsachen leiten lasse, komme ich zu dem Schluss, dass es wahrscheinlich ist. Aber dann bin ich immer noch mit dieser nicht zu lösenden Frage konfrontiert: aus welchem Grund? Deshalb frage ich dich, ob du dir einen vorstellen kannst...»

Brèdes überlegte gründlich, wobei er an seiner Pfeife zog und in die Flamme des Kamins starrte.

«Alle gleichen Geschlechts?», sagte er.

«Drei Männer, zwei Frauen.»

«Wie alt?»

«Alle jung. Zwischen zwanzig und fünfundzwanzig.»

«Und man hat überall gesucht? In den Krankenhäusern der Gegend? In den Irrenanstalten? In den Ordensgemeinschaften? In den Kommunen?»

«Überall», sagte Laviolette. «Du weißt ja, dass die Gendarmerie auf diesem Gebiet sehr tüchtig ist.»

«Und man hat keinen Einzigen wiedergefunden? Weder lebendig noch tot?»

«Weder lebendig noch tot. Du weißt, dass wir da nicht locker lassen. Die Polizei hat das in ihrem Programm, und jedes Mal, wenn sie irgendjemanden im Umkreis verhören, versäumen sie es nicht, die Frage zu stellen und die Fotos zu zeigen.»

«Für mich», sagte Brèdes, «sind sie tot!»

«Alle fünf? Jung, anscheinend kerngesund?»

«Wenn du dir ziemlich sicher bist, dass sie nicht wieder weggegangen sind, sehe ich nur diese Lösung. Wie soll man denn in Banon am Leben bleiben und verschwinden? Bei neunhundert Einwohnern! Tausende von Hektar ganz kahl! Schäfer! Jäger, Wilderer, Wanderer, die Gendarmerie, die Hubschrauber, nein! In Banon? Lebendig? Unmöglich! Tot oder wieder weg!»

«Nein, nicht wieder weg.»

«Also tot.»

«Aber warum denn?»

«Ach», sagte Brèdes, «Hellseher bin ich nun auch wieder nicht! Übrigens sprachst du vorhin von Scharfsinn, und es ist wahr, dass ich mir früher schmeichelte, davon ein gewisses Maß zu besitzen. Tja nun, mein Alter, die Zeiten haben sich geändert! Seit sechs Monaten zerbreche ich mir nämlich den Kopf über ein kleines persönliches Problem, und es gelingt mir nicht, es zu lösen.»

«Aber... ich stehe ganz zu deiner Verfügung! Worum handelt es sich?»

«Eine blöde Geschichte. Ach ja! Gehen wir in die Bibliothek, die Schnäpse sind drüben, und dann kann die

Pächterin abdecken und nach Hause gehen. Es ist Sonntag. Ich möchte sie nicht zu sehr aufhalten…»

Sie schritten durch eine niedrige Tür in einer dicken Wand. Die Bibliothek war gemütlicher als der große Wohnraum. Auf den Umschlägen der Bücher, die auf den Tischchen herumlagen, waren bunte Federkleider von Paradiesvögeln zu sehen. Die Regale waren nicht gleichmäßig bestückt. Broschierte und gebundene Bücher standen durcheinander und zeugten davon, dass da einer wirklich las. Vor dem Kamin, zwischen den beiden Fenstern, mussten zwei Stühle freigeräumt werden.

«Und?», fragte Laviolette, der sich eine drehte. «Rück raus mit dieser rätselvollen Begebenheit!»

Brèdes drehte sich in seinem Sessel herum und zeigte mit dem Finger auf ein kleines Möbel vor einem der Fenster.

«Siehst du dieses Lesepult?»

«Der Handwerker, der es gemacht hat, hat nicht sparen müssen», sagte Laviolette. «Sieh mal diese Holzkante an!»

«Mein Vater hat es 1930 gekauft, bei Bébé Fabre, dem Antiquitätenhändler von Manosque. Erinnerst du dich an Bébé Fabre?»

«Ich sehe ihn vor mir!», rief Laviolette. «Er ist nach Piégut gekommen, da war ich acht Jahre alt… Mein Großvater hat ihm die Wanduhr seines Großvaters verkauft! Ich sehe ihn noch! Mit seinem Kneifer, seinem Hut, der Nanking-Hose…»

«… und der Pelerine, die ihm kaum bis an die Uhrkette reichte!»

Sie lachten alle beide. Sie waren zehn Jahre alt, als

dieser seit langem verstorbene Mann dem Portrait entsprach, das sie gerade gezeichnet hatten.

«Und nun», fuhr Brèdes fort, «auf diesem Lesepult lag normalerweise ein sehr altes Buch… Ein Buch, das von sechzehnhundertsoundsoviel stammte und das einen Haufen Hausrezepte enthielt. Schön… Jedes Jahr, wenn ich da bin, zu Ostern oder Pfingsten, gebe ich einen Empfang für die Kriegsveteranen von Banon, Vachères und Le Revest. Oh, sie kommen nicht alle! Manche machen es sich zur Ehrensache, wegen meines Adelstitels zu verzichten! Aber das ist eine Familientradition bei uns. Mein Vater machte das schon. Und mir, ja mir gefällt das auch. Das schafft eine Gelegenheit, die Leute aus der Gegend wiederzusehen, mit ihnen zu reden… Es wird Mundart gesprochen. Im großen Küchenkamin werden ein oder zwei Lämmer gebraten, na ja, du kannst dir das sicher vorstellen. Und es wird getrunken! Ich hole ihnen zwar keine allzu edlen Tropfen raus, aber schon was Ordentliches. An dem Tag also öffne ich immer die drei Türen, weil wir so um die sechzig Leute sind; da hab ich dann drei Räume am Stück: den Salon, der nie benutzt wird, den großen Wohnraum und die Bibliothek. Gut.»

Er stand auf und ging mit großen Schritten auf und ab, die mit Büchern und einem angefangenen Manuskript beladenen Tische umwandernd. Er zündete seine erloschene Pfeife wieder an.

«An diesem Tag war schlechtes Wetter, Gewitter, es war fast dunkel. Gewöhnlich wird der Digestif draußen serviert, auf den Steinbänken im Garten, unter den Kastanienbäumen. Aber da war nichts zu machen… Wir sind drinnen geblieben und haben uns unterhalten.

Einige standen um das Lesepult herum und blätterten in dem alten Buch. Zum Spaß habe ich ihnen einige Hexengeschichten daraus vorgelesen oder eigentlich übersetzt – denn es war ja Französisch aus dem siebzehnten Jahrhundert! –, darüber haben sie ganz schön gelacht. Danach bin ich von Gruppe zu Gruppe gegangen, habe mich in die Unterhaltungen gemischt, über die einen oder die anderen gesprochen: die Toten, die Verführer, die Gehörnten. Über Gott und die Welt eben. Ab fünf Uhr hat die Gesellschaft angefangen, sich aufzulösen, wie das immer so ist. Du weißt schon: Manche gehen sogar, ohne sich zu verabschieden… bei den vielen Leuten… Da achtet keiner so genau darauf.

Um sieben war ich dann wieder allein, mit der Pächterin, ihren zwei Töchtern und dem ganzen aufzuräumenden Chaos. Wir haben uns alle vier darangemacht… Und es war die Pächterin, die mich darauf aufmerksam gemacht hat. Eine brave Frau, aber sie stammt aus dem Queyras. Sie mag uns nicht so sehr. Und dass kein Kruzifix am Kopfende meines Bettes hängt, also, da bin ich gleich abgestempelt! Das hat sie nie verdauen können. Und meine sechzig biederen Landleute (obwohl sie auch eine von ihnen ist), die verachtet sie… Sie hat mir zugerufen: ‹Die haben Ihnen Ihr Buch geklaut!› Normalerweise hielt sie Abstand davon: ‹Das ist Hexerei›, sagte sie. ‹Sie sollten das ins Feuer werfen!› Da ich sicher war, dass ich es auf dem Pult gelassen hatte, war ich etwas ärgerlich, aber ich wollte ihr nicht einfach zustimmen. Und außerdem: War das so sicher? Ist man sich je einer Sache sicher? Ich habe ihr gesagt, meiner Pächterin: ‹Ach was, ich habe es woanders hingelegt! Sicher ist es in dem Wust, der auf den Tischen herumliegt. Nun machen Sie sich mal keine

Sorgen! Ich suche es morgen!› Ich habe gesucht. Um ganz sicherzugehen… Aber…» Resigniert zuckte er die Schultern.

«Ich habe es nie wiedergefunden!»

«Konnte man es in eine Tasche stecken, dein Buch?»

«Oh, ja! Es war ungefähr zwölf mal zwanzig Zentimeter groß…»

«Hatte es einen Verkaufswert?»

«Ach, ich habe dir die Geschichte ja noch nicht zu Ende erzählt: Es war unter der Abdeckplatte des Lesepultes, das Bébé Fabre meinem Vater verkauft hatte. Und als mein Vater ihn im Nachhinein darauf aufmerksam gemacht hat und es ihm bezahlen wollte, hat der gute Fabre, der die Ehrlichkeit in Person war, ihm gesagt, dass es ja seine Schuld sei, dass er halt besser hätte hinschauen sollen und dass er keinen Sou annehmen würde: dass ihm das eine Lehre sein würde! Und dass er übrigens in seiner Bibliothek ein weiteres Exemplar davon besitze…»

«So dass du also nicht weißt, ob dieser Schmöker etwas wert ist?»

«Was ich weiß, ist, dass mein Vater, der den Wert der Dinge einzuschätzen wusste, Bébé Fabre jedes Jahr zu Weihnachten vier Trüffeln hat bringen lassen.»

In den Tiefen des Hauses ertönte ein dünnes Klingeln.

«Ist das das Telefon?», fragte Laviolette.

«Richtig!», seufzte Brèdes. «Ich erwarte ein Untersuchungsergebnis. Eine brutale Tierseuche, die die Seevögel dezimiert, südlich von Punta Arenas. Das Telefon ist in meinem Arbeitszimmer.»

«Geh nur!»

«Nein, nein, komm mit! Das ist nicht geheim!»

Im Arbeitszimmer schwebte ein mit vielfältigen Aromen versetzter Geruch nach kalter Pfeife.

Brèdes nahm den Hörer ab.

«Nanu! Es ist für dich!», sagte er überrascht.

«Für mich?», sagte Laviolette. «Wer denn?»

Er erinnerte sich daran, dass er Rosemonde gesagt hatte, er würde beim Marquis des Brèdes zu Mittag essen. Er hörte seinem Gesprächspartner zu und gab selbst keinen Laut von sich.

«Gut», sagte er schließlich, «ich komme.»

Er sah Brèdes an, der keine Frage stellte.

«Mein Lieber», sagte er, «ich muss meinen Besuch abkürzen. Das war der Chef der Gendarmerie. Sie haben gerade ein Verbrechen entdeckt. Darf ich deinen Apparat benutzen?»

«Aber selbstverständlich!»

Laviolette rief die Dienststellen in Marseille an, wie man es ihm gestattet hatte, falls nötig, und forderte die Mannschaft des Erkennungsdienstes an.

«In Banon! Banon! Ja, genau! Und dalli, ja! Sie sollen das Martinshorn einsetzen, wenn nötig!»

Er legte auf, streckte die Hand aus. «Mein Lieber! Entschuldige mich. Du siehst, die Arbeit …»

«Einer deiner Vermissten?»

«Das weiß ich noch nicht. Kann sein…»

«Sehen wir uns mal wieder?»

«Sobald ich kann, melde ich mich. Und wegen deines Diebstahls… Du siehst ja, ich habe keine Zeit, dir zu helfen!»

Brèdes lachte. «Ach, das ist doch nicht so wichtig! Ich lebe sehr gut auch ohne dieses Buch!»

~ 13 ~

MITTAGS war der Sonntagsbetrieb in vollem Gang. Bei schönem Wetter fielen die Leute aus Forcalquier, aus Manosque, aus Apt, die auf den Landstraßen herumkutschierten, in Banon ein.

«Wie wär's, wenn wir hier hielten, um Mittag zu essen?»

Für die beiden Hotels war das jede Woche die Stoßzeit. Im *Fraches* belegte außerdem ein bestelltes Essen einen ganzen Saal. Das waren die fünfzig Gäste einer Hochzeit, die am Vorabend in Lardiers begangen worden war. Für das Festessen hatte man Banon gewählt. Sechs mehrstöckige Hochzeitstorten thronten zwischen den weißen Nelken auf der makellosen Tischwäsche.

In der Küche brodelte es. Man zählte bereits fünfundzwanzig Gäste an den kleinen Tischen, und um halb eins parkten laut hupend, aber ordentlich der Reihe nach die vierzehn Wagen der Hochzeitsgesellschaft auf dem Platz, die fünfzig hungrigen Gäste stürzten sich auf die Tafel, als hätten sie eine Wette abgeschlossen. Die Schleppe der Braut war etwas schlammverschmutzt. Den Fotografen zuliebe hatte der Auszug aus der Kirche gleich mehrmals stattfinden müssen. Dabei war die Schleppe, die von nachlässigen Kindern getragen wurde, im tauenden Schnee des Vorplatzes zum Scheuerlappen degradiert worden.

Aber was soll's. Alle saßen jetzt da, mit senkrecht aufgestellten Gabeln, hungrig wie es Bauern aus den Basses-Alpes zu sein pflegen: Einige schon ordentlich gestärkt durch zuvor genossenen Pastis, und zwei oder drei der Onkel waren seit dem Vorabend noch nicht wieder nüchtern geworden.

Vier Kellnerinnen wirbelten um die Gäste herum.

«Und weist vor allem niemanden ab!»

Zur Not würde man welche vorne an den Bistrotischen unterbringen. Außer im Sommer konnte man ja nur am Sonntag etwas Geld machen…

Die Wirtin und ihre Schwester schrieben die Bestellungen auf. Drei Aushilfen würden die Hochzeitsgesellschaft bedienen. Der Wirt, der hektisch vor seinen übervollen Herden herumsprang, bombardierte seine Untergebenen mit widersprüchlichen Befehlen. Nach und nach nahm jedoch alles seinen Lauf, geriet in die übliche Ordnung, als wäre eine Turbine summend in Fahrt gekommen. Das überstürzt abgelagerte Geschirr klapperte heftig, die beiden Tellerwäscher schwitzten über ihren Spülbecken.

Um dreizehn Uhr fünfzehn waren bereits sechs Rechnungen abkassiert. Wenn's sein musste, konnte man noch ein paar Nachzügler abfüttern.

Der Wirt öffnete den Gefrierschrank, um seine Vorräte zu überprüfen.

«Guter Gott, Marie-Jeanne! Mir geht die Eistorte aus! Ich habe nur noch eine! Und die acht von Tisch vier haben zwei bestellt! Georgette! Lauf schnell zur Vorratstruhe! Hol mir sechs Eistorten!»

Georgette war eine dicke achtzehnjährige Kellnerin in pinkfarbener Strumpfhose, die ihren Hintern mit Bravour zwischen den viel zu eng sitzenden Gästen hindurchlavierte. Die Chefin sprang für sie ein.

«Lauf schnell zur Vorratstruhe, Georgette! Ärgere deinen Onkel nicht! Heute ist er mit Vorsicht zu genießen!»

Georgette lief hinaus, zur großen Remise. Die Vorratstruhe stand hinten. Es war eine riesige Gefriertruhe, deren Seiten mit zwei blauen Eiskristallen bemalt waren und die vier Kubikmeter fasste. Wegen ihrer Ausmaße hatte man sie nicht im Hotel unterbringen können, und außerdem hätte ihr zu lauter Kompressor die Gäste gestört. Sie enthielt alles: Eiscreme, grüne Bohnen, ungehäutete Hasen und sogar ein oder zwei Frischlinge «für den Fall der Fälle», das heißt, wenn die lokale Produktion nicht ausgereicht hätte.

Mit ihrem muskulösen Arm hob Georgette entschlossen den Deckel.

«Wo bleibt denn diese verdammte Georgette mit den Eistorten?», rief der Wirt. «Pierrot, geh mal schauen und hol sie wieder her!»

Pierrot war ein pickeliger Küchenjunge, der die Hotelfachschule besuchte und den seine Eltern in den Ferien zu einem Kollegen schickten, damit er etwas Geld verdiente. Er lief los.

Das Schauspiel ließ ihn im Halbdunkel abrupt stillstehen. Dort vorne steckte Georgette, buchstäblich in der Mitte zusammengeklappt, mit dem Oberkörper in der Gefriertruhe und ließ unter ihrem kurzen Rock den ganzen Inhalt ihrer pinkfarbenen Strumpfhose sehen.

Pierrot traute seinen Augen nicht… Er träumte schon lange, wenn er morgens in männlicher Hochform erwachte, von Mädchen in dieser Stellung. Mit weichen Knien ging er auf sie zu, die Hand auf dem Mund, und unter diesem Schutzschild wiederholte er leise:

«Oh, Mannomann! Oh, Mannomann!»

Sein Herz schlug ihm bis zum Hals. Er schlich auf Zehenspitzen vorwärts, um Georgette nicht zu erschrecken. Endlich! Jetzt war er an ihrer Seite. Schon berührten seine Finger sanft das gelobte Land. Sein leichter Silberblick erlaubte es ihm, zugleich auf die Strumpfhose des Mädchens und in die riesige Kühltruhe zu schielen. Was er sah, war ein hinduistischer Brahmane, der ihn, auf das Fell der Hasen und Frischlinge gebettet, starr anblickte.

Er sackte neben der ohnmächtigen Georgette zusammen.

Der Wirt war sogar eifersüchtig auf die Mädchen, die er nicht begehrte.

«Blanche!», sagte er argwöhnisch. «Sieh doch mal nach, was die beiden da treiben… Mir scheint, die bleiben ganz schön lange weg für sechs Eistorten!»

Blanche war die Schwägerin: Büstenhalter Größe hundertzwanzig, eine hübsche Gesichtsrose, Füße wie kleine Kähne, dazu die Waden eines Alpenwanderers. Ihre Stimme, die von Natur aus grell war, erreichte, wenn sie aufgeregt war, leicht das hohe C.

Sie kam mit der Geschwindigkeit einer Kanonenkugel aus der Remise geschossen.

«Da liegt ein Toter!», brüllte sie über den Platz. «Hilfe! Da liegt ein Toter in der Gefriertruhe!»

Sie stürzte in die Küche, ließ sich am Tisch niederfallen und weinte heftig schluchzend über einem Hackbrett, mitten in die fein gehackte Petersilien-Knoblauch-Mischung.

«Oh, Paul! das kann nicht sein! Bei uns doch nicht! Am Sonntag! Ein Toter!» In C-Dur schloss sie: «In der Gefriertruhe!»

Es war ihr eben eingefallen, dass man die Truhe würde ersetzen müssen.

Der Wirt stürzte zum Telefon, aber auch die anderen waren nicht untätig geblieben.

Zunächst strömten die gesamte Hochzeitsgesellschaft, die Hälfte der übrigen Gäste und der Pulk der Boulespieler vom Platz in Richtung Remise, um den seltsamen Sarg in Augenschein zu nehmen.

Der Braut wurde rücksichtsvoll ein Durchgang geöffnet, damit sie einen guten Platz in der ersten Reihe hätte. Ansonsten aber ging es drunter und drüber. Die Dicken schubsten mit dem Bauch. Die Kleinen traten den Großen auf die Füße. Nur ein paar abgebrühte Marseiller blieben am Tisch sitzen und lutschten hingebungsvoll die Panzer ihrer ungarischen Flußkrebse aus. Sogar die Kleinsten wollten sehen, was da passierte, und sie stampften mit den Füßen vor Wut, wenn man sie daran hindern wollte. Einem gelang es, sich bis zur Truhe durchzuschlängeln, sein Kopf reichte knapp über den Rand hinweg. Es stand mit offenem Mund und ließ sich nicht das Geringste entgehen. Es war seine erste Leiche.

Die Gendarmen waren innerhalb von zwei Minuten da. Es war schon zu spät.

«Schau dir das an!», sagte der eine Gendarm zum

Brigadier. «Sie werden uns wieder vorwerfen, dass wir nicht auf die ersten Indizien geachtet hätten!»

Hundert Hände hatten sich in der Tat bereits an die Kante dieser Truhe geklammert, wo vorhin vielleicht nur die Fingerabdrücke des Mörders zu lesen gewesen waren. Die gestampfte Erde, wo er vermutlich seine Fußabdrücke hinterlassen hatte, war zertrampelt.

Sobald sie zu viert waren, drängten die Gendarmen die Menge aus der Lagerhalle hinaus und zogen die Kette vor, die sonst nie angehoben wurde.

Laviolette war entgegen seiner Gewohnheit auf der Landstraße schneller als achtzig gefahren. Er hatte Mühe, sich einen Weg durch die Menge zu bahnen, obwohl er mit seinem Polizeiausweis herumwedelte. Ein Gendarm musste eingreifen, erst dann konnte er über die Kette hinwegsteigen.

«Entschuldigen Sie», sagte der Gendarm, «der Chef ist bis heute Abend nicht da, aber nach dem, was Sie neulich abends gesagt haben, haben wir es für ratsam gehalten…»

«Es war ganz richtig, ganz richtig!»

Er trat näher an die Gefriertruhe. Niemand war auf die Idee gekommen, den Stecker herauszuziehen, und sie dampfte im Halbdunkel vor sich hin.

«Na gut», rief Laviolette, «der da ist wenigstens gut erhalten!»

Auf den Hasenfellen und den Frischlingshäuten ruhte die Leiche, steif wie ein tief gefrorener Fisch, der Brahmanenbart war frostig wie der eines Weihnachtsmanns. Der Tote trug ein indisches Gewand aus grobem braunem Wollstoff, die im rechten Winkel hochstehenden Füße steckten in japanischen Holzlatschen.

Eine lange Kette aus Zypressenkugeln reichte ihm bis zum Nabel herunter, und daran war ein kreisrundes, kirschrotes Büchlein aus dem Verlag Robert Morel befestigt.

Laviolette erkannte auf der Stelle den Hippie, der in der Kirche von Montsalier aus seinem Schlafsack aufgetaucht war, um sofort wieder in sein weltabgewandtes Nirwana abzutauchen.

Kurz darauf erschien Doktor Lusel aus Banon, der von den Gendarmen benachrichtigt worden war. Der fünfundzwanzig- bis dreißigjährige Mann war ganz verdattert beim Anblick dieser sonntäglichen Leiche.

«Seit wann ist er tot, Ihrer Meinung nach?», fragte Laviolette.

Der junge Mediziner breitete die Arme aus.

«Im Moment kann ich das unmöglich genau sagen. Denken Sie mal! Er ist auf minus zwanzig Grad runtergekühlt! Und seinem Aussehen nach ist er seit mehreren Stunden im Gefrierzustand. Erst die Autopsie wird zeigen...»

«Ich habe den Gerichtsmediziner herbestellt», sagte Laviolette. «Ist Ihr Krankenhaus ausgerüstet?»

Der Doktor lachte.

«Für eine Autopsie, na ja...!»

«Schön. Die nehmen wir uns für morgen vor. Brigadier, würden Sie mir den Wirt des Hotels holen? Nein, warten Sie! Ich geh schon. Selbstverständlich achten Sie darauf, dass niemand näher tritt!»

Er suchte sich einen Weg zwischen den Mülltonnen und gelangte durch die Schwingtür in die Küche. Als er den Wirt erblickte, tippte er sich an den Hut.

Nachdem für eine gute Viertelstunde alles außer

Kontrolle geraten war, legte sich der Aufruhr allmählich. Schließlich war das ja Sache der Gendarmen... Bei der Ankündigung des Hasenpfeffers – der Duft hatte inzwischen alles überlagert – nahmen Hochzeitsgesellschaft und übrige Gäste wieder ordentlich ihren Platz ein und hoben kampfbereit die Gabeln. Nur würde man zum Nachtisch Äpfel statt der Eistorte futtern, denn natürlich würde niemand glauben, dass diese der Leiche nicht als Unterlage gedient hatte. Der Hochzeitsgesellschaft war es zum Glück egal. Sie hatte ihre Hochzeitstorten. Die Braut war entzückt. Wenigstens würde sie später was zu erzählen haben: «Stellt euch vor, an meinem Hochzeitstag...»

«Das ist ein fieser Streich, den man mir da gespielt hat!», sagte der Wirt zu Laviolette. «Jetzt müssen wir die Gefriertruhe ersetzen! Niemand wird mehr irgendwas essen wollen, was da drin war! Ich werde die Marke wechseln müssen...»

«Na na», sagte Laviolette. «Sie verkaufen sie an einen Kollegen aus Aix oder aus der Drôme weiter, das wird schon nicht so schlimm sein... Um wie viel Uhr ist sie zuletzt geöffnet worden?»

«Gestern Abend», sagte der Wirt. «Um acht Uhr. Ich hatte Offiziere vom Atomstützpunkt da oben, die Crêpes Suzette essen wollten...» Er blickte zur Decke. «Das stell sich einer mal vor! Crêpes Suzette in Banon! Zum Glück hatte ich eine uralte Packung, die ich mal als Probe bekommen hatte... «

«Und wer hat sie geholt, diese Crêpes Suzette?»

Der Wirt deutete mit dem Kopf schräg hinter sich.

«Meine Nichte!»

Laviolette drehte sich um. Die robuste Blanche, deren Fassung völlig wiederhergestellt war, träufelte einen

Löffel Tresterschnaps aus der Gegend zwischen die Lippen der noch immer zitternden und bebenden Georgette. Als sie den ohnmächtigen Küchenjungen neben ihrer Tochter gefunden hatte – seine Hand leblos schlaff auf dem Hintern ihres Schatzes –, hatte Blanche beiden ein paar ordentliche Ohrfeigen verpasst, auf dass sie nicht anfingen, mit den Zähnen zu klappern, und nun päppelte sie sie mit Schnaps auf Zucker wieder auf, wobei sie unaufhörlich mit ihnen schimpfte.

«Sie, Mademoiselle, haben… die Leiche entdeckt?»

Normalerweise war Georgettes Teint rosig und ihre Wangen sogar kirschrot, aber nun hatte sie die Farbe einer alten Schmalzpackung angenommen. Sie schüttelte den Kopf, unfähig zu sprechen.

«Georgette!», schimpfte Blanche. «Spiel nicht das Baby und antworte dem Herrn, oder ich hau dir ein paar hinter die Löffel!»

«Ja, Monsieur…», sagte Georgette.

«Und Sie sind auch gestern Abend die Crêpes Suzette holen gegangen?»

«Ja, Monsieur…»

«Und da haben Sie nichts bemerkt?»

«Nein, Monsieur. Es war ganz dunkel. Ich hatte eine Taschenlampe dabei. Ich bin gelaufen. Ich habe immer Angst, nachts, in dieser Scheune…»

«Und niemand von Ihnen», sagte Laviolette in die Runde, «musste noch einmal zur Gefriertruhe zurück, zwischen gestern Abend um acht Uhr und heute um ein Uhr?»

«Nein!», rief der Wirt von seinen Pfannen her, wo er über einer Paella Bratfett inhalierte. «Nein! Ich kaufe samstags meine Vorräte ein und lege sie in den Kühlschrank, den Sie da sehen! Nur wenn die Vorräte nicht reichen, wie heute ...»

«Gut!», sagte Laviolette.

Er hörte undeutlichen Lärm draußen auf dem Platz und warf einen Blick den Flur entlang.

Es war die Spurensicherung, die ankam, erweitert um Guyot und Leprince, zwei große, lässige Inspektoren in Jeans und mit langen Haaren.

Sie stellten sich vor:

«Man hat uns gesagt, dass wir Ihnen zur Verfügung stehen sollen...»

«Na, mit Verstärkung knausern die ja nicht», dachte Laviolette. Er sah auf seine Uhr. Vor genau einer Stunde und zehn Minuten hatte er im Polizeipräsidium in Marseille angerufen.

«Wahnsinn! Wahnsinn!», rief er leise.

Hundertzwanzig Kilometer lagen zwischen Marseille und Banon. Die Mannschaft schälte sich samt ihrer Ausrüstung aus einem R5, der noch von Matsch und Tempo dampfte.

«Menschenskind! Wir haben vielleicht einen Affenzahn draufgehabt! Die Sirene ist fast durchgebrannt! Mindestens drei Opas hätten wir ums Haar gerammt, die mit fünfzig Stundenkilometern links fuhren!»

«Auf ein paar weitere Tote kommt's euch wohl nicht an!», murrte Laviolette.

«Ach, apropos! Wo ist er? Wo ist er?»

Sie plusterten sich auf wie junge Hähne. Diese Spurensicherung, wenn die eine Leiche aufstöberten, waren sie ganz aus dem Häuschen. Man musste sie sehen, wie sie mit Blitzlicht diese schrecklichen Aufnahmen machten, die alle, bis hin zur Staatsanwaltschaft erschaudern ließen. Laviolette ging ihnen zur Gefriertruhe voraus, wo der Brigadier und der Arzt sie erwarteten. In fröhlicher Geschäftigkeit stellten sie ihre Fotoapparate auf.

~ 14 ~

DAS war die Justiz, die da mit all ihren Waffen aufmarschierte. Sie fotografierten nicht nur die Leiche. Alles musste dran glauben! Das Tor der Remise, die Decke voller Spinnweben, der zertrampelte Boden, die fleckigen Wände, die alte Rumpelkiste «Banon–Revest-du-Bion» – die ihnen ungläubige Rufe entlockte –, die drei Autos von Gästen, der Haufen leerer Kisten, die alte Sammlung rostiger Küchenmesser, ein riesiger Rosenkranz aus auf Draht aufgefädelten Hufeisen, der wie ein Kronleuchter am geschmiedeten Nagel eines Balkens schaukelte; nichts, kein Quadratzentimeter des sinistren Schauplatzes entging ihnen.

«Fingerabdrücke?»

Laviolette hob die Augen zum Himmel.

«Versuchen Sie es halt, aber…»

«Was wollen Sie», sagte der Brigadier, «als wir ankamen, vielleicht drei Minuten, nachdem man uns verständigt hat, waren sie hier ungefähr zu hundert.»

«Wunder kann man nicht erwarten!», sagte Laviolette.

«Jedenfalls», warf der Doktor ein, «kann ich Ihnen sagen, woran er gestorben ist…»

«Aha?»

Sie beugten sich alle beide über die Leiche. Der vereiste Bart hob sich wie ein Scharnier, wenn man ihn bewegte.

«Schauen Sie!», sagte der Doktor.

Er deutete auf den Hals des Toten beziehungsweise auf das, was davon übrig geblieben war. Er war horizontal durchtrennt worden, so tief, dass die Ränder des Schnittes sich nicht wieder geschlossen hatten und man die von der Kälte erstarrte Wunde von innen sah wie eine Höhle aus Schatten und rosigem Fleisch.

«Sicher ist», stellte der Doktor fest, «dass dieser Mann nicht hier getötet worden ist. Hier ist nirgendwo ein Tropfen Blut!»

«Dann wäre er also hergebracht worden?», fragte Laviolette.

Der Doktor zuckte ratlos die Schultern.

Die Spurensicherung arbeitete eifrig.

Nachdenklich betrachtete Laviolette den Mann, der einfach so gestorben war, ohne irgendetwas zu besitzen, ohne Hoffnung und ohne Vergangenheit: Nichts hatte er, nur jede Menge Freiheit. Wer hatte diesem materiellen und moralischen Elend übel wollen können?

In seinen behandschuhten Fingern hielt er das kleine runde Buch, das mit seinem Ring an der Kette aus Zypressenkugeln hing und von dem die Spurensicherung gerade ein paar Fingerabdrücke abgenommen hatte. Er blätterte darin. Es war eine Sammlung philosophischer Sprüche gegen die Todesstrafe. Eine Art Brevier, ein Rosenkranz, den man bei jeder Gelegenheit herunterbeten konnte. Jede Seite hatte ihren Denkspruch:

Wir sind alle Mörder! Der Mörder ist ein Kranker! Er muss behandelt, nicht beseitigt werden! Der Kapitalismus tötet die Mörder, um die Bourgeoisie bei Laune zu halten! Haben wir Mitleid mit den Mördern! Der Mörder von heute ist ein anständiger Mann von morgen!

Usw.

«Der Krankenwagen steht draußen», sagte der Brigadier. «Sind Sie fertig?»

«So ziemlich. Sie können ihn mitnehmen...»

«Gibt's im Krankenhaus eine Leichenhalle? Doktor Rabinowitsch wird erst morgen da sein...»

«Nun ja, es gibt einen Raum, der dazu dienen kann...»

Wehmütig betrachtete Laviolette das Gehäuse des großen alten Rumpelwagens, der da im Halbdunkel stecken geblieben war und in dem er gern für eine Spazierfahrt nach Revest-du-Bion Platz genommen hätte...

«An einem Sonntagnachmittag!», rief er. «Und sie wollen, dass man Mördern verzeiht!»

Mit dem Brigadier ging er zur Gendarmerie, wo er verschiedene Anrufe tätigte. Viaud, der Chef der Gendarmerie, erschien in dem Augenblick, als Laviolette den Hörer auflegte. Er war fassungslos über die Neuigkeit, es ärgerte ihn, dass er das Ereignis verpasst hatte. Er war mit seiner Frau beim Chef der Gendarmerie von Forcalquier zum Mittagessen gewesen.

«Sie nehmen die Sache in die Hand?», fragte er Laviolette.

«Ich warte auf Anweisungen... Vergessen Sie nicht,

dass ich hier bin, um über eine gewisse Zahl von Vermissten zu ermitteln, aber a priori deutet nichts darauf hin, dass dieser Mord etwas damit zu tun hat. Immerhin…»

Er erzählte ihm, dass er das Opfer drei Tage zuvor lebend gesehen hatte, in Montsalier.

«Vorerst», sagte er, «befragen die beiden Inspektoren, die man mir zur Verstärkung geschickt hat, das ganze Personal des Hotels und die Gäste, während Ihre Leute im Umkreis die Runde machen, um eventuelle Zeugenaussagen aufzunehmen. Es scheint, dass das Verbrechen nicht in der Remise stattgefunden hat. Die Leiche ist da hingeschafft worden.»

«In der Zwischenzeit», sagte Viaud, «schicke ich zwei Männer nach Montsalier, um alle, die sie dort oben finden, erst einmal zu vergattern und herzubringen, wenn nötig in Handschellen. Diesmal handelt es sich eindeutig um ein Verbrechen!»

«Warten Sie!», sagte Laviolette.

Er rief in den Flur hinaus. Er bat die Leute von der Spurensicherung, die sich anschickten, wieder abzufahren, ihm sofort zwei Fotos von der Leiche zu entwickeln, damit er sie den Hippies, die man herbringen würde, zeigen könne.

Er setzte sich wieder.

«Natürlich hatte er nichts bei sich?»

«Nichts! Ein amerikanisches Hemd, zwei lange Unterhosen übereinander, darüber eine Skihose, die japanischen Holzschuhe und dieses indische Gewand aus braunem Wollstoff.»

«Keine Papiere? Keinen Tabaksbeutel? Keine Zigaretten?»

«Wohin hätte er die tun sollen? Er hatte keine Taschen!»

In diesem Augenblick hörte man draußen im Flur das Gepolter von Schritten. Zwei Gendarmen forderten zwei Kerle mit hochroten Köpfen zum Eintreten auf, die jedoch geltend machten, sie würden «nur stören».

«Nicht doch! Nicht doch! Sie stören überhaupt nicht! Treten Sie ein! Setzen Sie sich! So, und gleich hört sich der Chef Ihre Aussage an.»

«Wissen Sie, wir haben nicht viel auszusagen! Meinen Sie wirklich, dass es sich lohnt, uns zu verhören?»

Die Gendarmen schubsten den Steinmetz und den Tankwart freundschaftlich vor sich her.

Die beiden Männer hatten kaum die Gendarmerie betreten, als auch schon das Gerücht umging, Jules Bec und Absalon Biscarle hätten den Hippie getötet, weil sie ihn vergewaltigen wollten. Ihre zu Tode erschrockenen Frauen kamen herbeigelaufen, um nachzufragen, was los war. Sie mussten zurückgehalten, beruhigt werden, man musste dementieren…

«Also, was haben Sie denn nun eigentlich gesehen?», fragte Viaud.

Laviolette, der etwas abseits stand, drehte sich eine Zigarette.

«Nichts Großartiges!», sagte Jules Bec.

Mehr schlecht als recht hatte man seine hundertzehn Kilo und seine dicken Schenkel auf einem Stuhl untergebracht. Der schüchterne Mann mit dem riesigen Kopf triefte vor Schweiß, so sehr verwirrte es ihn, in einem Gendarmeriebüro zu sitzen.

«Sagen Sie dem Chef», ermunterte ihn der Brigadier, «was Sie bei Rosemonde Burle erzählt haben!»

«Heute früh, als ich aus meinem Haus...», sagte Jules Bec. «Sie wissen, dass ich bei der Feuerwehr bin? Die Sirene heulte... Das war vielleicht ein Wetter! Es pfiff aus allen Himmelsrichtungen! Es stach mir in die Augen wie Nadeln. Plötzlich werde ich von den Scheinwerfern eines Autos geblendet... Dann sehe ich etwas, da hinten, im Schneegestöber... Etwas, was anhält, zurücksetzt, unter den Platanen wendet. Es machte ein komisches Geräusch ...»

«Haben Sie erkennen können, um was für ein Auto es sich handelte?»

Jules Bec blieb eine gute Minute mit nachdenklich vorgeschobener Unterlippe sitzen, wobei er sich den Schweiß abwischte und schnaufte.

«Vielleicht», sagte er endlich, «war es ein Käfer? Ein Mini? Oder vielleicht ein 4CV, wer weiß? Ich weiß nicht, ob Sie sich erinnern, was das für eine Nacht war... Aber ich hatte den Eindruck...»

«Ja?», sagte der Gendarm geduldig.

«Ich hatte den Eindruck, dass es mir ausweichen wollte!»

Uff, jetzt war's heraus... Es ist immer schwierig, eine persönliche Meinung zum Ausdruck zu bringen. Absalon Biscarle, bei dem war das ganz anders. Seit fünf Minuten wartete er ungeduldig, öffnete den Mund, und der andere Gendarm hielt ihn nur mit Mühe zurück.

«Warten Sie! Sie reden, wenn Sie dran sind!»

In dem Maße, wie der gewaltige Jules Bec schüchtern und zittrig war, gab sich der winzige Biscarle sicher und entschlossen.

«Ich weiß es aber! Ich bin nämlich grad die Treppe raufgegangen. Grad als ich rauf auf die Straße kam, haben mich die Scheinwerfer geblendet! Ich hatte die Augen nämlich dicht am Boden! Ich hab's genau gesehen! Ich bin sicher, dass es ein Käfer war! Todsicher, ja: Der war weiß, gedrungen, ein stabiles Auto eben! Ganz klar, das war ein Käfer! Und ich auch, Jules, ich hatte auch den Eindruck, dass er mir ausweichen wollte!»

«Ich brauch Sie wohl nicht zu fragen», mischte sich Laviolette ein, «ob Sie den Mann erkennen konnten, der am Steuer saß?»

«Was, erkennen? Sie fragen das einfach so? So dunkel, wie es war? Und unsere Pflicht als Feuerwehrleute! Wir mussten rennen! Als ob wir Zeit gehabt hätten, jemanden zu erkennen!»

«Und erinnerst du dich», sagte Jules Bec, «was der für einen Krach machte?»

«Gespenstisch!», rief Biscarle. «Katalaka... Katalaka... Katalaka...»

«Schneeketten?», schlug Laviolette vor.

«Richtig! Schneeketten!»

«Und Sie haben ihn gleich aus den Augen verloren?»

«Einfach so!», sagte Biscarle.

«Wie weggezaubert!», sagte Jules Bec. «Aber... bei der Dunkelheit war das nicht verwunderlich. Und außerdem hatten wir weder die Zeit noch einen Grund uns zu fragen, wohin es verschwunden war. Ich für meinen Teil, ich war gerade so einigermaßen wach... Ich schnallte noch mein Koppel zu.»

Einer der Gendarmen meldete sich zu Wort.

«Wenn Sie gestatten...», sagte er.

«Nur zu!», sagte der Chef.

«Als wir die Aussage der beiden Zeugen hatten, bevor wir Sie Ihnen hergebracht haben, haben wir alle befragt, die heute Morgen auf waren: zuerst den Bäcker, dann Eugène Martel, den wir gerade per Telefon geweckt hatten und der seinen Abschleppwagen herausfuhr. Niemand hat dieses Auto gesehen. Obwohl, wenn es gewendet hat, wie sie behaupten, dann führte der einzig mögliche Weg vor Martels Garage vorbei. Er hätte es zwangsläufig gesehen…»

«Also», sagte der Brigadier, «ist es zu diesem Zeitpunkt nicht aus Banon hinausgefahren?»

«Also», sagte Laviolette, «kann es sehr wohl in die Remise reingefahren sein…»

«Wir werden wohl nicht mehr gebraucht?», fragte Jules Bec.

«Nein, im Augenblick nicht. Ihre schriftliche Aussage geben Sie morgen früh ab. Sie können gehen. Ich danke Ihnen. Ruhen Sie sich aus, das haben Sie wohl verdient… nach einer solchen Nacht.»

In diesem Augenblick hörte man auf der Esplanade den fürchterlichen Schrei eines Schweines, das gerade abgestochen wird. Dann platzte Alyre Morelon herein, in den Armen einen dreckigen Dackel, den Laviolette als den wiedererkannte, den er kürzlich abends zu zähmen versucht hatte. Ihm voran lief Roseline, schriller quiekend als eine Alarmsirene.

Ein Gendarm hatte sich auf der Schwelle aufgebaut, aber halte mal einer einen völlig verschreckten Mann und eine hundertachtzig Kilo schwere Sau zurück! Gemeinsam kamen sie vor den verblüfften Polizeibeamten zum Halten. Alyre ließ sich auf den Stuhl fallen, der noch warm war von Jules Bec. Die Sau sank erschöpft auf die Dielen nieder. Die Schreibmaschine und das Porträt des Staatspräsidenten an der Wand bebten von der Erschütterung. Der Ölofen spuckte einen ordentlichen Rauchschwall aus.

«Ich kann nicht mehr!», keuchte Alyre. «Ich bin gerannt wie ein Verrückter! Roseline ist erschöpft! Gebt Roseline was zu trinken! Sie allein! Sie hat's herausgefunden! Und gebt diesem Hund was zu fressen, er geht ein vor Hunger!»

Er hielt einem Gendarm den Dackel hin, aber es war Laviolette, der ihn an sich drückte und nicht mehr losließ.

«Das ist es!», rief Alyre und schlug sich gegen die Stirn. «Das ist es, was mir seit diesem Herbst zu schaffen macht! Das war es, was ich sagen wollte und was ich nicht gesagt habe, weil ich Angst hatte, man würde mich für einen Vollidioten halten! Das war es!»

Er zog eine Kette aus Zypressenkugeln aus seiner Tasche und warf sie auf den Schreibtisch. Er hatte sie kurz zuvor im Laub gefunden.

Die ganze Belegschaft, abgesehen von den beiden Beamten, die losgefahren waren, um die Hippies aus Montsalier zu holen, versammelte sich um diesen Mann, der zu viele Dinge auf einmal zum Ausdruck bringen wollte. Jemand ging indes hinaus, um für die Sau eine Schüssel Wasser zu holen.

«Keine Panik!», sagte der Chef. «Beruhigen Sie sich, Alyre…»

«Mir ist ganz schlecht! Dieser Gestank ist schlimmer als ein Schlag auf die Nase. Und Roseline! Hoffentlich verdirbt ihr das nicht den Geruchssinn!»

Alyre Morelon war zunächst einmal damit beschäftigt zu schniefen, in ein Taschentuch zu trompeten, unsichtbare Fliegen um sich zu verscheuchen, und die

Gendarmen samt Laviolette mussten sich noch gut drei Minuten gedulden, bevor er ihnen den Grund für seine Erregung darlegte.

Laviolette hörte nicht auf zu pfeifen, während Alyre mit Hilfe eines Gläschens Tresterschnaps, das ein Gendarm für ihn geholt hatte, Atem schöpfte.

Mitten in Alyres Bericht hatte er gerufen: «Einen Augenblick!» Und er hatte nachschauen lassen, ob die Mannschaft der Spurensicherung schon weggefahren war.

«Seit einer guten halben Stunde!»

Dank ihrem Martinshorn waren sie wohl schon in Pertuis. Eine merkwürdige Überraschung würde sie bei ihrer Ankunft erwarten, mit einer ganz frischen Anweisung auf dem Fernschreiber: «Kommt nach Banon zurück mit schwerem Gerät.»

«Ich glaube», sagte Laviolette, «dass der Brocken diesmal zu groß ist, als dass ich weiter die Arbeit der Staatsanwaltschaft mache. Es muss eine Botschaft nach Digne losgeschickt werden.»

«Das wollte ich Ihnen gerade vorschlagen», sagte der Chef.

~ 15 ~

GEORGETTE war gegen dreizehn Uhr dreißig vor der Gefriertruhe ohnmächtig geworden.

Gegen dreizehn Uhr fünfzehn war der Dackel Mambo, von allen Seiten verjagt, verängstigt, völlig von Sinnen vor Hunger, Müdigkeit und Kälte auf der erstbesten Straße geflohen, die sich vor ihm auftat. Allein auf der Welt, bejammerte er sein Unglück entlang der Böschungen, die Nase dicht am Boden. Wenn ihn zuweilen ein Auto beinahe streifte, warf er sich schreckerfüllt auf den Seitenstreifen, wo der Schnee schmolz. Dort hechelte er ein paar Minuten, dann setzte er seinen hoffnungslosen Irrweg fort.

Der winzige, namenlose Hund, der an verlorener Liebe litt, hatte sich vor kaum vier Tagen noch an die Brust seines Herrchens geschmiegt. Eines sanften, guten Mannes, der ihm den Kopf kraulte, der ihm eine Dose öffnete, wenn er Hunger hatte. Manchmal fand Mambo bei dieser Erinnerung die Kraft, den Kopf zu heben und im Wind zu schnuppern, ob nicht doch irgendeine Spur...

Er lief an den Überresten der Schneewehe vorbei, die der Schneepflug an diesem Morgen weggeschoben hatte, von der aber noch immer Wasser auf die Fahrbahn rann. Vor lauter Durst und Hunger knabberte

Mambo etwas von dem Schnee, der in der vergangenen Nacht, von Sturmböen getrieben, über das Land gefegt war, ehe er sich hier aufgehäuft hatte.

In den zusammengebackenen Kristallen glaubte Mambo plötzlich, eine Spur von seinem verschwundenen Herrchen auszumachen. Kaum wahrnehmbar lief sie am Boden entlang wie ein unsichtbarer Faden. Manchmal verlor er sie. Die Kraft der Verzweiflung verzehnfachte seinen Geruchssinn. Er drückte seine Schnauze in die abgestorbenen Gräser, die aus dem Schnee ragten. Ganz plötzlich blieb er stehen. Er richtete sich zu seiner ganzen kleinen Größe auf, um über das Gestrüpp zu schauen. Hartnäckige Geduld erfüllte ihn, er legte zehn Meter zurück, hielt an, lief weiter... Die wahnsinnige Hoffnung trieb ihn voran, immer schneller.

Dort hinten im Wind, der die Straße nicht erreichte, glitzerte ein dunkles Lorbeerwäldchen. Eine einzelne Zypresse überragte es deutlich. Ein schlecht erkennbarer Weg zwischen den schneebedeckten Getreidefeldern schlängelte sich auf das Gebüsch zu. Dieser Weg zog Mambo an. Er witterte nervös vor diesem steifen schwarzen Horizont aus abweisenden Bäumen, die in dem saftigen Humus steckten wie die Spieße einer am Boden festgenagelten Armee. Am dicht verwachsenen Rand suchte Mambo den Durchschlupf. Er scharrte im Boden, beschnupperte die aufgewühlte Erde und suchte nach allen Seiten sein Heil, wobei er vor Ungewissheit stöhnte.

Plötzlich durchbrach Tageslicht das Wäldchen und gab den Blick frei auf eine lange, wohlaufgereihte Allee, in die der Weg hineinführte. Er steuerte entschieden auf diese Schneise zu.

Die stabförmigen Lorbeerbüsche schlugen über seinem Kopf mit dem Geräusch gekreuzter Lanzen zusammen. In ihren schwer zu benennenden Duft mischte sich allmählich ein noch unbestimmter Geruch, der sich jedoch immer dichter auf dem mit harten Blättern übersäten Weg abzeichnete.

Vorn im Halbdunkel, noch weit entfernt, erhob mitten in einer hohen Mauer ein verrostetes Gitter seine soliden Stäbe.

Mambo lief jetzt wie ein Hund, der einen Freund am Horizont erkennt und sich beeilt, ihn einzuholen. Er begann sogar, fröhlich mit dem Schwanz zu wedeln.

Die Allee verbreiterte sich. Ein Steinwürfel mit dem Laub mehrerer Jahreszeiten darauf, der einst als Bank gedient hatte, tauchte auf. Mambo richtete sich an dem Tor auf und versuchte die für ihn zu hohen Gitterstäbe zu erreichen. Er fiel auf das Hinterteil zurück.

In diesem Augenblick sprudelte aus seinem kleinen Körper, mit einer Stimme, die nicht die seine war, ein langes verzweifeltes Jaulen – nur *mezza voce*, aber weithin zu hören.

Von einem mehrere Kilometer entfernten Hof gab ein zweiter Hund langsam in Moll das Echo. Ihm antworteten zwei weitere aus Neu-Montsalier. Die modulierte Welle schlug an das Ohr des alten Médor, des bestgenudelten Dackels von Banon. Er stimmte den Kontrabass seiner Stimme auf diesen Hundekanon ab, der den im Winde bebenden Lorbeerwald einkreiste, wo Mambo mit gen Himmel erhobener Schnauze seine eindringliche Klage ertönen ließ.

Zuweilen beherbergen in diesem Lande die Brachfelder düstere, von einer einzelnen Zypresse gekoste Gräber – vor vierhundert Jahren die einzige Zuflucht für die durch die Kirche von den Friedhöfen verbannten Protestanten. Meist sind dies Gräber ohne Stein und ohne Namen, die einzig im Gedächtnis der Bauern fortbestehen, die von Generation zu Generation darum herum pflügen und so inmitten der Felder jene rätselhaften Rhomben schaffen, auf denen die Dolden des Schierlings emporschießen. Manchmal sind es auch regelrechte Kapellen, umgürtet von aus Bruchstein hochgezogenen Mauern, Stolz der gegen König und Papst rebellierenden Adelsherren. Wem gehören sie? Die Namen sind auf dem Frontgiebel eingemeißelt wie auf den Bodenplatten der Grüfte. Rechtsübertragungen, Verstaatlichung von Besitztümern, das Aussterben von Familien haben daraus anonyme ländliche Denkmäler gemacht, wo die am Anbeginn gepflanzte Zypresse bis zu zwanzig Meter in den Himmel hinauf flüstert.

Vor dem Gitter einer solchen Grabstätte heulte Mambo so schauerlich.

Roseline knurrte erschrocken. Und plötzlich, mit einem heftigen Ruck, entwischte sie Alyres Händen, ließ ihn einfach stehen und rannte auf den Waldrand zu.

«Gott im Himmel! Jetzt geht's los! Sieh sie dir an! Man könnte meinen, die hat Feuer im Hintern! Aber wohin läuft sie denn? Roseline! Roseline!»

Doch von Roseline sah man nur das im Takt wackelnde rosige Hinterteil, und die Leine, die im Winde flog. Schon drang sie in das Unterholz ein.

«Du Miststück, Roseline! Ich glaube, du wirst den ersten Arschtritt deines Lebens bekommen!»

Auch Alyre rannte in Richtung Allee. Er wirbelte das welke Laub auf. Außer Atem kam er vor dem Gitter des Grabmals an, er hatte keine Zeit gehabt, seine Empfindungen zu analysieren. Roseline saß auf ihrem Hinterteil und mit dem Rüssel untersuchte sie den Kopf des Dackels, der mit hocherhobener Schnauze immer weiterjaulte.

«Gott im Himmel! Roseline! Das ist der Hund, der sich verlaufen hat und dem alle Welt Fußtritte versetzt! Was sucht der denn da?»

Plötzlich riss er den Mund auf. Ein dumpfer Verdacht überfiel ihn, etwas, woran er seit dem Frühherbst immer wieder gedacht hatte, seitdem er Roseline mehrmals am Waldrand wieder hatte einfangen müssen.

«Gott im Himmel, Roseline! Ich wusste es! Das war es, was ich wusste! Lass uns schnell hier abhauen! Das war es, was mir die Luft nahm! Das war es, was ich sagen wollte!»

Doch Roseline, deren Leine er wieder aufgegriffen hatte, leistete Widerstand mit allen vier Füßen und ihrem ganzen Gewicht. Er konnte ziehen, wie er wollte, sie schnüffelte stur weiter an dem armseligen Dackel herum, der immer noch schauerlich jaulte.

Sie arbeiteten schon so lange zusammen, dass Alyre alle Regungen seiner Sau kannte.

«Was! Du willst, dass ich ihn mitnehme?», rief er aus.

«Grunz!», antwortete Roseline.

«Aber was soll ich denn mit dem anfangen?»

«Grunz!», antwortete Roseline.

Alyre war nicht nach Diskutieren zumute. Er erstickte. Er wollte so schnell wie möglich von hier verschwinden.

Er bückte sich. Der Hund wollte ausweichen, doch er war zu schwach. Er stolperte. Alyre ergriff ihn und schob ihn zwischen seine Jacke und seine Brust. Das war die einzige Art, wie er ihn daran hindern konnte zu entwischen. Der Dackel zitterte vor Elend. Er gab auf.

«Komm, Roseline! Hauen wir ab!»

Doch Roseline leistete immer noch passiven Widerstand. Ihr Rüssel zog eine Furche im Laub.

«Was hast du denn nun noch?»

«Grunz!», antwortete Roseline.

Sie verhielt sich genauso, wie wenn sie eine Trüffel fand. Sie rührte sich nicht. Pustete mit dem Rüssel. Sie war absolut unbeweglich. Alyre hockte sich neben sie hin.

«Oh! Gott im Himmel! Roseline!»

Mit seiner freien Hand hatte Alyre im Laub, genau unter dem Kopf der Sau, einen Gegenstand ertastet, den er weiter herauszog, einen Gegenstand, den er entrollte, vor seine Augen hob, um zu verstehen, was das war. Er brauchte einige Sekunden, um ihn zu identifizieren.

«Gott im Himmel, Roseline! Weißt du, was das ist? Das ist diese Art Kette, die sie alle tragen, die Barfüßer! Das ist ein Amulett! Aus Zypressenkugeln! Da hängt so was wie ein rundes Heft dran! Gott im Himmel, Roseline! Nichts wie weg! Hauen wir ab! Ich glaube, du hast da gerade eine komisches Geheimnis gelüftet!»

«Das war es!», beteuerte Alyre im Einsatzwagen der Gendarmen.

Er hielt mehr schlecht als recht sein Gleichgewicht auf dem Haufen der drei am Nachmittag in Montsalier aufgesammelten Hippies. Man hatte sie tragen müssen. Sie blieben aus Prinzip nicht stehen. Wenn man sie aus irgendeinem Grund losließ, sackten sie in ihren Schlafsäcken zusammen. Der eine blieb abseits. Die beiden anderen, die gemeinsam im selben riesigen Schlafsack steckten, erkannte Laviolette wieder, es waren die beiden, die kürzlich hinter dem Altar der Kirche herumgevögelt hatten. Sie ließen einander nicht aus den Augen. Man spürte, dass sie sich weiterhin streichelten, dass sie nichts anderes zu tun verstanden, dass sie nichts anderes tun wollten. Man hatte sie zusammen aus der Kirche holen müssen, sie zum Streifenwagen schleifen, sie wie Postsäcke auf den Wagenboden hieven müssen. Nun hatte Alyre den Fuß darauf.

«Das war es», wiederholte er, «was ich Ihnen sagen wollte; was ich heute Abend der Francine sagen werde und was ich mich nicht zuzugeben traute, weil ich Angst hatte, dass sie mich auf die Schippe nimmt! ‹Francine, glaubst du, dass vierhundert Jahre alte Tote noch riechen können?›»

Er schlug sich auf die Schenkel. Endlich hatte er seine wichtigste Überlegung zum Ausdruck gebracht, deretwegen er seit drei Monaten nicht mehr richtig durchatmete. Er wiederholte sie den Gendarmen.

«Sagen Sie, glauben Sie, dass das möglich ist?»

Die Nacht war nun endgültig hereingebrochen, ohne Mond, ohne andere Sterne als die nahen Lichter von Banon, die von Simiane jenseits des Tals und einige wenige ferne Lämpchen in Richtung Carniol und La Rochegiron.

Das Lorbeerwäldchen war von Gendarmen und Feuerwehrleuten umzingelt, die den Zugang verwehrten. Man hatte die aus Saint-Etienne, die aus Forcalquier zur Verstärkung gerufen, dazu Angestellte der

Straßenmeisterei, einen Container, zwei Kastenwagen... Für alle Fälle. Alle waren an Ort und Stelle. Die Frohnaturen der Spurensicherung waren gerade wieder aufgekreuzt, nach einem erneuten Wettrennen Marseille–Banon, bei dem sie ihren Rekord noch um vier Minuten verbessert hatten. Sie hatten alle Instrumente ausgepackt und scharrten mit den Füßen.

In der Allee mit dem Laub pulsierte ein Generator. Lange Kabel liefen zu Scheinwerfern, die gerade auf ihren Stativen eingestellt wurden. Einige wenige Schneeflocken schwebten in den Lichtstrahlen.

Die Inspektoren Guyot und Leprince, die mit der Spurensicherung zurückgekommen waren, murrten ein wenig. Sie hatten mit ihrem Abend eigentlich etwas anderes vorgehabt.

Holpernd tauchte auf der Allee der Landrover von Martel auf, der einen weiteren Generator hinter sich herschleppte.

Man musste sich die Nasenlöcher zuhalten und durch den Mund atmen, um nicht in Ohnmacht zu fallen. Was ein paar mutige Unbekannte nicht daran hinderte, in das Wäldchen einzudringen und auf die Mauer des Grabmals zu klettern, um die Logenplätze einzunehmen. Die Gendarmen hatten gerade zwei Wiederholungstäter zurückgeführt, wobei sie ihnen Tritte in den Allerwertesten androhten. Man zählte gut zwanzig Bewohner von Banon rund herum, die Vermutungen anstellten und zutiefst bedauerten, dass sie nicht Feuerwehrleute waren. Etwas weiter schüttelten einige Übriggebliebene der Hochzeitsgesellschaft, die man an den über ihren Autos flatternden Schleierfetzen und an den am Rückspiegel befestigten weißen Nelken erkennen konnte, im Wind dieser Nacht ihren Rausch ab. Sie hüpften von einem Fuß auf den anderen in ihren Feiertagsschuhen, wären aber um keinen Preis von ihrem Platz gewichen.

~ 16 ~

DER Lokalreporter des *Provençal* war aus Manosque eingetroffen, die «Zeiss-Ikon» um den Hals; ein Freund hatte ihn alarmiert, auf dass er die erste Neuigkeit des Tages nicht verpasse. Man hatte ihm nicht erlaubt, sich zu nähern, aber das kümmerte ihn nicht. Er war allein. Er war der *Einzige*. Er hatte schon die Zeitung angerufen, man möge ihm drei Spalten auf der Titelseite reservieren. Das lohne sich. Es war bereits neun Uhr abends. Alles, was er zusammentragen konnte, wäre exklusiv.

Am Ende der Allee kam, respektvoll eskortiert, ein schwarzes Auto vorsichtig näher und hielt vor dem Gitter. Der Gendarm, der den Fahrer geleitet hatte, öffnete salutierend die hintere Wagentür.

Eine schlanke junge Frau stieg aus und blinzelte im brutalen Licht der Scheinwerfer hinter ihrer Brille. Sie konnte nicht sehr viel Gewicht auf die Waage bringen. Sie war sehr brav frisiert und war weder schön noch hässlich.

Sie reichte Laviolette und dem Chef der Gendarmerie, der Haltung annahm, ihre vom Handschuh befreite Hand. Sie bat um Entschuldigung, dass sie sie hatte warten lassen.

«Man hat es uns nicht richtig erklärt, mein Chauffeur hat sich verfahren.» Sie lachte kurz auf.

«Wir sind erst an einer Votivkapelle gelandet! Sehr romantisch!»

Auf Geheiß von Viaud schritt Martel, der früher Schlosser im seit Generationen bestehenden Familienbetrieb gewesen war, auf das Tor zu. Man hätte meinen können, gleich müsste irgendein Präsident heraustreten. In Wahrheit war das Schloss der Zielpunkt der grellen Scheinwerfer. Jedes Detail trat hervor.

«Sie werden merken», sagte Viaud, «dass dieses riesige Schloss kürzlich geölt worden ist.»

Tatsächlich erkannte man einen Fettrand um das Schlüsselloch.

«Umso besser!», raunte Martel dem neben ihm stehenden Gendarm zu. «So geht's leichter.»

Ein flinker, geschickter Beamte der Spurensicherung beugte sich über das alte, rostige Teil, legte eine Art Löschpapier um das Loch und drückte mit aller Kraft gegen das Eisen.

«Wozu das?», fragte Martel.

«Um die Beschaffenheit des verwendeten Öls zu analysieren…»

«Ach so.»

Der Beamte tat das Gleiche bei den sechs Angeln, die ebenfalls geölt worden waren. Anschließend nahm der zweite Inspektor mit dem Blitzlicht jedes Teil unter Beschuss.

«Kann ich loslegen?», fragte Martel.

«Legen Sie los!»

Martel hatte sich einen Ring mit unförmigen Schlüsseln an den Gürtel gehängt, die er für alle Fälle aus seiner Sammlung gelöst hatte. «Ein calvinistisches Grabmal», hatte er sich gesagt, «da wird ja kein modernes

Sicherheitsschloss dran sein. Wer weiß, vielleicht hat ja einer meiner Urgroßväter das Schloss hergestellt. Diese Sammlung von alten Kirchenschlüsseln will ich mal mitnehmen und außerdem, ja, genau, diesen großen Dietrich! Wir werden schon sehen!»

Er beugte sich über den Schlosskasten und sah durch das Schlüsselloch, dass kein Rohr hatte. Das war schon mal gut... Mit seinem Ölfläschchen spritzte er eine ordentliche Dosis Entroster auf den Führungszapfen.

Dann wühlte er einen Augenblick in seinem Schlüsselbündel; er fuhr da und dort mit der Feile darüber, er wog ab, mal rechts, mal links. Dann hörte er das Geräusch des Riegels, der zurückglitt. Einmal... Zweimal...

Nun richtete er seine Bemühungen auf den Knopf der Schubleiste, die er nicht so leicht frei bekam wie das Schloss selbst.

«Soll ich aufmachen?», fragte er.

«Machen Sie auf, aber gehen Sie nicht weiter», sagte Laviolette. «Und treten Sie zur Seite.»

Trotz der geölten Angeln drehte sich das Friedhofstor mit schrillem Lärm.

Laviolette trat beiseite. Die Spezialisten brachten die Spots näher, betätigten ihre Blitze, teilten sich gegenseitig die Ergebnisse ihrer Beobachtungen mit. Sie verschwanden im Inneren. Weitere Scheinwerfer wurden nachgeschoben und ausgerichtet.

Schließlich schoben sich Laviolette, der Gendarmeriechef, zwei weitere Gendarmen und ein Justizbeamte durch die Öffnung. Alle diese Herren sprachen durch die Nase, denn sie hielten sich, so gut sie konnten, die Nasenlöcher zu. Nun stieß auch die graziöse kleine Frau

Staatsanwältin zu ihnen, und alle richteten sich darauf ein, sie gegebenenfalls zu stützen; doch die zierliche Person drückte sich ein winziges Taschentuch auf ihr hübsches Näschen, und nichts deutete darauf hin, dass sie die Absicht hätte, umzukippen. Laviolette bewunderte sie, denn man planschte buchstäblich im Geruch des Todes herum.

Als der Torflügel wieder geschlossen war, hörte man die Zypresse seufzen. Die Scheinwerfer enthüllten nur den grauen, unteren Teil des Stammes, der Rest des üppigen Baumes verlor sich im schwarzen Himmel. Hin und wieder beleuchteten die Blitze das zylindrische Dunkelgrün bis in fünfzehn Meter Höhe hinauf, doch der Wipfel wiegte sich in der Finsternis. Um die Zypresse herum streckte eine Unzahl Silberdisteln ihre Köpfe aus dem Schatten heraus.

Jemand hatte sich einen Weg durch sie hindurchgebahnt, zuweilen hatte er sie sogar mit wütenden Stockschlägen flachgelegt.

Bewaffnet mit Blitzlichtern, Maßbändern, Pulvern, verschiedenen Instrumenten mit Skalen, die diverse Kollegen als Schnickschnack abtaten, robbten die geschäftigen Inspektoren von der Spurensicherung bäuchlings durch diese Passage.

«Fußabdrücke?», fragte Laviolette.

«Socken», antwortete man ihm.

«So ein Mist!»

«Tz, tz... Das ist nicht gesagt... Es kommt auf die Qualität der Socken an...»

«Ich wette mein Gehalt gegen Ihres, dass sie auf dem Jahrmarkt in Forcalquier gekauft worden sind!»

Die Prozession versammelte sich vor dem Grabmal.

Zwanzig Scheinwerfer auf Stativen tasteten seine nüchterne Nacktheit bis zu den Fugen der Steine ab, vernachlässigten kein Fitzelchen Flechte, keinen Feuchtigkeitsfleck. Es war eine aus Bruchstein gebaute, ein wenig rau wirkende Grabkapelle. Der Name der Familie im Frontgiebel war mit Hammerschlägen traktiert worden, und zwar derart, dass man mit vierhundert Jahren Abstand noch den Groll des Eiferers spürte, der auch versucht hatte, den Stab der Sonnenuhr auszureißen, dem es aber nur gelungen war, ihn zu verbiegen.

«Darf ich?», fragte Martel.

Die Inspektoren, die soeben die drei Marmorstufen und die Tür unter die Lupe genommen hatten, traten vor dem Handwerker beiseite.

Dieses weitere Schloss bereitete Martel einige Mühe, doch er schaffte es ohne Lärm und ohne Flüche. Er schluckte trocken, ehe er fragte:

«Soll ich aufmachen?»

«Na los!», sagte Laviolette.

Zwei dicke Ratten antworteten quiekend auf das Krachen des verzogenen Türflügels, der über den Marmor schleifte. Sie spielten Bockspringen über die Stufen und suchten zweimal den Ausschlupf um die Schuhe der Frau Staatsanwältin herum, die nicht geruhte, mit der Wimper zu zucken. Dabei wirbelten sie den Geruch menschlicher Verwesung hoch, so dass sogar die Tapfersten Stoßgebete murmelten.

«Guter Gott!», stöhnte Martel.

«Verzeihung», sagten die Beamten, als sie an ihm vorbeigingen. «Wissen Sie, bei der Polizei arbeiten wir selten mit frischen Leichen.»

Die Frau Staatsanwältin unterdrückte ein Lächeln

hinter ihrem hübschen Taschentuch. Im Lichtkegel der Scheinwerfer krabbelte bereits der Fingerabdruckspezialist auf allen vieren herum; in seiner fieberhaften Suche nach Indizien berührte er mit der Stirn beinahe die Füße einer Leiche.

Es war eine Reiche-Leute-Kapelle. Eine Kapelle von sieben mal vier Metern, aus deren Nüchternheit genauso viel Hochmut sprach wie aus dem Prunk der Katholiken. Nichts. Vier Wände. Ein so gut verfugtes Dach, dass in vier Jahrhunderten kein Tropfen Wasser hindurchgesickert war. Ein Fenster mit Bleiverglasung ohne Buntglas und mit dicken Eisenstreben. Im Hintergrund – als einziges Zugeständnis an die Trauer – eine Inschrift, die der eifrige Hämmerer aus unerfindlichen Gründen außer Acht gelassen hatte: «Und des Abends an demselben Tage sprach er zu ihnen: ‹Lasst uns hinüberfahren.›»

Unter dieser tröstlichen Aufforderung hatte man die fünf verschollenen Hippies abgelegt. Sie waren schön ordentlich auf dem Marmor der Bodenplatten aufgereiht, mit gefalteten Händen, wie liegende Statuen. Und sie hätten wie Wappenfiguren ausgesehen, wenn sie aus Marmor gewesen wären. Leider waren sie aus Fleisch, und ihre kranzförmig auseinander geflossene Substanz ließ kein Mitleid zu.

Im Aufleuchten der Blitzlichter boten die Gesichter, die um die Knochen herum einsackten, unklare Umrisse. Nur die zerzausten Haare bewahrten noch ihren Glanz und ihre Beschaffenheit. Die Bärte der Männer waren nachgewachsen.

Die vermeintlichen Ratten mussten Feldmäuse gewesen sein. Sie hatten sich nur mittelmäßig für die

Leichen interessiert und sich damit begnügt, ihnen die Extremitäten anzunagen.

«Sind Sie fertig?», fragte Laviolette.

«Soweit menschenmöglich, ja», antworteten die Beamten.

«Haben Sie auch den jeweiligen Abstand zwischen den Leichen gemessen?»

Sie wandten sich überrascht zu ihm hin.

«Gewiß. Die Fotos im Übrigen…»

«Haben Sie sie… durchsucht?»

«Oberflächlich… Sie tragen nur Gewänder… Ringe aus pflanzlichem Material; keine Eheringe. Morgen in der Leichenkammer nehmen wir, wenn irgend möglich, ihre Gebissabdrücke ab und erfassen alles, was sie bei sich haben… Das wird dort leichter sein…»

Laviolette, der sein Päckchen Fotos in der Hand hielt, versuchte, die abgelichteten Gesichter glücklicher Kinder den schlaffen Zügen aus zerfallendem Fleisch gegenüberzustellen, aus dem nur die Spitze des Nasenknorpels ragte, außer bei den frischesten. Die Zuordnung erwies sich als äußerst schwierig, doch mit Hilfe der Staatsanwältin, die sich mit ihm über dieses makabre Puzzle beugte und Kompetenz zeigte, gelang es Laviolette ziemlich schnell, die fünf Verschwundenen der Reihe nach zu sortieren.

«Sind die lebendigen Hippies noch da?», fragte er.

«Ja, hinten im Mannschaftswagen.»

«Holen Sie sie.»

«Sie holen? Sie hertragen, wollen Sie wohl sagen?»

«Wie, sie hertragen? Was machen sie denn?»

«Der eine schläft, glaube ich, und die beiden anderen vögeln. Oh, pardon.»

Viaud hatte gerade bemerkt, dass er in Anwesenheit der Frau Staatsanwältin sprach.

«Aber ich bitte Sie! Macht gar nichts», sagte sie, «das scheint mir unter den gegenwärtigen Umständen eine sehr passende Beschäftigung zu sein...»

Sie nahm ihre beschlagene Brille ab, um sie zu putzen, und sie stellten fest, dass sie sehr schöne Augen hatte.

«Hier», sagte sie zum Chef, «dies ist, glaube ich, die protokollmäßig aufgestellte Liste. Es wäre von Nutzen, wenn Sie, da Sie ja über die Akten und die Adressen verfügen, unverzüglich die betreffenden Abteilungen benachrichtigen könnten, damit so schnell wie möglich alle Familien verständigt werden... und hier aufkreuzen», fügte sie hinzu. «Ist für die Überführung gesorgt? Gibt es in Banon eine Leichenhalle?»

«Eine rudimentäre», sagte der Chef, «und für den gegebenen Fall ausgesprochen klein...»

Flüsternd beratschlagten beide über die dringenden Verfügungen, die getroffen werden mussten.

Währenddessen schleppten vier erschöpfte Gendarmen die drei Hippies in ihren Schlafsäcken herbei. «Vermeiden Sie geflissentlich, ihnen Fußtritte zu verpassen», hatte der Chef empfohlen. Dabei juckte es sie schwer in den Knobelbechern! Jedenfalls ließen sie ihre Last ohne Rücksicht auf die Marmorplatten fallen.

Zuerst blieben die Vagabunden, der eine in seinem Nirwana, die beiden anderen in ihren gegenseitigen Erkundungen so liegen, als ob auch diese neue Welt nicht existierte. Doch auf der Höhe, auf der sie atmeten, traf der Geruch ihrer ehemaligen Freunde sie mit voller Wucht. Er durchstieß ihre freiwillige Weltenthaltung.

Sie erblickten die Realität: die Decke, Laviolette, die Frau Staatsanwältin, die Inschrift auf der hinteren Wand. Der unvergleichliche Gestank packte sie. Sie schossen fast gleichzeitig aus ihren Säcken hervor. Der eine war ein kleiner Italiener, spitz wie d'Annunzio, mit rasiertem Gesicht und Schädel, versehen einzig mit zwei äußerst schmalen Schnurrbartspitzen und einem dünnen Chinesenzopf. Der andere Schlafsack enthielt einen großen Holländer mit spärlichen Zähnen und blondem Bart sowie eine behaarte Holländerin mit Möbelpackermuskeln, die gut siebzig Kilo wiegen mochte. In ihrer Sprache kommentierten sie ihr böses Erwachen. Der Italiener duckte sich in ihren Schutz. Entgeistert zeigten sie mit dem Finger auf die am Boden aufgereihten Leichen:

«Constantin!»

«Chinchilla!»

«Patsy!»

«Ismaël!»

Sie schluckten. Sie waren von Entsetzen gepackt.

«Und der andere?», fragte Laviolette.

«Der andere?», wiederholte der große Holländer.

«Ja, der andere. Der da in der Mitte, ist das nicht einer eurer Freunde?»

Sie schüttelten alle drei den Kopf, dann drehten sie sich ab und erbrachen sich an die hintere Wand. Ihr Würgen ergab ein schönes Konzert, und das Ergebnis lief munter an der Aufforderung Jesu herunter.

«Sie stehen – die Gelegenheit muß man nutzen», sagte Laviolette. «Bringen Sie sie weg, und dann zeigen Sie ihnen doch gleich mal den Typ aus der Kühltruhe. Vielleicht verraten sie uns seinen Namen.»

«Madame», sagte er zur Staatsanwältin gewandt, «ich glaube, wir haben hier nichts mehr zu tun!»

Er trat aus dem Tor hinaus, als er ein blondes Mädchen auf sich zukommen sah. Sie strahlte regelrecht Helligkeit aus im nächtlichen Dunkel. Die Frau Staatsanwältin war nicht begeistert von diesem Anblick.

«Warum lässt man die Öffentlichkeit heran?», fragte sie. «Wer ist das? Was tut sie hier?»

«Wir glauben leider, dass ihr Bruder unter den Opfern ist», sagte Viaud. «Das ist sie», flüsterte er Laviolette zu. «Die, von der ich Ihnen erzählt habe: Claire Piochet.»

Er ging auf sie zu, sowohl um dem Wunsch der Staatsanwältin stattzugeben, die um die Leichen keine andere Frau als sie selbst wollte, als auch um seine Fürsorge für dieses arme, hilflose und einsame Mädchen zu zeigen. Er sprach leise auf sie ein und schob sie sanft beiseite.

«Warten Sie», sagte Laviolette.

Er näherte sich.

«Ich habe ihr angedeutet, dass wahrscheinlich…», sagte Viaud.

Das Mädchen weinte geräuschlos, ohne einen einzigen Schluchzer. Die Tränen quollen gegen ihren Willen, schien es, am Rand ihrer großen Augen hervor.

«Mein Bruder…», flüsterte sie.

«Man kann es nicht sagen…», antwortete Laviolette. «Morgen werden Sie es erfahren. Vorerst gehen Sie sich erst einmal ausruhen.»

«Ich will ihn sehen!»

Laviolette schüttelte den Kopf.

«Unmöglich im Augenblick. Morgen holen wir Sie.»

Er folgte ihr mit den Augen, wie sie sich entfernte, gestützt von Viaud, der das offensichtlich nicht ungern tat.

«Holla!», sagte Laviolette leise. «Der wird es im Leben nicht an Unterstützung fehlen…»

«Haben Sie ihren Mantel bemerkt?», sagte die Staatsanwältin, die seine Bemerkung gehört hatte. «Der kommt geradewegs aus Schottland. Von diesen Mänteln dürfte es in Frankreich nicht mehr als hundert geben… Die sind entsetzlich teuer…»

«Sie scheint ungeheuren Kummer zu haben», sagte Laviolette.

«Ungeheuer, in der Tat», wiederholte die Staatsanwältin zweifelnd.

Sie sah aufmerksam der sich entfernenden Claire nach.

Es schien Laviolette, als sei die Frau Staatsanwältin nicht sehr zartfühlend mit eventuellen Konkurrentinnen. Und man musste zugeben, dass es ihr selbst nicht an Reizen mangelte.

«Ich weiß, was Sie denken», sagte sie, «typisch Mann. Aber das ist es überhaupt nicht… Ich habe mir gerade eine absurde Frage gestellt. Ich frage mich, ob man so einen ungeheuren Kummer erleiden und dabei weiter so mit dem Hintern wackeln kann… Was meinen Sie?», fragte sie und wandte sich abrupt zu Laviolette um.

Er schüttelte den Kopf.

«Hoffen Sie nicht», sagte er, «dass ich Ihnen leichtfertig eine Antwort auf eine so schwerwiegende Frage gebe…»

Die Ermittlungen in Gang zu bringen kostete die verschiedenen alarmierten Dienststellen noch zwei Stunden Zeit. Die Gendarmen fuhren ins Quartier zurück und begannen zu schreiben, zu funken, zu telefonieren, zu antworten und, in Gegenwart Laviolettes, zu verhören. Alyre, Georgette, der Küchenjunge, der Wirt des Hotels, alle mussten sie aussagen.

Die Spezialisten der Spurensicherung nahmen Meter für Meter die gesamte Oberfläche des Friedhofs unter die Lupe, zwischen den Silberdisteln, die ihnen die Beine zerstachen. Sie brachten die Leichname in den Leichenraum. Man konnte sie den Familien nicht nackt zeigen, doch es war gleichfalls wichtig, auf ihre zerlumpte Kleidung, die Amulette, die Ringe zu achten, die einer Analyse unterzogen werden mussten. Der Gerichtsmediziner kam um vier Uhr und wartete vor dem Wohnsitz seines örtlichen Kollegen, der weggefahren war, um dem Fleischer von Le Revest-des-Brousses, der Nierenkoliken hatte, eine Morphiumspritze zu geben.

«Um diese Zeit?», sagte Doktor Lusel, als sich sein Kollege vorgestellt hatte.

«Zu jeder Zeit!», antwortete der Gerichtsmediziner breit lächelnd.

Die Krankenhausleitung wusste nicht mehr, wohin mit den Leichen, zumal die Familien der beiden sechzehnjährigen Bengel, die für den Unfall von Sonnabendnacht verantwortlich waren, noch keinen Anspruch auf die Leichen angemeldet hatten.

Im angrenzenden Altersheim besänftigte eine heitere Wartestimmung die Hustenanfälle der Siechen. Morgen würde man etwas zu erzählen haben.

Rosemonde war nicht schlafen gegangen. Wortlos

schob sie Laviolette, der auf einen Stuhl gesunken war, eine große Schale Suppe hin, dazu einen Kaffee, der Tote hätte erwecken können.

«Zu jeder Zeit!», sagte Laviolette.

Er hatte noch keine vier Löffel Suppe hinuntergeschluckt, als er auf der Tischplatte aus Nussbaum, den Kopf zwischen den Armen, einschlief.

Über Banon wurde es Tag.

~ 17 ~

«DER Gerichtsmediziner! Ich habe geklopft, aber Sie haben mich nicht gehört…»

Es war elf Uhr an jenem Montag. Ein schauerlicher Wind wehte über Banon. Laviolette sah unter seinem gelben Federbett hervor und beobachtete, wie ihm Rosemondes pummelige Hände sein Frühstück ans Bett brachten.

«Glauben Sie, dass Sie was runterkriegen?», fragte sie.

«Ich werd's versuchen.»

Sie trat zur Seite und ließ den Gerichtsmediziner vortreten, der lächelnd seine falschen Zähne entblößte. Doktor Grégoire Rabinowitsch, vereidigter Gerichtsmediziner, rechte Hand der Staatsanwaltschaft, hatte sinnliche Lippen, einen sehr dunklen Teint und einen völlig kahlen Schädel, der von mehreren Kriegs- und Autounfallverletzungen verbeult war. Die jungen Inspektoren nannten ihn «Facettenschädel». Er war in der Tat facettiert wie ein Diamant, das Gehirn innen drin aber war intakt. Er war um zwei Uhr geweckt worden, um vier Uhr war er nach Banon gelangt, hatte seitdem, vom ortsansässigen Arzt assistiert, an nicht eben frischen Leichen gearbeitet – und man sah ihm nichts an.

«Danke», sagte er, «für Ihre üppige Fürsorge! Sechs auf einen Streich, Hut ab!»

Er erblickte das Tablett, die blaue Tasse und die Kaffeekanne, den mit gebratenen kleinen Vögeln garnierten Teller.

«Sie glücklicher Sterblicher, Sie!», rief er. «Zwei Drossel-Kanapees zum Frühstück!»

«Das sind ‹Chachas›», knurrte Laviolette, der sie ganz heiß mochte, ganz knusprig und braun gebraten, so wie sie ihm auf dem Tablett präsentiert worden waren.

«Kann ich sprechen, ohne Ihnen den Appetit zu verderben?»

«Ohne Umschweife», sagte Laviolette.

«Nun gut! A priori und trotz ihres Zustandes kann ich Ihnen jetzt schon sagen, dass Ihre Leichen, die aus der Grabstätte und die ganz frische aus der Gefriertruhe – die immerhin auch schon etwa zwei Tage alt ist… Nun! Ich kann Ihnen jetzt schon bestätigen, dass alle an den Füßen aufgehängt und ausgeblutet worden sind!»

«Wie das, ausgeblutet?»

«Wie Schweine! Man hat ihnen eine Messerklinge langsam in der Halsschlagader herumgedreht, damit das Blut gut ausläuft!»

«Wollen Sie damit sagen…, dass sie… lebendig… geschächtet wurden?»

«Ja, so ungefähr! Ich habe Probengläser im Kofferraum meines Autos. Bei mindestens drei von ihnen, den Ältesten, wird das nichts ergeben, aber die Analyse der Letzten wird interessante Elemente liefern. Aller Wahrscheinlichkeit nach waren sie entweder sturzbetrunken oder voll gekifft, als man sie hat ausbluten lassen.»

«Und dazu», sagte sich Laviolette, «brauchte *man* einen ganz Unauffälligen, einen der überall reinpasst, der nach nichts aussieht… Solche Geschichten passieren nur mir. Die anderen kriegen immer schöne dicke Fälle mit echten Ganoven oder Zuhältern mit kugeldurchlöcherten Bäuchen. Mir hingegen schanzt man immer Geschichten von Verrückten zu! Ausgeblutet wie Schweine! Was denn nun noch!»

«Wann bekommen wir das Untersuchungsergebnis?», fragte er.

«Ich bringe die Gläser gleich ins Labor», sagte Rabinowitsch. «Für die einfachsten Untersuchungen morgen früh. Für die komplizierteren in…, sagen wir, vier oder fünf Tagen.»

«Das heißt zu Weihnachten!», sagte Laviolette bitter.

«Ja, richtig!», sagte Rabinowitsch und erhob sich. «Zu Weihnachten! Zu Weihnachten!», wiederholte er und rieb sich dabei die Hände.

Als er herunterkam, war der Markt in vollem Gang. Die Aufkäufer kamen nur zweimal im Jahr nach Banon herauf, am Montag vor und am Montag nach Weihnachten. Die übrige Zeit musste man ihnen die Trüffelernte nach Forcalquier bringen. Auf der Treppe schon schwebte der Trüffelduft Laviolette wie eine kompakte Masse entgegen.

Im Halbdunkel walteten, jeder an seinem Tisch, zwei nahezu mythische Gestalten ihres Amtes: die Trüffelaufkäufer. Der eine war groß, schon ziemlich alt und trug ein Monokel; er hielt sich, sagte er, in Form für die Damen, indem er jeden Morgen zwei oder drei in Asche gegarte Trüffeln aß. Er hortete seine Einkäufe in einem großen Schließkorb, in den er sie vorsichtig hineinlegte. Der andere, eine Art Freibeuter, stellte ein Lächeln ganz aus Gold zur Schau. Man stand vor seinen zwei Reihen Goldzähnen wie Rotkäppchen vor dem als Großmutter verkleideten Wolf. Man defilierte an den beiden vorbei mit seinem kleinen Beutel oder Korb, man kniff die Pobacken zusammen und gab keinen Ton von sich. Vor allem die vielen, die, ohne je eine einzige Trüffeleiche in ihrem Leben besessen zu haben, trotzdem auf allen Märkten in Erscheinung traten. Man erkannte sie an ihren scharfkantigen Gesichtern, an ihrem Ausdruck, der misstrauischer war als bei den üblichen Trüffelhainbesitzern. Mit ihrem halben, manchmal ihrem ganzen Kilo, das sie in einer durchsichtigen Tüte anbrachten, schummelten sie sich zwischen die Großproduzenten. Der Aufkäufer mit den Goldzähnen häufte alles lose an, um die Trüffeln danach in große undurchsichtige Säcke zu werfen, in denen man sonst Brot transportierte. Nachher würde er diese Säcke ohne viel Federlesen auf die Schulter hieven und sie zum Auto bringen. Um möglichst schlecht und wenig zu bezahlen, zog er mühsam eine große, raue Brieftasche hervor, die sich weigerte, aus der Tasche zu rutschen. Man mochte ihn nicht. Er betrog einen. Aber er nahm alles durcheinander, große und kleine, reife und helle, während der andere, der mit dem Monokel, immer etwas auszusetzen fand. Manchmal ließ er mit argwöhnischem Fingernagel einen kleinen Splitter von einer schönen Trüffel abplatzen, und wenn er sie für «durchwachsen», das heißt, nicht ganz reif, befand, sank der Preis rasch um dreißig bis vierzig Franc pro Kilo.

Laviolette erkannte sie alle im allgemeinen Tohuwabohu, auch die wohlgekleideten Herren hinten am Tresen, einige mit Fotoapparaten behängt, die auf ihn lauerten wie auf den Messias; als sie ihn bemerkten, kamen sie auf ihn zu.

Die Zeiten hatten sich geändert. Unlängst noch wären sie dreißig gewesen, die die Geschäfte Rosemondes angekurbelt hätten. Heute tranken sie nur noch Fruchtsaft, und außerdem war, abgesehen von den drei Sonderkorrespondenten der regionalen Tageszeitungen, die französische und die ausländische Presse nur durch drei Abgesandte internationaler Agenturen vertreten. Morgen würden ihre Ausführungen, mehr oder weniger ausgeschmückt, an die Tages- und Wochenzeitungen verkauft und überall nach dem gleichen Muster verlängert oder gekürzt werden. Man konnte sich darauf einstellen, dass die Wahrheit an vage Reminiszenzen von Angelesenem anknüpfen würde.

«Meine Herren», sagte Laviolette, «wenn Sie mir einen Gefallen tun wollen, warten Sie heute Abend in der Gendarmerie auf mich; dann ziehe ich für Sie eine Zwischenbilanz. Vorerst muss ich noch ein wenig arbeiten.»

Er mischte sich unter die Trüffelsammler, die nach Hügel und Wald dufteten. Er war überzeugt, dass einer in dieser vorsichtig abwägenden Menge etwas Entscheidendes wusste, etwas, was er niemandem anvertrauen würde. Laviolette glaubte an die geistige Osmose. Wenn ein Gedanke, eine Idee, eine Zwangsvorstellung jemanden unter diesen Männern beseelte, dann würde er, Laviolette, sich beim Umhergehen vielleicht damit durchtränken, würde er mehr oder weniger Information davon aufnehmen.

«Lasst die Uillaoude durch!», rief einer.

Jeder trat galant und vielleicht mit einer Spur Panik vor der krummen Alten beiseite, die kaum bis an den Gürtel der Männer reichte, die aber, so zusammengefaltet, mit ihrem Stock einen Kubikmeter Platz einnahm. Ihr verbogener Kopf betrachtete einen von unten mit Furcht erregenden Schweinsäuglein. Bei jedem Schritt, den sie eilig auf den Zwischenhändler mit den Goldzähnen zu tat, wackelte sie mit dem Kopf. Niemand lachte. Die Uillaoude hatte ihren kleinen Trüffelbeutel auf die Schale der römischen Waage geworfen.

«Schieb mir den Waagebalken näher ran!», sagte sie mit schriller Stimme. «Du bringst absichtlich eine mit so abgenutztem Waagebalken mit, damit man die Kerben nicht sieht! Ich kenne dich aber! Was? Mehr ist das nicht?»

«Ich leg Ihnen was drauf, Uillaoude!»

Und tatsächlich rundete er ihre neunhundertachtzig Gramm auf ein Kilo auf und zahlte ihr dreihundertzwanzig Franc, den Preis für die Schönsten. Mit der Uillaoude war nämlich nicht zu spaßen. Sie gab zu, dass sie früher, um «einen Gefallen zu tun», einige Verwünschungen ausgesprochen hatte.

«Aber jetzt», sagte sie, «mit dem 'tomobil, dem Fernsehen, den Raketen…, da funktioniert das nicht mehr! Ich habe mich von den Geschäften zurückgezogen.» In ihrem Mund bekam dieses Wort eine zweifelhafte Bedeutung. Oh», fügte sie unbekümmert hinzu, «das kommt wieder! Das kommt wieder!»

«Die ‹Uillaoude›...», hatte Laviolette zu Rosemonde gesagt, als er die Alte das erste Mal gesehen hatte, «auf Provenzalisch ist ein ‹Uillaou› ein Blitz... ‹Die Uillaoude›, das bedeutet wohl so was wie ‹die schnell ist wie der Blitz›, oder? Das würde wegen ihres eiligen Schritts recht gut passen.»

«Das ist es nicht», hatte Rosemonde geantwortet. «Während des Gewitters von 1924, bei dem zwei umgekommen sind, ist sie vom Blitz getroffen worden. Das hat sie so zum Zickzack gebogen. Deshalb nennt man sie ‹die Uillaoude›.»

Heute nun murrte sie vor dem Aufkäufer über die elenden dreihundertzwanzig Franc, die sie gerade erhalten hatte.

«Ach herrje! Ich hätte nach Apt gehen sollen wie mein Neffe! Ich weiß nicht, wie der das macht! Der hatte vielleicht zehn Kilo, der schreckliche Kerl!»

«Ja und», sagte der Aufkäufer beleidigt, «konnte er die nicht mir verkaufen? Glaubt er, dass er in Apt mehr dafür kriegt?»

«Ach, ich sag dir, was er mir gesagt hat: ‹Ich fahre nach Apt! Da komm ich eher auf meine Kosten.›»

Sie wandte sich ab, schoss mit jenen typischen Bewegungen davon, die der Blitzschlag ihr einst eingeprägt haben musste. Die Männer machten ihr eilig den Weg frei, selbst die, die zu sehr in eine fröhliche Unterhaltung vertieft zu sein schienen, um auf sie zu achten. Einer von ihnen öffnete ihr sogar höflich die Tür, auf dass sie schneller draußen war.

Die Haute-Provence hatte sich nicht in Unkosten gestürzt, um die Familien der Toten zu empfangen. Auf dem Platz, unter dem tief hängenden Himmel, verjagten die städtischen Angestellten die ortsfremden Autos, denn sie belegten den Platz der Weihnachtsbäume, die man zum Schmücken aufstellen wollte. Die Familien entschuldigten sich fast dafür, dass man ihnen ihre Kinder ausgerechnet kurz vor Weihnachten umgebracht hatte. Und durch ihr ganzes Verhalten sagten die Angestellten deutlich genug, das sei wohl wahr, es sei alles äußerst lästig, wegen dieser fünf großen Autos hätten sie eben eine gute Stunde Zeit verloren, bis sie ihre Besitzer in der Gendarmerie ausfindig gemacht hatten.

Diese kehrten übrigens dorthin zurück, mit gesenktem Kopf. Die beiden Büros waren voller Menschen. Die Gendarmen schrieben die Personalien auf. Alle diese armen Leute waren am frühen Morgen von der Polizei benachrichtigt worden. Sie waren in ein Flugzeug, in ihren Wagen gestiegen. Sie kamen an, durchfroren, erschöpft, verstört, verzweifelt. Sie riefen nach ihrem Sohn, ihrer Tochter, ihrer Nichte. Sie wollten den Leichnam sehen. Man beruhigte sie mit freundlichen Worten. Die beiden Inspektoren und die Gendarmen bemühten sich, ihnen schonend Einzelheiten zu entlocken, sie fürsorglich auszufragen. Zwischen dem Unglück und ihnen ratterten Schreibmaschinen, dämpften die Tränen und die Schreie der Mütter.

Niemand hatte es eilig, all diese Leute zu den Leichen zu führen, die so säuberlich wie möglich in Kisten aus hellem Holz vom hiesigen Tischler gelegt worden waren. Der Gendarmeriechef gab Laviolette leise Auskunft über die Identität der Angehörigen der Opfer. Es waren da der Vater Spirageorgewitsch, Wirtschaftsprüfer seines Zeichens, mit Melone und Schirm wie ein britischer Gentleman, und seine kräftige Gattin mit Brille, ein wahrer Turm, die stoisch in ihr Taschentuch biss. Der Vater Ben Amozil, ein Kaufmann aus Paris, dessen Sohn aus Protest Klempner geworden war, ein hochgewachsener Jude, der unaufhörlich den Kopf schüttelte, während er ihn zwischen beide Hände presste. Er war allein. «Mit Gewinn geschieden», präzisierte Viaud. Ein fetter Spanier aus Irún wurde Laviolette als der Onkel der vermissten Incarnacion Chinchilla vorgestellt. Er sah eher aus wie ein Witwer als wie ein Onkel. Man hatte die Ankunft des Flugzeugs aus London auf dem Marseiller Flughafen abwarten müssen, wo zwei Inspektoren die Mutter von Patricia MacAdarash abgeholt hatten. Was den letzten Toten betraf, den aus der Gefriertruhe, so entsprach er überhaupt keinem Fahndungsantrag. Er besaß keine Papiere. Die Durchsuchung in der Ruine von Montsalier hatte keinen Hinweis geliefert. Die Befragung seiner Freunde hatte nichts ergeben. Nicht mehr übrigens als für die anderen Leichen. Die lebendigen Hippies hatten sich schnell wieder gefasst. Das heißt, sie waren endgültig verstummt. Sie hatten lediglich eine einleitende Erklärung abgegeben, die ordnungsgemäß vom Protokollführer der Staatsanwältin aufgezeichnet worden war und die sich zu Folgendem zusammenfassen ließ: dass es ihnen schnuppe sei, ob sie lebendig oder tot waren, und dass sie im tiefsten Inneren allen Bullen in die Fresse spuckten. Das war es, was man verstehen musste. Und übrigens hatten sie noch eine letzte Bemerkung hinzuzufügen: dass die Mörder die direkten Ableger des kapitalistischen Staates seien, der sie hervorbringt, und dass folglich sie ebenso Opfer seien wie ihre Opfer. Na schön. Man konnte sie nicht gegen ihren Willen festhalten, zumal sie fast ebenso heftig stanken wie ihre toten Artgenossen.

Man brachte die Familien im Mannschaftswagen ins Krankenhaus, damit die Leichen offiziell identifiziert werden konnten. Alles lief so schicklich wie nur möglich ab, außer, was den Spanier aus Irún betraf. Er wollte sich auf die Leiche seiner Nichte, die zu diesem Anlass mühsam zurechtgeflickt worden war, werfen und sie eng umschlingen. Drei Gendarmen hielten ihn fest umklammert, während er dem armen leblosen Ding, das da lag, weil es ihm hatte entkommen wollen, leidenschaftliche Liebesworte zurief.

Viaud stützte Claire vor dem Sarg ihres Bruders, den sie offiziell identifizierte, wie sie es in der vergangenen Nacht schon in der Grabkapelle hatte tun wollen. Die anderen antworteten nicht sofort auf die Frage des Polizisten. Sie hatten Mühe, den Weg zurück zu dem so gesund aufgewachsenen Burschen, zu dem brillanten, viel versprechenden Politologiestudenten, zu dem entzückenden, sinnlichen Mädchen zu finden.

Um vier Uhr war alles vorbei. Die Angehörigen konnten die notwendigen Maßnahmen ergreifen, um diese Kinder, die vor ihnen das Weite gesucht hatten, ins Familiengrab heimzuführen. Claire hatte jetzt trockene Augen. Sie schien hart, entschlossen.

«Fahren Sie?», fragte Laviolette.

«Nein. Ich bleibe. Er braucht mich nicht mehr. Meine Onkel werden sich um die Beerdigung kümmern. Ich bleibe. Ich finde den Mörder. Ich bringe ihn um. Das schwöre ich Ihnen. Ich bringe ihn um!»

«Na, na!», sagte Laviolette. «Sie wollen doch nicht ins Gefängnis?»

Sie sah ihn misstrauisch an.

«Er hatte ja so Recht, mein Bruder, dass er aus dieser Gesellschaft aussteigen wollte!»

Nun, da man über Leichen verfügte und nicht mehr nur über schemenhafte Verschollene, fuhr der Polizeiapparat seine schweren Geschütze auf. Die Gendarmen verschickten Personenbeschreibungen; mit Fotos in der Hand befragten die Polizisten alle Leute aus Banon: «Haben Sie diesen Mann oder dieses Mädchen mit jemandem angetroffen? Wo? Wann? Wie sah der- oder diejenige aus, mit dem bzw. mit der er oder sie sprach? Erkennen Sie dieses Foto? Hat Sie diese Person je angesprochen? Hat sie etwas gesagt? Was?»

So gab es etwa sechzig Grundfragen, deren Beantwortung ausgewertet wurde, um die Akte zu füttern, solange es nichts Besseres gab.

Um sieben Uhr standen sich Laviolette und Viaud im Büro des Chefs gegenüber und stellten sich gegenseitig die drei Fragen, die ohne Antwort geblieben waren:

«Warum Hippies? Warum an den Füßen aufgehängt? Warum geschächtet?»

«Wenn wir diese drei Fragen richtig beantworten können», sagte Laviolette, «führt uns das geradewegs zum Schuldigen. Doch da ist noch was anderes, was mich beschäftigt: Wieso hatte der Mörder einen Schlüssel zur Grabstätte? Hat er ihn hergestellt? Hat er ihn geerbt? War er bei seinen Vorfahren hinterlegt worden?»

«Jedenfalls bedeutet dieser Schlüssel die Eingrenzung des Problems», sagte Viaud. «Ob er nun Nachkomme oder Verwahrer ist oder ihn hergestellt hat, der Besitzer dieses Schlüssels ist jemand aus der Gegend.»

«Nicht unbedingt aus Banon selbst», sagte Laviolette, «aber aus der Umgebung. Mit einer Leiche in irgendeinem Fahrzeug spazieren zu fahren, das kann man nicht gefahrlos über eine weite Entfernung tun. Andererseits *wissen* zweifellos mehrere Personen, wer diesen Schlüssel besitzt.»

«Jetzt geht es nur noch darum», sagte Viaud, der einen roten Kreis auf die Generalstabskarte um Banon zeichnete, «jetzt geht es nur noch darum, immer engere Kreise um den Mörder zu ziehen.»

«Warum», sagte Laviolette nachdenklich, «sollte ein Bewohner der Gegend Vagabunden töten, und das unter so schauerlichen Begleitumständen?»

«Ein Wahnsinniger?», schlug Viaud vor.

«Daran glauben Sie nicht, und ich auch nicht. Trotzdem werden wir diese Version nachher vor den Journalisten ausbreiten.»

Er betrachtete die fotografischen Vergrößerungen der fünf auf dem Marmor des Calvinistengrabes aufgereihten Leichen. Es gelang ihm nicht, den Blick davon zu lösen. Das Ganze war mit dem Zehn-Meter-Maßband ausgemessen, das die Spurensicherung auf dem Boden direkt an den Köpfen der Opfer ausgerollt hatte, was das Grauenvolle des Bildes dadurch etwas milderte, dass es ihm eine archäologische Note verlieh.

«Das ist merkwürdig...», sagte Laviolette.

Viaud beugte sich über seine Schulter.

«Schauen Sie», sagte Laviolette, «die Leichen sind, wenn ich so sagen darf, in chronologischer Ordnung abgelegt worden: die erste, Constantin Spirageorgewitsch, sechzig Zentimeter von der hinteren Wand entfernt; die zweite, Incarnacion Chinchilla, einen Meter von Constantin entfernt. Dieser Abstand von einem Meter besteht auch zwischen Ismaël Ben Amozil und Patricia MacAdarash. Warum also befindet sich die Leiche von Jérémie Piochet, der vom Datum her der Letzte ist, zwischen die beiden Mädchen eingefügt, statt neben Ismaël zu liegen, wo doch noch Platz war? Warum ist er dazwischengeschoben worden?»

«Das ist eine berechtigte Frage, aber es gibt in dieser Angelegenheit einen ganzen Haufen verwirrender Dinge. Eines mehr, eines weniger… Ich habe eine Erklärung!», rief er plötzlich. «Jérémie Piochet liebte eines dieser Mädchen, der Mörder wusste es, und aus posthumem Mitleid sozusagen…»

Laviolette ließ seinen schweren Blick über den Gendarmeriechef schweifen. Er war ein dreißigjähriger Mann, rosig und frisch, der eine junge Frau und ein Baby hatte. Er sah die Welt im idyllischen Licht seines ganz normalen Zuhauses.

«Sie sollten», sagte Laviolette, «Ihre verführerische Version den Journalisten mitteilen. Die würden endlos auf diesem Kaugummi herumkauen.»

Viaud lächelte.

«Jede menschliche Erklärung ist plausibel», sagte er. «Aber natürlich geben wir unsere Beobachtungen der Presse nicht bekannt. Kann ich sie hereinholen?»

«Da es nun mal sein muss…», seufzte Laviolette.

~ 18 ~

IN den großen Tannenbäumen, die am Fuße abgesägt worden waren, um den Platz zu schmücken, schaukelten leuchtende bunte Kugeln und Lichterketten im heftigen Wind. Der Schnee wirbelte von den Nadeln. Es war genauso ein Wetter wie in der Nacht vom Sonnabend auf den Sonntag zuvor.

Den ganzen Abend waren dunkelrote Leichenwagen um diese Bäume gekreist, die Fahrer hatten bei den Passanten und Schaulustigen den Weg nach dem Krankenhaus erfragt, wo sie die von den Behörden freigegebenen Toten abholen sollten. Alle betroffenen Familien warteten darauf, den Menschen, der trotz allem die Hoffnung ihres Lebens gewesen war, endlich zu einer richtigen Totenwache aufbetten zu können.

Wegen des Wetters fühlten sich die Bewohner von Banon vom Schauspiel dieses düsteren Konvois nicht besonders angezogen. Um neun Uhr, als Laviolette von der Gendarmerie zurückkehrte, waren nur noch wenige Leute auf der Straße. Lieber saß man mit warmen Füßen vor dem Fernseher und wartete auf die Tröstungen seitens mütterlicher Ansagerinnen.

Rosemonde ließ den Blick über ihren leeren Saal schweifen.

«Ich glaube», sagte sie, «dass wir endlich mal wieder

allein sein werden… Bei dem Wetter… Soll ich Ihnen Ihre Suppe bringen?»

Sie steuerte schon in Richtung Küche, kam aber noch einmal zurück.

«Apropos», sagte sie, «vor einer Stunde hat Ihr Freund Brèdes angerufen.»

«Der Marquis? Was wollte er?»

«Dass Sie so bald wie möglich zurückrufen.»

Laviolette ging zum Telefon und wählte die Nummer.

«Bist du's, Laviolette?»

«*Salut*, Brèdes! Willst du mich für Heiligabend einladen?»

«Ich habe daran gedacht, aber deshalb habe ich dich nicht angerufen. Ich habe dich angerufen, weil mir etwas wieder eingefallen ist. Sag mal, diese Geschichte ist ja unglaublich! Geschächtet, bist du sicher?»

«Woher weißt du das?», fragte Laviolette.

«Oh, ganz einfach! Die Tochter meiner Pächterin ist Stationshilfe im Krankenhaus. Heute Morgen war sie gerade dabei, die Waschbecken zu putzen, als der Gerichtsmediziner und der Arzt von Banon zum Pinkeln kamen. Sie sprachen von ihrer Arbeit: ‹Ausgeblutet! Wie Schweine!› Sie hat das ihrer Mutter weitererzählt! Und seitdem hören sie nicht auf, sich gegenseitig mit dieser Geschichte in Angst und Schrecken zu versetzen.»

«Vorsicht!», rief Rosemonde aus ihrer Küche. «Wenn das ein Geheimnis ist, sollten Sie sich in Acht nehmen! Es gibt Interferenzen: Bei Schneewetter hört man in Banon mit diesen ganzen Relaisantennen überall alles!»

Sie rief laut, um das Bratgeräusch der Croûtons zu übertönen, die sie mit einem Spritzer Essig in der Pfanne wendete.

«Was sagt sie, deine Rosemonde?», fragte Brèdes.

«Dass sie dich grüßen lässt!»

«Nett, gib ihr 'nen Kuss von mir! Sag mal, ich habe eine ganz verrückte Vermutung: eine völlig barocke Idee! Erinnerst du dich, dass ich dir neulich von einem Buch erzählt habe, das verschwunden ist? Nun, ich erinnere mich an das, was ich meinen Gästen vorgelesen habe, um sie zu erheitern, und –»

«Sag bitte kein Wort mehr!», schnitt ihm Laviolette das Wort ab.

«Aber...»

«Sag kein Wort mehr!»

Laviolette hatte dreißig Jahre Übung hinter sich. Das ersetzt ein Radargerät, ein Sonargerät, einen Computer... Die Gegenwart von Banon war für ihn regelrecht spürbar geworden im wogenden Tumult des Unwetters. Es schien ihm, dass tausend Telefonhörer abgenommen wurden und am Ende eines jeden ein Mörder seinen Atem anhielt.

«Haben die Wände Ohren?», fragte Brèdes.

«Wenn's nur die Wände wären! Warte! Bleib, wo du bist! Bist du zu Hause?»

«In meiner Bibliothek! Bequem, die Füße im Warmen!»

«Schön, verkriech dich! Warte auf mich! Ich komme!»

«Du kommst? Bei dem Wetter?»

«Ich habe Schneeketten! Mach dir keine Sorgen! Ich komme, sage ich dir!»

Er legte auf.

«Nicht, bevor Sie einen Teller Suppe gegessen haben!», sagte Rosemonde.

«Nein, nein, mitnichten!»

«Aber das ist Sauerampfercreme mit geriebener Trüffel!»

«Meine arme Rosemonde! Sie müssen sich dran gewöhnen! So ist das bei den Flics! Da geht's unablässig!»

Er war bereits draußen, den Schal in Augenhöhe wie einen Tuareg-Schleier umgebunden, den Hut auf die Ohren geschraubt, den schweren Überzieher mit allen seinen Knöpfen festgezurrt. Der Sturm packte ihn, als wäre er nackt. Der apfelgrüne Vedette stand schneebedeckt bei den gemarterten Platanen. Doch der Mercedes, der so schwer war wie ein Panzer, er fehlte. Wo mochte die berühmte Claire bei diesem Wetter sein? Suchte sie nach dem Mörder?

Es war bereits eine ekelhafte Nacht. Das Tor in der Stadtmauer spie seinen Schneegeysir herein, was hierzulande bedeutet, dass die Elemente mit voller Wucht ausbrechen werden. Laviolette setzte sich ans Steuer. «Du hättest dir rechtzeitig eine drehen sollen», sagte er sich. «Bevor dir die Lage klar wurde! Jetzt geht's unablässig!»

Während er nach Dauban hinabfuhr, zwischen den weichen Krallen des Schnees, die seine Windschutzscheibe umgriffen, sagte er sich das Einmaleins seines Berufes auf: Eine Aussage muss so rasch wie möglich aufgenommen werden. Wenn irgend möglich unverzüglich, bevor der ganz frische Eindruck des Zeugen verblasst…

Der Schneesturm stieg Richtung Val Martine hoch,

auf die Fossilienhügel von Le Revest-des-Brousses zu. Er fegte durch die Senken von Dauban wie durch ein Wellental, bevor sein Schwung an den Felshängen von Vachères brach. Es waren dicke schwarze Wolken, die sich vom riesigen Tiefdruckgebiet mit Zentrum über Skandinavien gelöst hatten und die der Wind hier heruntertrieb in gewaltigen Fetzen. Manchmal zeigte sich in den Löchern des tief hängenden Himmels der Große Bär über dem Lure-Gebirge oder zuweilen auch der Orionnebel. Doch alles schloss sich wieder, und das entfesselte Gestöber jagte über den Boden.

Hinter seinen schnurrenden acht Zylindern holperte Laviolette auf der makabren Spur seiner Schneeketten dahin. Doch dank dieser Vorsichtsmaßnahme passierte er unbehindert die vereiste Steigung von Saint-Laurent. Die Gedanken des Kommissars waren alles andere als optimistisch.

«Der Mörder hat zur selben Zeit wie ich und wie ganz Banon vom Fund der Leichen erfahren. Er weiß, dass wir durch die Autopsie alles wissen, was sie betrifft... Seitdem überlegt er, welches Detail oder welcher Zeuge uns zu ihm führen kann. Er ist mindestens so intelligent wie ich und wie Brèdes. Brèdes hat vielleicht eine falsche Hypothese aufgestellt, aber vielleicht ist sie auch richtig. Ich tappe völlig im Dunkeln, aber der Mörder, *der weiß*, ob das, was Brèdes annimmt, ihn bedroht oder nicht. Selbst, wenn er über dieses durchlässige Telefonnetz von Banon nichts von dem ersten Anruf bei Rosemonde weiß, hatte er den ganzen Tag Zeit, abzuwarten, ob Brèdes mich anrufen würde. Folglich...»

Hinter dem Teich im Tälchen von Aubenas erkannte

er die Lichter von Brèdes' Pächtern, dreihundert Meter von der Straße entfernt. Im selben Moment bog er auf den Feldweg ab und passierte die vier Zedern, deren Astwerk wie Gaffelsegel aufgeplustert war. In der Tiefe der Riesenbäume brauste der Wind.

Die Scheinwerfer des Vedette erfassten den abgewetzten Rasen und die verrosteten Stühle, auf die sich seit dem Tod des alten Marquis vor zehn Jahren niemand mehr setzte.

Brèdes hatte die gute Idee gehabt, die überdachte Galerie, die am Herrenhaus entlangführte, hell zu beleuchten. An den vierreihigen Hohlziegelfriesen der ehemaligen Seidenraupenzucht zerriss der ungebärdige Schnee seine Gespensterlaken.

Laviolette parkte in der Nähe der ausgetretenen Stufen, die zur Galerie führten. Er schlug die Wagentür hinter sich zu. Er setzte den Fuß auf die erste Stufe. Da wurde alles dunkel.

«Scheiße!»

Er konnte nicht einmal mehr seine Schuhspitzen erkennen, nicht einmal mehr die Rückstrahler des Vedette, nicht einmal mehr die Funzeln des Bauernhofes in der Ferne, wo gerade eine tief hängende Wolke aufriss. Er war sicher, dass er sich den Hals brechen würde, wenn er zum Auto zurückginge, das kaum sechs Meter entfernt stand.

«Brèdes!», schrie er aus Leibeskräften. «Schick Licht!»

Es kam nur die dunkle Antwort der Zedern, die dem Wind widerstanden wie ein Schiffsbug.

«Brèdes!»

Von diesem Moment an packte ihn die Angst. Er

bedauerte, allein gekommen zu sein. Am Boden stand ein Geruch nach warmem Motor, der nicht der seines Wagens war. Mit ausgestreckten Armen suchte er tastend sein Auto. Wenn er es verpasste, und sei es um fünfzig Zentimeter, würde er in dieser Finsternis, die die sonst heitere Landschaft in eine kompakte Wüste verwandelte, im Kreis herumwandern.

Alles war im Handschuhfach: sein Feuerzeug, sein Tabaksbeutel, eine alte Taschenlampe – er flehte den Himmel an, dass sie noch funktionierte. Er traf auf den Vedette. Mit dem Knie, gegen die Stoßstange.

« Scheiße!», stöhnte er.

Er schaltete das Deckenlicht an, fand die Taschenlampe, knipste sie an.

Sie brachte ein gelbliches, ersterbendes Licht, das nicht weiter reichte als zwei Steinstufen vor Laviolettes Füßen.

«Brèdes!»

Die Tür des langen Flurs stand weit offen, der Schnee drang hinein, als wäre er hier zu Hause. Laviolette ging darauf zu. Kaminrauch, der vom Luftzug aufgestört worden war, trieb hier, gewürzt durch einen anderen Duft.

«Brèdes!»

Im selben Moment gab die Taschenlampe den Geist auf. Doch da bemerkte er auf der linken Seite ein ganz schwaches, diffuses Licht aus der Richtung des Raumes, in dem er neulich zu Mittag gegessen hatte und dessen Tür ebenfalls weit aufstand. Er ging darauf zu, sah, dass im Kamin einige glimmende Holzscheite erstarben, die schon fast Asche waren.

Das bisschen Helligkeit kam nicht von ihnen, sondern von einem Kaminfeuer in der Bibliothek: Die niedrige Tür war ebenfalls offen. Er wollte sich beeilen, doch eine Bank versperrte ihm den Weg. Einen Augenblick hielt er sich das Knie und schrie: «Verdammte Scheiße!», dann langte er auch schon vor den Flammen an und sah seinen Freund, der bäuchlings neben dem Lesepult ausgestreckt lag. Er sah seine Hände, die versuchten, sich an etwas festzuklammern. Er hörte das merkwürdige Gluckern einer sich leerenden Flasche.

Rasch drehte er ihn um. Im Schein des Feuers sah er wie in einem Albtraum die rote Quelle der durchtrennten Halsschlagader. Brèdes hatte die Augen offen. Laviolette tastete zwei Sekunden. Sein Daumen suchte das Loch der Arterie – seit dreißig Jahren hatte er diese Bewegung nicht mehr ausgeführt –, drang tief hinein und schraubte sich darin fest. Gleichzeitig schob er seinen freien Arm unter den Nacken seines Freundes, um ihn zu stützen.

Während er diese präzisen Bewegungen ausführte, spürte er ringsum etwas wie das gleitende Rascheln eines Reptils. Jemand beobachtete, jemand schätzte ab. Plötzlich, im ersterbenden Schein einiger halb verbrannter Holzstücke, hob sich eine dunkle Masse unter dem niedrigen Türsturz der Bibliothek ab. Ganz allmählich war sie auf der anderen Seite des Flurs zu erkennen.

Es war eine kompakte Form, ohne Hals, ohne Schultern, ohne Kopf, bedeckt bis zur Taille mit einem schwarzen, durchwirkten Netz. Der Schleier einer Witwe. Laviolette wusste, dass sein Blick den des Mörders kreuzte, tief verborgen hinter dem Schleier. Es ertönte ein Seufzer unterdrückten Bedauerns, und die Erscheinung verschwand. Dann glitt ein seltsamer Schritt über den langen Flur. Ein tanzender Schritt, der sich nicht um die Dunkelheit scherte und sich rasch entfernte.

Laviolette hatte Zeit, seine Ohnmacht zu ermessen. Wenn er seinen Daumen aus der Arterie nahm, wenn er die Halsschlagader entkorkte, würden sich die viereinhalb Liter Blut, die sein Freund noch in sich haben mochte, in zwei Minuten, in hundertzwanzig Pulsschlägen ausleeren. Er hörte im immer wieder für Sekunden aussetzenden Wind einen störrischen Motor, der nur mühsam ansprang. Er vernahm ungeschickte Wendemanöver, dann entfernte sich das Auto endlich. Dreißig Sekunden, vierzig Sekunden... Im Widerschein der Flammen erkannte er an seinem Handgelenk den Sekundenzeiger seiner Uhr, der stoßweise vorrückte.

«Hörst du mich?», sagte er.

Er sah seinem Freund in die Augen, hielt diesen Blick fest, der schon aufgegeben hatte. Brèdes bewegte die Augenlider.

«Wer?», sagte Laviolette. «Du weißt es! Wer? Mach mir irgendein Zeichen! Ein Lidschlag für jeden Buchstaben im Alphabet!»

Es fing sehr langsam an.

Doch Laviolette dachte blitzartig, dass die Durchblutung des Gehirns bereits unterbrochen war, dass die Kapillargefäße und die Kollateralgefäße um die offene Arterie nicht ausreichen würden, keine Zeit haben würden, sich umzustellen, den Ausgleich zu schaffen. Sechzig Sekunden. In dieser Position, bei dem Gewicht des Körpers würde er es nie schaffen, sich bis zum Telefon im Arbeitszimmer zu schleppen. Er war in der Klemme, buchstäblich gefesselt, sicherlich in einer genauso gnadenlosen Lage an diesem gemütlichen Kamin, wie er es gewesen wäre, wenn er einen Sterbenden auf viertausend Metern Höhe gegen eine senkrechte Felswand hielte.

Er zählte die Wimpernschläge. Beim Buchstaben F verlor Brèdes das Bewusstsein.

Nun setzte sich Laviolette, schnaufend wie ein Walross, Zentimeter für Zentimeter in Bewegung; mit einem Arm schleifte er seinen Freund, der andere war blockiert, weil er die Arterie abdrücken musste. Er schleppte sich auf Knien voran. Er schleppte seinen Freund unter sich her, von Fliese zu Fliese, wobei er ihn jeden Augenblick um Verzeihung bat. Vor der geschlossenen Tür des Arbeitszimmers hätte er fast aufgegeben. Da hing er nun, jämmerlich in der Mitte zusammengeklappt. In dieser Position war die Türklinke für ihn unerreichbar. Mit nur einer Hand suchte er tastend. Endlich fand er die Klinke. Das langsame Kriechen begann wieder im vagen, indirekten Schein des Kaminfeuers aus der Bibliothek. Das Telefon glänzte auf einer Konsole, mehr als anderthalb Meter über dem Boden. Verfangen in seinem Überzieher, musste Laviolette das Gewicht seines Freundes mit einem einzigen Arm anheben, am Tisch hoch, um sich etwas aufrichten zu können und so dem Apparat näher zu sein. Dabei hatte er ständig das phosphoreszierende Zifferblatt seiner Uhr und den munteren Sekundenzeiger vor der Nase. Er blockierte seine Knie unter Brèdes' Achseln, der schlaff war wie eine Gliederpuppe. Er hob ab. Wie ein Blinder die Löcher der Wählscheibe zählend, mit zitternder Hand, rief er die Gendarmerie an.

Als Viaud und drei seiner Männer, mit ihren starken Batterielampen bewaffnet, aus dem Mannschaftswagen stürzten, hatte Laviolette gerade noch die Kraft, ihnen zuzurufen:

«Hierher!»

Sie fanden ihn verstört, in grotesker Kauerstellung, den Daumen immer noch in der Halsschlagader seines Freundes. Er hechelte mit offenem Mund wie ein Greis, der gerade einen Herzinfarkt erlitten hat.

Viaud beugte sich über den Körper von Brèdes.

«Er ist tot!», verkündete er.

Er sah Laviolette an, der ihn nicht hörte und weiter hartnäckig seinen Daumen in den Hals drückte.

«Das kann nicht sein!», flüsterte er schließlich. «Ich hab getan, was ich konnte! Ich habe alles getan, was ich konnte! Niemand hätte mehr tun können!»

Er war ein hartgesottener Bursche, aber jetzt rollten dicke Tränen über seine Wangen.

Viaud ergriff sanft seinen Arm, um ihn aus seiner Lage zu befreien. Man hörte das Geräusch eines sich entleerenden Rohres.

Wie ein Handschuh aus einem Albtraum umhüllte ein Panzer aus Blut Laviolettes Hand.

~ 19 ~

«DIESES Buch, das auf dem Lesepult lag, dieses Buch, das Sie verbrennen wollten, weil es Ihnen ketzerisch vorkam, erinnern Sie sich? Wie hieß es?»

Ganz in schwarz und steif stand die Pächterin da und sah Laviolette direkt ins Gesicht. Ihre Tochter, jene, die im Krankenhaus die Unterhaltung der Ärzte mitgehört hatte, hatte sich gesund und handfest an ihrer Seite aufgebaut. Der Mann, wie alle Bauern hier im Dezember, war Trüffeln graben gegangen.

«Ich wusste es!», sagte die Pächterin. «Ich wusste, dass man es hätte verbrennen sollen. Er hat immer gelacht, wenn ich ihm das gesagt habe. Gott steh ihm bei!»

Das war ihr Schrei, der Schrei einer Frau aus den Bergen der Provence, die vom Unglück heimgesucht wird. Man spürte, dass sie Brèdes mehr als ihre Familie geliebt hatte, dass sie zu ihm aufgeschaut hatte.

«Mama!», sagte die Tochter sanft. «Sie sind in Eile! Sag ihnen den Namen des Buches!»

«Le Grand Albert», hauchte sie.

Laviolette suchte in seinem Kopf, an was ihn der Titel erinnerte. Ja… Das war's. Albertus Magnus, Alchimist aus dem 13. Jahrhundert. Man hatte seinen Namen missbraucht, um einige Dutzend Hexerei-Handbücher in allen Sprachen Europas mit ihm zu schmücken. Was verbarg dieses hier? Wer hatte es in der Hand? Wie ein weiteres Exemplar auftreiben, worin irgendein Hinweis zur Lösung des Problems zu finden wäre?

Viaud und seine beiden Gendarmen waren schon aufgestanden. Sie klappten das Protokollheft, in dem sie die Aussage der Pächterin festgehalten hatten, zusammen. Weder sie noch ihr Mann, noch ihre Tochter hatten etwas gesehen oder gehört. Die Hunde hatten nicht gebellt. Allerdings lagen zwischen dem Herrenhaus und dem Bauernhof mehr als dreihundert Meter.

Oben in der Seidenraupenzucht durchstöberten die Spurensicherung und die Inspektoren die Räume auf der Suche nach dem Buch und nach jeglichem anderen Indiz.

Laviolette zögerte, den riesigen Justiz- und Polizeiapparat in Gang zu setzen, der unabdingbar war, wollte man irgendwo, in irgendeiner Bibliothek, ein Exemplar dieses Buchs auftreiben. Und selbst dann... Wie sollte man sicher sein, dass es dasselbe wäre? Und wie gegebenenfalls eine unglaubliche Zahl von Skeptikern von dieser Gewissheit überzeugen, die alle aus Angst, sich lächerlich zu machen, zögern würden, überhaupt einen Finger zu krümmen? Ein Handbuch der Hexerei! Verdammt! Die Nationalbibliothek, die Bibliothèque Mazarine... Sämtliche alten Bestände von ganz Frankreich müssten auf den Kopf gestellt werden, in ihren oft unvollständigen Listen müsste geforscht werden... Sei's drum! Es musste sein! Er reichte Viaud einen Text, der an alle Polizeidienststellen, auch an die kleinste Einheit, geschickt werden sollte.

Über das Telefon der Pächterei rief er an höherer Stelle an, um seine Recherchen so weit wie möglich zu rechtfertigen. Man hatte praktisch kein anderes Indiz als diesen dünnen Faden, abgesehen von der sehr vagen Beschreibung eines mit Schneeketten ausgerüsteten Autos kürzlich nachts auf dem Platz von Banon. Als er in die frische Morgenluft hinaustrat, stürzte die Erinnerung an seinen toten Freund auf ihn ein. Er zerknüllte das Zigarettenpapier und warf es auf den Boden, ungefüllt.

«Das ist doch einfach zu beschissen!», stieß er aus. «So viel erlebt haben! So viel riskiert haben! Und sich hier in Vachères vom Tod einholen lassen! In dieser Ruhe hier! Und von einem Metzger! Wenn ich doch wenigstens aufgepasst hätte!»

Er versuchte, ihre letzte Begegnung zu rekonstruieren. In seinem Kopf ging er die ganze dieses Buch betreffende Unterhaltung noch einmal durch, seine Entdeckung in dem Pult, sein Verschwinden. Die ganze Unterhaltung… Es ist nicht leicht, sich eine Plauderei über dies und jenes in Erinnerung zu rufen, eine Plauderei an einem gemütlichen Nachmittag, an dem man nichts anderes tut, als sich dem Gespräch zu widmen und ein Glas besten Cognac zwischen den Händen zu wärmen…

Viaud kam aus dem Haus und wollte in seinen Wagen steigen.

«Warten Sie!», rief Laviolette und hielt ihn am Ärmel zurück. «Ich sammle gerade meine Gedanken! Entschuldigen Sie! Denken allein reicht nicht mehr. Ich muss wie die einfachen Leute die Ideen beim Sprechen suchen. Das hat auch Stendhal gesagt, so ungefähr… Warten Sie! Er hat mir gesagt… Er hat mir von Bébé Fabre erzählt, jemandem aus unserer Kindheit, den wir gut kannten... Sein Vater hatte dieses Buch in einem Lesepult gefunden, das er bei diesem Bébé gekauft hatte... Warten Sie, anno dreißig..., ja, 1930, hat er mir gesagt...»

Plötzlich verkrampften sich seine Finger auf dem Ärmel des Chefs.

«Ja! Jetzt hab ich's! *Ich habe noch eins!* Das hat Bébé Fabre dem Vater von Brèdes gesagt, der ihm anbot, das Buch zurückzugeben! ‹Ich habe noch eins! Ich habe noch eins!›»

«Das war vor fünfundvierzig Jahren!», sagte Viaud ganz geknickt.

«Vor fünfundvierzig Jahren!», wiederholte Laviolette. «Was ist das schon für ein Buch, fünfundvierzig Jahre? Es sind die Menschen, die vergänglich sind und einander ersetzen. Sie können sich gar nicht vorstellen, wie viele Dinge sich in fünfundvierzig Jahren manchmal *nicht* verändern! Chef, bringen Sie mich nach Manosque. Im Mannschaftswagen!»

«Sie sind völlig erledigt, Kommissar, wenn ich Ihnen das so sagen darf...»

«Sie dürfen mir so ziemlich alles sagen. Ich bin ein Volltrottel! Ich habe zugelassen, dass mein Freund umgebracht wird, aus schierer Gehirnverkalkung! Bringen Sie mich freiwillig nach Manosque, wenn Sie nicht wollen, dass ich Ihnen den Befehl dazu gebe. Ich schlafe im Wagen, auf der vorschriftsmäßigen Tragbahre. Da! Hier haben Sie meinen Tabakbeutel! Können Sie drehen?»

Viaud lächelte.

«Bei der Gendarmerie lernt man so ungefähr alles!»

«Schön, dann drehen Sie mir eine! Ich habe nicht

mehr die Kraft dazu... Ich lecke sie dann zum Schluss an.»

Er streckte sich auf der Tragbahre im Mannschaftswagen aus und rauchte zwei Züge. Viaud nahm ihm barmherzig die Zigarette aus dem Mund, bevor sie auf die Krawatte fiel. Eingeschlafen war er, noch während er wieder und wieder murmelte:

«Unablässig! Unab...»

Aufgehalten durch die Maschinen des Tiefbauamtes, die die Schneewehen forträumten, kamen sie gegen zehn Uhr in Manosque an. Die Stadt war dermaßen mit Autos verstopft, in den engen Gassen herrschte eine dermaßen anarchische Unordnung, dass es dem Mannschaftswagen unmöglich war, sich da hindurchzuschlängeln.

Laviolette wurde geweckt. Er hatte mit offenem Mund geschlafen und dabei das unangenehme Geräusch eines Schleifsteins von sich gegeben. Er war sofort bei der Sache. Er orientierte sich. Er lotste die Gendarmen über die Rue Chacundier auf die Rue Aubette zu. Unterwegs zeigte er ihnen unten an der Rue Danton triumphierend eine Art Kaninchenstall aus rotem Backstein, der mit einer Riegeltür geschlossen war und dessen unterer Teil wie zerfetzt war und an die Röcke einer Bettlerin erinnerte.

«Sehen Sie: fünfundvierzig Jahre! Sehen Sie! Als ich in die Ferien geschickt wurde, hierher, zu meiner Großmutter, da traf ich eine kleine Zehnjährige, die für ihr Alter reizend frühreif war und die mit aller Kraft versuchte, mir den Pimmel zu erwecken! Die Arme! Ich war sieben! Und das war hier! In dieser Hütte! Auf einem dicken Stein, der sicher noch da ist! Sie setzte sich drauf und stellte mich vor sich hin! Und schauen Sie! Die Tür! Das ist dieselbe: Sie hat sich kein bisschen verändert! Sie war schon damals genauso wurmstichig! Und die Backsteine genauso angegriffen: Ich erkenne diese Bruchstelle wieder, die aussieht wie eine Aubergine! Fünfundvierzig Jahre! Sehen Sie, was das ist, fünfundvierzig Jahre?»

Aber eine Abtei ist etwas anderes als ein Kaninchenstall… Irgendein Bürgermeister hatte eines Tages irgendeinen Ästheten beobachtet, der über die vierreihigen Hohlziegeldachränder jenes Klosters in Entzücken geriet, das Bébé Fabre über ein halbes Jahrhundert lang benutzte, um dort seinen unverkäuflichen Kuddelmuddel zu lagern. Bürgermeister ertragen nur schwer, dass man bewundert, was sie selbst nicht verstehen. Der Genannte war besonders empfindlich in dieser Beziehung. Von nun an hatte er ein Auge auf das Bauwerk und nahm sich fest vor, bei erstbester Gelegenheit…

Verwirrt suchte Laviolette auf der Terrasse mit Mosaikfliesen, die mit schweren Autos voll gestellt war, nach irgendeiner Spur aus seiner Kindheit.

Er erblickte einen Greis auf einer Bank, der unablässig seinen Stock über den Staub wandern ließ und dabei Arabesken zeichnete und wieder verwischte.

«Hier war doch früher mal ein Kloster?»

«Sicher! Es ist sogar noch ein Stück davon übrig!»

Er deutete auf große, ockerfarben verputzte Mauern, die etwas ausgewölbt waren.

«Und der Baum?»

Laviolette drehte sich um. Sie hatten es nicht gewagt, die Sykomore anzurühren, die ihre hölzernen Muskelknoten den Dächern zuneigte. Doch alles andere, der filigrane Kreuzgang, die pustenden Engel aus dem 12. Jahrhundert, die einst im hohen Schatten der Mauern vor sich hinschimmelten, alles hatte zum Auffüllen gedient, um darauf die Plattform dieses hübschen, Wählerstimmen heischenden Parkplatzes zu setzen. Immerhin hatte man die Erinnerung an diese Schändung durch einen schönen neoprovenzalischen, mit neuen Ziegeln gedeckten Bogen wachgehalten, an dem eine schmiedeeiserne Laterne baumelte.

«Haben Sie den Bébé Fabre gekannt?», fragte Laviolette.

«Na sicher hab ich ihn gekannt! Seine Schwester gibt's noch!»

«Wie? Was sagen Sie? Seine Schwester?»

«Jaja, seine Schwester! Sie war die Milchschwester meiner Mutter selig. Sie geht auf die hundertzwei zu! Sie haben ihr ein Stück vom Kloster gelassen, ohne das wäre sie gestorben! Sehen Sie! Da drüben: diese niedrige Tür! Gleich neben dem Bogen! Das Dienstmädchen wird Ihnen aufmachen! Sie müssen nur laut klopfen!»

«Ich hab es Ihnen gesagt», beteuerte Laviolette den Gendarmen, «dass fünfundvierzig Jahre überhaupt nichts sind!»

Einige Frauen mit Einkaufstaschen blieben neugierig stehen, um das Polizeiaufgebot zu beobachten.

Sie klopften an die schwere Tür in der Mauer. Der massige Türflügel ohne überflüssige Schnörkel schloss schon lange nicht mehr. Der Türklopfer, den sie dreimal erhoben, störte ferne Geräusche auf, irgendwo in den Tiefen der Mauern. Sie begannen, eine jener Treppen zu erklimmen, die dazu geschaffen sind, zu fünfzig

Räumen und eisigen Zweihundert-Meter-Korridoren zu führen. Dieser Treppe hier hatte man drei Viertel dessen amputiert, was ihr eigentlich zustand.

Jemand dort oben schrie sich die Lunge aus dem Hals, sie sollten heraufkommen. Endlich sahen sie einen sehr beeindruckenden, dicht über die Geländerstützen gebeugten Kopf; die Züge waren vom Unglück verwüstet, unter den Augen reichten die Ringe bis zu den Nasenflügeln.

«Kommen Sie rauf, meine Herren! Kommen Sie rauf!», wiederholte dieser wie abgeschnittene Kopf. «Haben Sie keine Angst! Ich bin die Gesellschafterin!»

Vermutlich wusste sie, wie sie wirkte, aber sie war entzückt über so viel unvorhergesehenen Besuch: drei schneidige Gendarmen im Gänsemarsch und, in großem Abstand, ein würfelförmiges Individuum in Überzieher und Schal, das ihnen folgte.

Sie ging ihnen bis zu einer sehr kleinen, unauffälligen Tür im Winkel einer hohen, ganz weißen und anderthalb Meter dicken Wand voran. Sie drangen ein wie in einen unterirdischen Gang, wobei die beiden größten Gendarmen sich etwas bückten, um dem Türsturz auszuweichen.

Es war eine Küche, die nach Pfeffer roch. Die über Hundertjährige saß dort auf einem einfachen Stuhl, die Ellenbogen fest auf das Wachstuch des runden Tisches gestützt.

Mit hundertzwei Jahren ist man glatt wie vergilbtes Elfenbein. Es scheint, dass die Luft endlich Zeit gehabt hat, ihre Erosionsarbeit auszuüben, was ihr gewöhnlich wegen der bejammernswerte Kürze des menschlichen Lebens versagt bleibt.

Die Wirbelsäule der Ahnfrau war gekrümmt wie ein Bischofsstab, aber der Blick war lebhaft und forschend. Sie war völlig kahl, abgesehen von zwei dünnen Spitzen eines chinesisch anmutenden Schnurrbarts, die im Winkel ihres eingefallenen Mundes feucht wurden.

«Das hätte sie umbringen können», dachte Laviolette, «so wie wir alle vier hier auftauchen. Dieser Besuch mit drei Gendarmen sieht schon verdammt nach Hausdurchsuchung aus.»

«Kommen Sie rein, meine Herren! Kommen Sie rein! Ich habe seit über fünfzehn Jahren die Nase nicht mehr nach draußen gesteckt, aber ich weiß alles, was draußen geschieht! Alles!»

«Hört sie?», flüsterte Laviolette der alten Jungfer zu, die Unglück erfahren hatte und die Reste ungenutzter Zärtlichkeit darauf verwendete, über dieses gebrechliche Denkmal zu wachen.

«Wie?», sagte sie.

«Weshalb sollte ich denn nicht hören?», äußerte die Hundertjährige.

Ihre Stimme erhob sich zu einem Arpeggio zerbrechenden Kristalls, als käme sie aus einer Spieluhr.

«Madame», sagte Laviolette, «ich möchte mit Ihnen über eine ganz alte Geschichte sprechen...»

Unter dem Dach schliefen die Bücher ihren letzten Schlaf. Als Bébés Bibliothek wie alles Übrige abgerissen worden war, hatte man sie hier hingekippt, alle durcheinander. Sie füllten alte Koffer, Truhen, Kiepen und sogar einen sehr merkwürdigen schwarzen Sarg ohne Deckel, dessen sechs Griffe mit doppelköpfigen Adlern verziert waren.

Der Hauch toter Klöster wehte im Dachstuhl, und der unzeitgemäße Lärm der modernen Stadt drang, eigentlich bedeutungslos, herauf zu den vielhundertjährigen Balken, unter denen ein Geruch nach schweren Nonnentrachten hing, den keine Zerstörung hatte auslöschen können. Die Gendarmen leerten die Kisten aus, blätterten auf, stießen Rufe aus.

«Lassen Sie sich nicht ablenken», sagte Viaud, der ebenfalls in einem Winkel wühlte. «Wir suchen nur eines: *Le Grand Albert*, und denken Sie daran, was die Alte gesagt hat: Das ist kein dickes Buch, und es sieht nach nichts aus!»

Der Lärm der Stadt war schwächer und der Himmel dunkler geworden, als sie es schließlich aufstöberten. Viaud entdeckte es in der Schublade einer bauchigen Kommode unter zweitausend mit rosa und blauen Seidenbändern verschnürten Liebesbriefen, die heftiger nach Tod muffelten als ein alter Friedhof: ganz flach und braun, das Braun der Armut und des Drecks. Vermutlich waren die Briefe mit dem Möbelstück gekauft worden und hatten seitdem darin geschlummert. Wahrscheinlich hatte Bébé Fabre den einigermaßen wertvollen *Grand Albert* darunter geschoben und ihn dort vergessen.

Da standen sie nun, die drei Gendarmen und Laviolette, über dieses schmuddelige Bändchen gebeugt. Es roch nach dem Ruß des Kamins, auf dessen Gesims es wohl die beste Zeit seines Lebens verbracht hatte, zwischen der Wanduhr und dem Salzfass.

Laviolette seufzte und steckte es in die Tasche. Viaud ging und stellte der greisen Frau eine Quittung aus, wie es sich gehörte.

Sie kehrten zum Streifenwagen zurück. Laviolette streckte sich wieder auf der Trage aus und schlief unverzüglich ein. Seine Hand ließ das kleine Buch jedoch nicht los.

In Banon war die Nacht hereingebrochen, und in der Gendarmerie brannten alle Lichter. In der Postabteilung standen vier Gendarmen und die Inspektoren Guyot und Leprince, die zu Laviolettes Unterstützung abkommandiert waren, eifrig über den großen Mitteltisch gebeugt.

«Ah», jubelte Laviolette bei diesem Anblick, «eine so enge Zusammenarbeit zwischen der Gendarmerie nationale und der Kriminalpolizei – das ist ja ein Bild für die Götter! Man müsste ein Foto machen!»

Alle drehten sich nach ihm um.

«Chef! Kommen Sie mal!», sagte der Unteroffizier. «Ich glaube, wir haben da was! Sind Sie heute früh nicht von einer Schneewehe aufgehalten worden?»

«Doch, aber –»

«Gleich nach Capitaine? Auf dem Nordhang von La Ramade? Vor Vachères?»

«Unterhalb Vachères», sagte Laviolette, «das ist richtig.»

«Sie war seit neun Uhr gestern Abend da. Wir haben die Zeugenaussage eines Eieraufkäufers, der nicht durchkam!»

«Aha», sagte Viaud. Er setzte sich und nahm seine Dienstmütze ab.

Den anderen schien diese Gleichgültigkeit etwas zu verwirren. Viaud bemerkte das.

«Sie wollen sagen, dass der Mörder nicht von weiter

als Vachères kommen konnte? Das ist von mäßigem Belang.»

«Warten Sie, Chef! Genau das haben wir gerade ausgearbeitet, als Sie reinkamen. Wenn Sie mal eben herschauen könnten...»

Viaud trat vor. Mit einem Lineal bewaffnet, zeigte ihm sein Untergebener die Straßenpunkte und bezeichnete sie einen nach dem anderen.

«Alle Zeugenaussagen stimmen darin überein», sagte er, «auch das Einsatzheft des Straßenbauamtes, das wir überprüft haben: Gestern Abend, eine Stunde vor dem Verbrechen, waren alle Straßen, die zur alten Seidenraupenzucht führen, durch Schneewehen blockiert – außer der, die zurück nach Banon führt.»

Viaud wollte etwas sagen.

«Und um Banon herum», fuhr der Mann fort, «waren ebenfalls alle Straßen gesperrt! Schauen Sie: Wir haben überall, wo sich eine Schneewehe gebildet hatte, Kreuze gemacht: auf der N 440 im Norden, in der Haarnadelkurve von Les Brieux; auf der N 550 im Süden, in den Engpässen der Mares Basses; auf dem Forstweg von Biscarle; auf der D 5 Richtung Clos du Gardon; auf der D 51 und der D 201 auf der Höhe von Riaille; auf der D 12 in Grand-Valernes, unterhalb der Destille! Das heißt, dass Banon und der Schauplatz des Verbrechens von Schneewehen regelrecht eingekreist waren. Also», schloss er triumphierend, «konnte der Mörder von nirgendwo anders kommen als von Banon!»

«Es sei denn», sagte Laviolette, «er hatte sich unter den Zedern bei der Seidenraupenzucht versteckt, bevor sich Schneeverwehungen gebildet hatten.»

«In diesem Fall», sagte der Untergebene lebhaft,

«wäre er nach vollbrachter Tat auf der Flucht in einer von ihnen stecken geblieben! Er wäre nicht das Risiko eingegangen, den heutigen Morgen abzuwarten und dass wir ihn freischaufeln! Er ist also schnurstracks zurück nach Banon gefahren. Wir werden bald wissen, ob jemand, der nicht aus der Gegend stammt, wegen der Schneewehen die Nacht hier hat verbringen müssen. Jemand muss ihn doch gesehen haben! Entweder gestern Abend oder heute Morgen in aller Frühe!»

«Das haben wir uns schon so ungefähr gedacht, dass der Schuldige in Banon ist», sagte Viaud. «Ihre Beweisführung ist richtig, bringt uns aber nicht viel weiter.»

«Moment!», sagte Inspektor Guyot. «Es gibt da eine Verkettung von Tatsachen: Heute früh war der Boden unter den Zedern bei dieser Seidenraupenzucht gefroren, aber gestern Abend war er an dieser geschützten Stelle noch weich genug, so dass sich Reifenspuren eindrücken konnten. Die Bedingungen waren also ideal, um zu Befunden zu führen. Wir haben die Spurrillen eines mit Schneeketten versehenen Wagens gefunden. Der Fahrer hat mehrere Wendemanöver gemacht, vielleicht in der Hoffnung, seine Spuren zu verwischen. Er ahnte nicht, dass er uns damit die Arbeit erleichtern würde. Tatsächlich haben uns diese Herren,» sagte er und deutete auf die Gendarmen, «darauf aufmerksam gemacht – sie haben Übung darin –, dass man den Radumfang problemlos ermitteln kann, indem man den Abstand zwischen zwei Abdrücken des Keils der Kette misst. Folgen Sie mir?»

«Absolut», sagte Laviolette, dem allmählich etwas dämmerte.

«Also! Wir haben den Abstand von einem Keilabdruck zum anderen gemessen. Wir haben den Radumfang errechnet. Dann haben wir den Abstand zwischen den beiden vorderen Spuren, dann den zwischen den beiden hinteren Spuren gemessen und schließlich (das war etwas schwieriger, aber der Abdruck der Kettenkeile hat uns geholfen) den Abstand zwischen der Vorderradachse und der Hinterradachse.»

Der zweite Gendarm, ein junger Mann unter dreißig, der vor Begeisterung nicht mehr an sich halten konnte, schnitt Inspektor Guyot das Wort ab.

«Wir haben auch die Tiefe der von den vorderen beziehungsweise hinteren Reifensätzen hinterlassenen Spuren messen können: Und wir sind felsenfest davon überzeugt, dass es sich nur um einen Renault 4 CV handeln kann.»

«Mit anderen Worten», setzte der phlegmatische Inspektor fort, «da der Zugang zu Banon und zum Schauplatz des Verbrechens durch die Schneewehen blockiert war, sind die unter den Zedern entdeckten Spuren des 4CV *zwangsläufig* die eines Autos, das sich letzte Nacht, also in der Nacht vom 21. zum 22. Dezember, in Banon oder einem Weiler oder Hof der Umgebung aufhielt. Es kann *nach* dem Freiräumen der Straßen weggefahren sein, aber es war *vorher* schon da.»

«Die Zeugen Bec und Biscarle haben in ihren Beschreibungen gezögert», sagte Viaud. «Erinnern Sie sich? In der Nacht, als der Hippie in die Gefriertruhe gelegt worden ist, haben sie auf dem Platz entweder einen Volkswagen oder einen 4 CV wenden sehen…»

«Das ist nicht alles», sagte Guyot, «diese alten Autos, die sind alle irgendwann einmal einem Mechaniker ausgeliefert gewesen, der die Ölablassschraube mit

Gewalt anging, statt sie mit der Hand auf- und zuzuschrauben. Ergebnis: ein minimaler Ölverlust. Unser Wagen bildet da keine Ausnahme. Da war unter den Zedern, wo er geparkt war, ein leichter, oh, ein ganz leichter Ölfleck auf der Erde. Zwecks Analyse haben wir eine Probe entnommen.»

«Ist die schon bei der Spurensicherung?», fragte Laviolette.

«Sie sind heute früh damit losgefahren.»

«Aber», sagte ein Gendarm, «ich dachte, dass heutzutage alle Öle ähnlich sind?»

Inspektor Guyot lächelte dünn.

«Alle neuen Öle…», sagte er. «Aber unsere Labors sind in der Lage, den Grad der Abnutzung dieser Probe mit jener zu vergleichen, die allen 4 CVs im Laufe der Ermittlung entnommen werden.»

Viaud stieß einen tiefen Seufzer aus.

«Na also! Der Weg ist vorgezeichnet: Alle 4 CVs aus Banon und Umland erfassen. Durchsuchungsbefehle beantragen, damit wir jeden unter die Lupe nehmen können. Die Alibis der Besitzer überprüfen…»

«Bei allen Motoren Ölproben entnehmen. Aber glauben Sie denn wirklich, dass es noch so viele alte Autos in Banon gibt?»

«Es fahren noch einige hier rum», sagte Viaud. «Ein bisschen aus Sparsamkeit, ein bisschen, um zu zeigen, dass man ein guter Fahrer ist und in der Lage, zwanzig Jahre dasselbe Fahrzeug zu fahren; ein bisschen auch aus Angst vor dem Finanzamt; meistens aber, um Madame das schönere Auto zu überlassen.»

«Vielleicht ein Dutzend», sagte der Unteroffizier.

«Lasst uns nicht allzu viel erwarten von alledem»,

sagte Laviolette. «Der Besitzer kann sein Auto verliehen haben. Man kann es ihm für die Nacht gestohlen und im Morgengrauen zurückgestellt haben. Was die Untersuchung des Öls angeht... Ich kann mir so ungefähr vorstellen, was ein Rechtsanwalt beim Schwurgericht damit machen könnte...»

«Warum setzen Sie sich eigentlich nicht, Herr Kommissar?», fragte der Unteroffizier.

«Entschuldigen Sie», sagte Laviolette. «Wenn ich mich setze, schlafe ich auf der Stelle ein...»

Zwei Gendarmen waren schon unterwegs zum Zulassungsbüro, um aus der Zentralkartei alle 4CVs, Marke Renault, herauszufischen, deren Kraftfahrzeugscheine für Banon ausgestellt worden waren.

«Nein», sagte Laviolette, «glauben Sie mir, meine Herren, die Wahrheit steckt hier drin!»

Er schwenkte das braune Buch hin und her, das seinen Rußgeruch noch immer nicht verloren hatte. «Ich werde mich übrigens sofort damit befassen...»

«Ich lasse Sie zurückfahren», sagte Viaud.

«Machen Sie Witze? Das sind fünfhundert Meter...»

Er ging. Die Gendarmen und die Inspektoren schwiegen. Als sie sicher waren, dass Laviolette wirklich weg war, stießen alle diese Männer, von denen noch keiner fünfunddreißig war, einen Seufzer aus.

«Wie viel hat er eurer Meinung nach in den letzten drei Tagen geschlafen?», fragte Viaud.

«Ich weiß nicht: fünf Stunden, sechs Stunden...»

«Plus zwei halbe Stunden im Mannschaftswagen. Ich wette mit euch...»

«Es hat keinen Zweck», sagte Guyot. «Wisst ihr, was

seine Devise ist? ‹Unablässig und unverzüglich.› Wenn er in einem Fall drinsteckt, muss man ihn Stück für Stück herausreißen wie eine Zecke aus der Haut eines Hundes! Und außerdem war es ein Freund, den man ihm da gerade umgebracht hat!»

«Ich würde ihm trotzdem gern die Sache vor der Nase wegschnappen», sagte Viaud.

Er ging zur Funkstelle. Was er nicht sagte – auch er nicht – war, dass er in den letzten drei Tagen kaum eine Stunde mehr geschlafen hatte als Laviolette.

Laviolette wäre von einer Streife aufgegriffen worden, hätte man ihn nach seinem Aussehen beurteilt. Er zog die Füße hinter sich her, wankte von einem Baum zum anderen, ohne jedoch die Rinde zu berühren. Mehrere dieser verdächtigen 4 CVs tummelten sich auf dem Platz, kamen ihm gefährlich nahe, suchten den Weg nach Hause, alle begleitet von diesem düsteren Kettengeräusch: «Takataka... Takataka...»

«Wie sehen Sie denn aus!»

Rosemonde wartete, das Kinn auf die Faust gestützt.

«Sind sie alle weg?», fragte Laviolette.

«Wer, alle?»

«Die Kartenspieler.»

«Natürlich, es ist elf Uhr. Und überhaupt! Schauen Sie doch: Es fällt schon wieder Schnee!»

«Und ich, ich falle gleich um», sagte Laviolette. «Schade, ich hätte gern mit diesen Herren geplaudert.»

Rosemonde zuckte die Schultern und dachte:

«Er hätte gern! Wenn ich ihm nicht helfe, wird er nie die Treppe raufkommen!»

«Meine Herzens-Rosemonde! Ich mache keine

Witze, wenn ich Sie so nenne. Nie bin ich so gern in ein Haus zurückgekehrt; das kommt daher, dass Sie darin sind...»

«Sie wollen nicht sagen...»

Er schüttelte den Kopf.

«Ich meine es völlig selbstlos», sagte er. «Weil... Sie werden schon verstehen... Mir ist ein Freund umgebracht worden. Wissen Sie, dass mir ein Freund umgebracht worden ist?»

«Ich weiß, dass noch jemand umgebracht worden ist.»

«Nun, Sie werden mir helfen. Ich habe heute Abend noch etwas zu erledigen.»

«Setzen Sie sich. Ich mache Ihnen einen schönen, starken Kaffee.»

«Den werde ich gerne trinken. Aber ohne mich zu setzen, denn wenn ich mich setze, schlafe ich ein.»

Er lehnte sich an die Kaminkonsole und holte das Licht näher. Dann schlug er das Buch auf und begann, darin zu blättern. Er konnte kaum stehen. Rosemonde beobachtete ihn aufmerksam, bereit, ihn am Kragen festzuhalten, falls er umfallen sollte. Das Buch schwitzte immer mehr den Geruch des Rußes aus, den Ruß von Kaminen, in denen alte Fetzen und unsagbare Dinge verbrannten, deren Andenken in den Familiengrüften versiegelt liegt. Ungeniert wendete Laviolette die Seiten mit dem angefeuchteten Daumen. Er verzeichnete dabei einen Geschmack nach Vipernschmorbraten, in alter Hexenmanier gewürzt mit unverdächtiger Zitronenmelisse. Rosemonde war etwas zurückgetreten.

Plötzlich hörte sie, wie er einen tiefen Seufzer ausstieß. Er straffte sich ein wenig. Die Müdigkeit verblasste auf seinen Zügen, doch in seinem Blick lag ein fürchterliches Erstaunen. Dieser Ausdruck verschwand erst, als er das Buch wieder zuklappte.

«Rosemonde, jetzt ist mir alles klar...», sagte er nur.

Er ging zum Telefon. Er zog ein Notizbuch aus seiner Tasche, suchte eine Nummer und wählte.

«Hallo, Combassive? Ja, ich bin's, und um diese Zeit! Und ich rufe dich zu Hause an, ja: Bist du vorm Fernseher? Nein, entschuldige, das war ein Witz. Also: Ich brauche Durchsuchungsbefehle. Ich kann sie hier nicht bekommen, aber du, du kannst. Der Richter? Den weckst du... In Digne; der schläft schnell wieder ein. Man soll sie mir im Streifenwagen bringen. Ja, so bald wie möglich. Doch, ich brauch sie dringend... Wie viele?...»

Er hielt den Hörer zu.

«Rosemonde, wie viele Besitzer von Trüffelhainen gibt es in Banon?»

Rosemonde zuckte ratlos mit den Schultern.

«Dreißig? Vierzig?», schlug sie vor.

«Fünfzig!», rief Laviolette in den Apparat. «Aber nein! Ich falle um vor Müdigkeit! Mir ist überhaupt nicht nach Scherzen zumute! Würdest du, obwohl das nicht in deinen Zuständigkeitsbereich fällt, mir einen Gefallen tun? Ich habe Angst, dass ich umfalle, bevor ich das schaffe. Ja? Danke. Also, ruf die Spurensicherung an. Sag ihnen, dass ich sie hier brauche, morgen in aller Frühe! Zu fünft oder sechst, wenn's geht! Natürlich weiß ich, dass es zwei Tage vor Weihnachten ist und dass manche Urlaub haben! Ich sollte den Heiligabend ausgerechnet bei dem Freund verbringen, der gerade ermordet worden ist. Ja. Gut, einverstanden... Und danke für die vertrauliche Behandlung.»

Er legte den Hörer auf und steckte das Buch in die Tasche.

«Wollen Sie, dass ich Ihnen die Treppe hinaufhelfe?»

«Vorsicht, Rosemonde! Ich könnte ja sagen.»

«Sie könnten... Und warum sagen Sie nicht ja?»

Sie betrachtete ihn mit einem ganz kleinen, kaum angedeuteten Lächeln.

«Und was würden Sie antworten?»

«Ach!», sagte sie. «Wer weiß? Ich antworte hinterher...»

~ 20 ~

LAVIOLETTE erwachte mit klarem Kopf; es war acht Uhr, er lag in seinem Zimmer. Die Luft roch nach Trüffeln, die Bettwäsche duftete nach Lavendel und er, er schnupperte Rosemonde. Es schneite. Er langte nach dem Buch auf dem Nachttisch. Dann las er die Stelle noch einmal. Er war fassungslos. Er traute seinen Augen nicht.

«Zwei Dinge müssen zusammentreffen», sagte er laut. «Erstens muss er verrückt sein, und zweitens muss er in Geldnöten sein... Gib zu, dass das Problem somit ein bisschen eingegrenzt wird...»

«Was soll ich zugeben?», fragte Rosemonde, die, frisch wie der junge Tag, mit dem Frühstück hereinkam. «Ich habe geklopft, aber Sie haben mich nicht gehört.»

Von acht Uhr morgens bis elf Uhr abends siezte sie ihn.

«Alle Welt wartet unten auf Sie», sagte sie.

«Welche Welt?»

«Die ganze Welt: die Besatzung eines Streifenwagens aus Digne, die ich mit einer Ladung Kaffee aufwärme; Viaud und seine beiden Inspektoren. Journalisten sind auch da! Was die alles für Fragen stellen!»

«Dann antworte halt!», sagte Laviolette. «Dass sie mir ja nichts erfinden! Und schick mir Viaud, die

Inspektoren und die Mannschaft des Streifenwagens rauf.»

«Ach, fast hätte ich's vergessen! Eben sind noch die drei Beamten von der Spurensicherung angekommen.»

«Nun denn, Rosemonde, die Geschäfte gehen wieder los!»

«Soll ich die alle raufschicken?»

«Alle, außer den Journalisten. Die lenk du mal ab.»

Das Getrappel auf der Treppe brachte das Haus zum Erzittern. Obwohl das Zimmer geräumig war, füllte es sich schnell.

«Ein Kriegsrat!», sagte Laviolette zufrieden. «Ich fühle mich ungefähr so wie Ludwig XIV. auf seinem Totenbett, aber keine Angst, mir geht es darum, Zeit zu gewinnen!»

Er bestätigte per Unterschrift die Ausstellung der Durchsuchungsbefehle.

Rosemonde schleppte Sitzgelegenheiten für alle an. Es waren diese schönen Stühle mit grünem und gelbem Strohgeflecht, die früher in der Provence immer in den Schlafzimmern standen. Man setzte sich nur darauf, und zwar in einer Reihe an der Wand entlang, wenn Totenwache gehalten werden musste. Sie hielten hundert Jahre.

Die Burschen von der Spurensicherung waren wie immer ungeduldig. Sie brannten darauf, das entscheidende Bindeglied zu finden, das den Schuldigen vors Schwurgericht bringen würde.

Diese drei da waren sich ihrer unwiderstehlichen Macht dermaßen bewusst, dass ihnen Laviolette manchmal einen Fehlschlag wünschte.

«Meine Herren», sagte er, «ich glaube, dass wir

anfangen, das Problem einzukreisen, was nicht bedeutet, dass wir es gelöst hätten... Immerhin haben wir gerade mal sieben Leichen gebraucht, um soweit zu kommen. Sie werden zugeben, dass wir uns darauf besser nichts einbilden...»

Er folgte ihren Blicken, die sich auf das schmutzige Buch richteten, das einsam auf dem geäderten Marmor des Nachttisches lag.

«Nein!», sagte er. «Rechnen Sie im Augenblick nicht damit, dass ich Ihnen eröffne, was ich da drin gefunden habe. Ich lege keinen Wert darauf, dass Sie sich offen über mich lustig machen!»

«Der Mörder», wandte Inspektor Guyot ruhig ein, «weiß vermutlich, dass Sie im Besitz dieses Buches sind. Er könnte versuchen, Sie zu umzubringen, um es Ihnen wieder wegzunehmen. Die Gefahr –»

«Dann beten Sie für mich», unterbrach ihn Laviolette. «Aber Spaß beiseite! Ich nehme an, dass Sie, wie ich, nicht viel geschlafen haben. Also? Wer fängt an?»

Sie schauten sich alle an.

«Wir haben die Obduktionsergebnisse für die sechs ersten Opfer,» sagte Guyot. «Soll ich sie Ihnen vorlesen?»

«Kommen Sie gleich zum Wesentlichen. Fassen Sie grob zusammen, was sie enthalten. Ausnahmsweise glaube ich, dass sie zwar durchaus bedeutsam, aber nicht entscheidend sind.»

«Fünf Opfern», fuhr Guyot fort, «ist mit einem Schneidwerkzeug die Kehle durchgeschnitten worden, das weder eine Rasierklinge noch ein Messer, noch irgendein chirurgisches Instrument ist. In seinen Schlußfolgerungen tendiert Doktor Rabinowitsch – ich zitiere: ‹… zu einem großen Schustermesser, mit dem Kreppsohlen ausgeschnitten werden. Etwas Stabiles aus richtig gutem Stahl. Wahrscheinlich alt. Die Klinge am Ende leicht sichelförmig gebogen und die Spitze beidseitig geschliffen.› Die Opfer», fuhr Guyot fort, «sind an den Fußgelenken aufgehängt und vollständig ausgeblutet worden. Kurz vor ihrem Tod hatten sie Hasch geraucht, gut gegessen und Tresterschnaps getrunken.»

«Fünf, sagen Sie?»

«Richtig. Das sechste Opfer ist auf andere Weise getötet worden. Durch Schläge mit einem stumpfen Gegenstand. Einem vermutlich ziemlich langen und schweren Schraubenschlüssel. Es hatte weder Hasch geraucht noch einen Tropfen Alkohol getrunken.»

«Welcher war das?», fragte Laviolette.

«Ein gewisser Jérémie Piochet.»

Laviolette sah Claires glasklares Gesicht vor sich, ihre Augen, ihre strenge Erscheinung in jenem schottischen Mantel, um den die Staatsanwältin sie beneidete und der ihre Figur mit dem anmutigen Venushintern betonte. Sie lauerte auf den Mörder. Sie hatte versprochen, ihn umzubringen…

Laviolette fühlte sich unbehaglich.

«Ich würde gern…», begann er. Doch er besann sich anders. «Reden Sie weiter, bitte.»

«Das ist so ungefähr alles. Angesichts des Zersetzungszustands der Leichen konnte man nicht verlangen… Das Todesdatum jedes Einzelnen entspricht so etwa dem Zeitpunkt des Verschwindens, sagt Doktor Rabi. Sie sind in ihrem Leben viel gelaufen. Barfuß. Sie hatten ungewöhnlich viel Hornhaut an ihren Sohlen. Trotz des Drogenkonsums waren sie in sehr guter körperlicher Verfassung.»

«Blieben ausreichend Blutreste für die Untersuchung?»

Guyot vertiefte sich in die Akte und suchte am Ende des Berichts.

«Ja, bei drei von ihnen, den letzten. Und besonders bei der Leiche aus der Kühltruhe. Die anderen… in dem Zustand, in dem sie sich befanden…»

Viaud zog ein Heft aus seiner Tasche.

«Was uns betrifft», sagte er, «so haben wir zur Stunde neun Besitzer von kleinen Renaults in Banon und in den umliegenden Weilern und Höfen identifiziert. Zwei von ihnen stehen schon außer Verdacht. Der Erste hielt zusammen mit sieben anderen Personen Totenwache bei einem Onkel in Varages im Departement Var. Der Zweite… Sein Wagen steht seit vier Tagen in Erwartung eines Austauschmotors aufgebockt bei Martel. Es ist der Pfarrer…»

«Gut. Und die sieben anderen?»

«Die sieben anderen sind diese hier.» Viaud stand auf und reichte ihm eine Liste. «Bei diesen sieben», sagte er, «habe ich es in Anbetracht der Lage vorgezogen, die Nachforschungen vorübergehend einzustellen und Sie vorher zu fragen.»

Laviolette, der die Liste genauestens studierte, warf ihm einen bedeutungsschweren Blick zu.

«Ich glaube», sagte er, «Sie haben gut daran getan…»

«Leprince und ich», sagte Guyot, «wir haben die Hippies von Montsalier verhört.»

«Wie, verhört? Die haben geantwortet?»

Guyot und Leprince sahen ihn mit schuldbewusster Miene an.

«Da waren drei Mädchen und ein einziger Typ», sagte Guyot. «Wir hatten uns fast wie Penner angezogen und ein paar Literflaschen Rotwein mitgenommen... Wir haben uns ein bisschen geopfert...»

«Ach, ihr armen Kerle! Ihr müsst ja völlig gerädert sein!»

«Na ja, gar nicht mal so sehr! Diese Holländerinnen und diese Deutschen, die können so ausgeflippt sein, wie sie wollen, denen mangelt es nie an Sinn für Praktisches. Die hatten ausgezeichnete Schlafsäcke.»

Laviolette blickte zur Decke. Wo war sie geblieben, die Zeit, als die Zeugen mit überzeugenden Argumenten zum Aussagen gebracht wurden, nämlich mit Drohungen und zur Not sogar mit Arschtritten? Als man ihnen, je nachdem wie sich ihr Zögern anhörte, das himmlische Glück oder die Abgründe der Hölle vor Augen führte? Heute schlief man mit ihnen! Was für eine Zeit!

«Ich hoffe nur, dass ihr euch nicht vergebens geopfert habt!»

«Nicht ganz. Gegen Morgen haben wir ihnen einen Joint angeboten, denn sie waren seit drei Tagen auf Entzug.»

«Passt auf, was ihr sagt!», rief Laviolette.

Guyot zuckte mit den Schultern. Also wirklich, diese Provinzpolizisten, die sollten den Beruf wechseln.

«Nach zehn Minuten», fuhr Guyot fort, «waren sie im Haschparadies angelangt und haben uns gestanden, dass es einen Hippieweg gibt, der um die ganze Welt führt. Einen Weg, der nirgendwo verzeichnet ist.

Bekannt nur den Eingeweihten, die die Route kennen. Und gesäumt von Haschquellen! Und dass Banon eine davon wäre.»

«Und wer in Banon...?», fragte Laviolette.

«Das wussten sie nicht!», sagte Guyot. «Ehrenwort! Das wussten sie nicht! Und dabei haben wir uns mächtig ins Zeug gelegt, nicht wahr, Leprince?»

«Und wie!», sagte Leprince.

«Chef», sagte Laviolette, «halten Sie es für möglich, dass in der Gegend von Banon Cannabis angebaut wird und Sie es nicht wissen?»

Viaud schüttelte den Kopf.

«Die Cannabispflanze ist dermaßen auffällig, ein einfaches Büschel würde man sehen wie ein rotes Tuch auf einer grünen Wiese.»

«Entschuldigen Sie, Chef», sagte Guyot, «aber die vom Rauschgiftdezernat haben zwei ähnliche Fälle in ihren Akten: einen im Departement Var, den anderen im Departement Aude. Das ist eine Frage des Ausmaßes. Hundert oder zweihundert Pflanzen, die nicht zusammen stehen, sondern geschickt an allen möglichen Stellen versteckt sind... Mitten in hundert Hektar... Zum Beispiel: im Lavendel, in den Kartoffeln... oder dicht an diesen mit Brombeerhecken umwucherten Scheunen, die wir alle kennen... Die Pflanzen sind so hoch wie Disteln... oder wie großer Schierling...»

«Aber die müssen doch gegossen werden!», warf Viaud ein.

«Wahrscheinlich! Aber glauben Sie, dass man einen Mann bemerken würde, wenn er auf seinem Traktor von einem Feld zum anderen fährt, mit einem jener Spritzgeräte zum Schwefeln hintendran, in dem aber nur Wasser ist?»

Leprince insistierte:

«Die beiden Mädchen waren ihrer Sache sicher. Aber sie haben mehrmals wiederholt: ‹Nur für Eingeweihte. Wir wissen nichts. Wir sind neu hier.›»

Laviolette dachte einige Minuten schweigend nach, wobei er sich die erste Zigarette des Tages drehte.

«Schön», sagte er schließlich, «das ist es also, was wir suchen: einen Mann, durch dessen Besitz der unsichtbare Hippiepfad führt; einen Mann, dessen Grund und Boden ausgedehnt genug ist, um gegebenenfalls einige hundert Cannabispflanzen zu verbergen...»

«Also...», sagte Viaud, «die paar wenigen, die jetzt noch ihr Land bestellen, die haben alle über dreihundert Hektar...»

«Der Mensch, der in Frage kommt», fuhr Laviolette fort, «ist zugleich verrückt, intelligent und berechnend. Im Grunde so etwa wie wir alle. Das reicht noch nicht für einen Steckbrief... Aber obendrein fährt er einen der kleinen Renault 4 CVs, die auf dieser Liste stehen. Er hat Trüffelparzellen und braucht viel Geld...»

«Warum eigentlich?», fragte Viaud.

«Tja, wenn ich das wüsste, würde ich den Schuldigen kennen! Der Crédit Agricole muss ihm das Messer an die Kehle gesetzt haben ...»

«Das ist bei allen so», seufzte Viaud. «Die Überprüfung der Konten würde nichts beweisen... Aber... Woher wissen Sie, dass er einen Trüffelhain hat?»

Laviolette überhörte die Frage.

«Im Grunde», sagte er, «begeht der, den wir suchen, diese Verbrechen aus dem einfachsten Grund der Welt, wenn auch über einen Umweg: Er tötet mit der Absicht, sich eine zusätzliche Geldquelle zu verschaffen.»

«Aber diesen Umweg, den kennen nur Sie?»

«Ich sagte schon, ich lege keinen Wert darauf, mich lächerlich zu machen», sagte Laviolette. «Und nun werde ich, wenn Sie erlauben, duschen, mich rasieren und mich anziehen…»

«Und wir?», fragten die drei Beamten der Spurensicherung wie aus einem Munde.

«Ach, Sie! Stimmt! Ich neige immer dazu, Sie zu vergessen…»

Es war also nichts zu machen. Schon wieder würden sie die schönsten Lorbeeren ernten… Die wissenschaftliche Polizei. Er wartete ab, bis Viaud, Guyot und Leprince draußen waren, um den drei Musketieren seine Anweisungen zu geben…

Als er nach Digne zurückkehrte, war er gerührt. Digne war ganz einfach die einzige Stadt, die er liebte. Vielleicht, weil sie sich nur sehr langsam entwickelte. Die Stadt auf der Welt, die am besten zu Montaignes Philosophie passte. Er freute sich, dass er hier sein Haus, seinen Garten und sein Grab hatte. Der Anblick des alten Justizpalastes erfüllte ihn mit Wehmut. Mit klopfendem Herzen pochte er an die Tür des Untersuchungsrichters.

Das Büro war unverändert, doch Richter Chabrand* hatte sich auf der Suche nach dem ultimativ Absoluten in die große, weite Welt abgesetzt. An seiner Stelle saß in aller Gemütsruhe ein normaler, herzlicher Mann, der

* Siehe Pierre Magnan «Das Zimmer hinter dem Spiegel»

das Leben sichtlich genoß. Er bat Laviolette, sich zu setzen, faltete die Hände und hörte ihm bis zum Schluss zu, ohne ihn zu unterbrechen.

«Das ist ja eine unglaubliche Geschichte, die Sie mir da erzählen!», rief er verblüfft. «Sind Sie sich Ihrer Schlussfolgerungen ganz sicher?»

«Zur Zeit», sagte Laviolette, «nehmen drei Beamten der Spurensicherung die notwendigen Untersuchungen vor. Und schauen Sie, wie weit ich die Vorsicht und den Zweifel treibe. Wie wenig ich mir selber traue: *Ich habe ihnen nicht gesagt, was ich suche*. Ich habe nur gesagt, dass die Untersuchungen *absolut umfassend* sein müssen.»

Der Richter nickte.

«Ihr Beruf und meiner werden immer schwieriger», sagte er.

«Wir sind es», sagte Laviolette, «die immer schwieriger werden ...»

«Nun?», fragte der Richter. «Soll ich Ihnen einen Haftbefehl ausstellen?»

Laviolette überlegte gründlich, bevor er antwortete. Er stand auf, ging ans Fenster, von wo er so oft in Gesellschaft von Richter Chabrand die Dächer von Digne betrachtet hatte. Schließlich wandte er sich wieder seinem Gesprächspartner zu.

«Zwei!», sagte er.

~ 21 ~

SIE hatten sich nicht zum üblichen Kartenspiel niedergelassen. Sie hatten nicht die Lust dazu. Sie saßen um Rosemondes Ofen in einem fröstelnden, furchtsamen Kreis, denn das Wetter schwankte zwischen nassem Schnee und Eisregen; mal taute es, mal fror es. Den Füßen war in den Schuhen seit dem vorzeitigen Aufstehen in aller Herrgottsfrühe nicht mehr warm gewesen: Drei Jungs in schwarzen Blousons waren gekommen und hatten jedem von ihnen ein hübsches Zettelchen vom Gericht gebracht, das dem Erkennungsdienst gestattete, Untersuchungen auf ihrem jeweiligen Trüffelgelände durchzuführen.

«Ich», sagte Polycarpe Bleu, «ich bin sicher, dass die eine russische Bombe suchen!»

«Joh! Vielleicht!», rief Sidoine Pipeau.

«Da gibt's kein Vielleicht! Ihr glaubt aber auch alles, was man euch vor die Nase hält! Die mit ihren Raketensilos, da kann ich doch nur lachen! Die anderen… Die anderen! Die sind doch schon da! Die Gegend ist voll hier ringsum und da oben auch! Es ist alles gespickt damit!»

Dieser Bleu mit seinem beeindruckenden Tick! Oft sprach er nicht, aber wenn er den Mund aufmachte, kamen gleich Kassandrarufe heraus.

«Die Russen», sagte er, «die stellen solche her, die glatt in die Tiefe eindringen.»

«Aha, meinst du!», sagte Pascalon Bayle zweifelnd.

«Ganz genau! Solche, die in die Tiefe eindringen! Und so groß nur wie ein Gänseei! Und in allen Formen! Vielleicht ist eine in dem Fußball drin, mit dem deine Kinder spielen! Vielleicht ist ja eine, guck mal an!, in dem Buchenstumpf drin, den du im Deffens-Wald hast liegen lassen, erinnerst du dich, Sidoine? Vor drei Jahren! Den du nicht kaputt gekriegt hast! Der vielleicht sechshundert Kilo gewogen hat! Weißt du noch? Vielleicht deshalb! Wer würde an einen Buchenstumpf denken?»

«Du!», sagte Rosemonde, die zuhörte, den Kopf auf die Faust, den Busen auf den Tresen gestützt.

«Weil ich nämlich weitblickend bin! Ich schaue voraus!»

«Sicher!», sagte Rosemonde. «Pass auf: Vielleicht ist eine im Zucker von deinem Kaffee!»

« Das ist überhaupt nicht witzig!»

«Um einen Esel am Schreien zu hindern, braucht man einen schönen Ballen Heu!», seufzte Rosemonde.

«Einen Ballen Heu! Genau das ist es doch! Aber du findest sie nicht, wenn du sie suchst! Es ist ja nur Heu! Wirklich und wahrhaftig Heu! Und du kannst es verstreuen! Da ist nichts! Dieses Heu kannst du sogar der Herde zu Fressen geben, also… da kannst du mal sehen!»

Er hielt sie in Bann. Darüber vergaßen sie fast den Grund, weshalb sie auf ihr sakrosanktes Kartenspiel verzichteten. Zweimal ließ er seinem Tick freien Lauf, was sie unsicher machte. Drohend hatte er seine beiden aneinander gedrückten Fäuste hochgehalten.

«Und die Amerikaner erst! Die stellen welche her, die kaum so groß sind! Und die drehen sich! Draußen am Himmel, seit vielleicht fünf Jahren! Genau über dem Lure-Gebirge!»

Sein ausgestreckter Zeigefinger ahmte die Kreisbewegung eines Satelliten um die Erde nach. Plötzlich erstarrte er, und auch seine Worte blieben in der Luft hängen. Er hatte soeben Laviolette bemerkt, der auf Zehenspitzen hereingekommen war, nun seinen Mantel am Garderobenhaken aufhängte und ermunternde Zeichen machte.

«Nur weiter! Reden Sie nur weiter! Lassen Sie sich von mir nicht stören!»

Er setzte sich zu ihnen, und sie rückten eilig beiseite und machten ihm einen breiten Platz frei.

«Danke! Danke! Rücken Sie doch nicht so weit weg! Bleiben Sie im Warmen! So viel Platz brauche ich doch gar nicht!» Gemächlich drehte er sich eine Zigarette. «Und? Wird heute Abend nicht gespielt?»

Er war so aufgedreht, dass selbst Rosemonde dabei unwohl war.

Die sieben Kartenspielgenossen rutschten mit dem Hintern auf dem Strohgeflecht der Stühle hin und her. Keiner hatte Lust, als Erster zu antworten. Der eine putzte sein Pfeifenrohr; der andere wärmte sich die Hände an der Flamme des Ölofens. Omer Bleu ergriff *Le Provençal* und schlug die Lokalseite auf. Virgile Bayle bohrte ungeniert in der Nase. Albert Pipeau schnitzte sich einen Zahnstocher aus einem Streichholz, ohne das überlegene Lächeln des Frauenheldes aufzugeben.

Pascalon Bayle schlürfte geräuschvoll und genüsslich seinen Kaffee aus dem Glas.

Sie hatten alle diesen klaren, arglosen und geraden Blick, den man ihnen einst für den Fall eines Verhörs empfohlen hatte.

«Schau sie dir an: Die sehen aus, als könnten sie kein Wässerchen trüben!», dachte Laviolette.

Aufmerksam beobachtete er alle diese Gesichter, in denen nicht eine Wimper zuckte.

«Im Grunde», sagte er, «haben Sie gut daran getan, keine Partie zu anzufangen. Ich möchte Ihnen nämlich eine kleine Geschichte erzählen, und ich glaube, dass sie Sie alle interessieren wird. Rosemonde! Geben Sie mir einen Cognac mit etwas Wasser? Ich komme um vor Durst!»

Er machte sich auf seinem Stuhl breit, um seine «Handgenähte» anzuzünden.

«Schieben Sie doch mal den Riegel vor, Rosemonde! Für den Fall, dass irgendein Journalist...»

«Ich habe Kopfschmerzen», verkündete Rosemonde, «ich geh hoch in mein Zimmer. Ruft mich, wenn ihr Schluss macht, damit ich abschließen kann!»

«So, nun können wir es uns bequem machen: Nun sind wir unter uns, das heißt, in guter Gesellschaft! Eigentlich hätte ich Sie ja zur Gendarmerie bestellen können, aber das hätte nicht so gut ausgesehen! Mir ist es lieber, wenn wir uns unter uns aussprechen: in aller Freundschaft! Nun, ich rücke gleich mit der Wahrheit raus, denn dann wisst ihr, woran ihr seid. Ihr erinnert euch an die sechs Hippies, die wir gefunden haben? Fünf in der Calvinistengrabstätte und einen in der Gefriertruhe des *Hôtel des Fraches*? Erinnert ihr euch? Und ihr erinnert euch auch an den Marquis des Brèdes, der vorgestern Nacht umgebracht worden ist? Nun, alle diese Verbrechen sind das Werk ein und derselben Person. Einer Person, die dieselbe Luft atmet wie wir hier, heute Abend…»

«Aha!», sagte Omer Bleu.

Er war der Einzige, der einen Ausruf wagte. Sie betrugen sich, wie man es von den Menschen hier aus der Gegend erwarten konnte, kein Zweifel. Die Eröffnung hatten sie mit versteinerten Gesichtern eingesteckt, ohne ein Räuspern und ohne mit den Schuhen auf dem Boden zu scharren. Man hätte sie für eine fleißige Schulklasse halten können, die sich den Text einer Rechenaufgabe anhört. Nur das «Aha» des Omer Bleu bedeutete ganz klar: «Das glaubst du wohl selber nicht!»

«Und nun», fuhr Laviolette fort, «nun brauche ich nur noch zu raten, welche Person! Oh, haben Sie keine Angst, das ist eine Frage der Zeit und der Geduld… Apropos, ich muss mich bei Ihnen entschuldigen: Ich hätte Ihnen die Durchsuchungsbefehle selber bringen sollen. Aber machen Sie sich keine Sorgen, meine Jungs haben Übung, die richten schon keinen Schaden an.»

Omer Bleu schüttelte seinen langen Kopf unter der Schirmmütze aus Wachstuch.

«Keinen Schaden! Keinen Schaden! So ein Trüffelhain ist empfindlich… Wenn die uns die Pilzfäden im Boden durchschneiden… Ich persönlich, ich melde da die größten Vorbehalte an…»

In ihren Augen las Laviolette deutlich, was sie dachten: «Der Erste, der sich dazu hinreißen lässt, eine Frage zu stellen, ist futsch!» Ihre Münder waren wie zugeschnürte Geldkatzen.

«Ich sehe», fuhr Laviolette fort, «dass ihr darauf brennt zu erfahren, wie ich zu diesem Schluss gekommen bin! Nicht wahr, Ihr brennt darauf? Gebt es zu!»

Die einzige Antwort auf seine Frage war die des rauchenden Ölofens und des Windes, der unter der Tür rauschte.

«Ich spann euch nicht auf die Folter: In der Nacht, als der Hippie in der Gefriertruhe deponiert worden ist, haben Biscarle und Jules Bec auf dem Weg zum Feuerwehrmagazin einen 4 CV auf dem Platz wenden sehen. Und einen Tag nach dem Mord am Marquis des Brèdes haben wir das Auto des Mörders identifiziert, das unter den Zedern verborgen war. Das war *auch* ein Renault 4CV. Da alle Verbrechen dieselbe Handschrift tragen, hat dasselbe Individuum, das heißt, der Mensch mit dem 4 CV, alle sieben Verbrechen begangen. Folgt ihr mir? Nun, dann folgt mir schön weiter. Wir haben in Banon neun 4 CVs identifiziert. Einer gehört Séraphin Calandre, dem Schlosser. Montag Nacht, das ist die Nacht, in der Brèdes ermordet wurde, hielt er Totenwache bei einem Onkel in Varages. Der Zweite gehört dem Pfarrer und ist seit dem fünfzehnten Dezember bei Martel aufgebockt.»

«Der hat keinen passenden Motor!», warf Sidoine Pipeau ein.

Dieser harmlose Satz entspannte etwas die Atmosphäre. Er wirkte wie ein Ventil.

«Genau! Die warten auf den Motor. Der Dritte, den haben die Gendarmen im Zigeunerlager beim Plan-de-Trabuc entdeckt; er hat keine Räder, keine Türen, keine Batterie, keinen Zündverteiler... Er dient als Kaninchenstall. Der Vierte, der gehört einem Toten: Er steht im Schuppen von Gabriel Coupier. Seine Witwe poliert ihn jeden Tag und vergießt dabei reichlich Tränen: ‹Der arme Gabriel, der sein Auto so liebte!›»

Omer Bleu deutete eine zweifelnde Handbewegung an.

«Nein», fuhr Laviolette fort. «Auch der ist aufgebockt, ohne Öl und ohne Benzin: Wir haben das nachgeprüft! Seit Gabriels Tod hat ihn niemand gefahren.»

Er hob die Hand und spreizte dabei die Finger.

«Fünf!», sagte er. «Es bleiben fünf! Die fünf, die auf dieser Liste stehen. Und ich betone, dass sie in alphabetischer Reihenfolge aufgestellt ist und nicht in dem Bemühen um irgendeine Bevorzugung! Lassen Sie sie herumgehen, meine Herren! Nehmen Sie sie! Genieren Sie sich nicht!»

Doch sie zeigten großen Widerwillen, nach der Liste zu greifen.

«Nein, nein! Lesen Sie sie uns vor», sagte Alyre Morelon, «das ist praktischer.»

Laviolette faltete die Liste auseinander und zählte auf:

Bayle Pascalon
Bleu Polycarpe
Morelon Alyre
Pipeau Albert
Pipeau Sidoine

Daraufhin fanden Omer Bleu und Virgile Bayle plötzlich ihre Stimme wieder, überaus zufrieden, dass sie in zwei alten, mangels Stoßdämpfern fast am Boden schleifenden Dauphines herumkutschierten.

«Aha, und nun?», fragte Omer.

«Na, das ist ja ein Zufall!», rief Virgile aus. «4 CVs gibt's doch nicht nur hier!»

Also erklärte ihnen Laviolette die Sache mit den Schneewehen, die Banon in der Nacht, als Brèdes ermordet wurde, eingeschlossen hielten.

«Das schließt aus, dass jemand Fremdes nach Banon gekommen ist...»

In Wahrheit hatte er nicht nur Trümpfe in seinem Spiel. Es gab noch eine andere Möglichkeit: ein noch nicht von den Gendarmen identifizierter 4 CV, der in der Garage eines x-beliebigen Zweitwohnsitzes verborgen stünde, einer Garage, die das Jahr über verschlossen war, von der X den Schlüssel hätte. Also ein Auto, das nur für die Verbrechen benutzt worden wäre. Zudem hatte das vom Boden unter den Zedern aufgenommene Motoröl nicht identifiziert werden können: «Motorölmischung» gab der Bericht an. Sicher war lediglich, dass der Benutzer des 4 CV Besitzer von Trüffelhainen sein und an dem Veteranenfest bei Brèdes teilgenommen haben musste – sonst wäre dieser nicht ermordet worden.

Laviolette sah seinen Gesprächpartnern aufmerksam ins Gesicht, einem nach dem anderen. Doch keiner hätte normaler, nichtssagender, undurchdringlicher wirken können, als sie es taten. Welcher war der Mörder? Welcher verschloss seinen Wahnsinn unter der Maske des Alltags wie in einer soliden, unauffälligen Schatulle? Unter welcher bürgerlich-vernünftigen Erscheinung lebte er? Wie schaffte er es, seine Pfeife zu stopfen mit einer Hand, die nicht zitterte? In Maßen zu trinken? Ordentlich rechts zu fahren? Seine Trüffeln auszugraben? Über deren Preise zu verhandeln? Sich ordentlich um seine Bienen zu kümmern? Sechs oder sieben Fässer Lavendelessenz einzufahren, um sie im nächsten Jahr zu verkaufen, wenn der Kurs besser stünde?

Sie hätten alle fragen müssen: «Aber *was* suchen Sie denn in unseren Trüffelhainen?»

Nichts. Kein Wort.

Er rauchte seine Zigarette zu Ende. Draußen wisperte der Wind durch die schlecht gefugten Bretter der Dachböden, an den klappernden Fensterläden mit ihren rostigen Riegeln, um die quietschenden alten Wetterfahnen.

«Welcher war es?», fuhr Laviolette fort. «Ich gestehe, dass ich es nicht weiß. Ich müsste im Prinzip den Omer Bleu und den Virgile Bayle ausschließen, die beide Renault-Dauphines besitzen... Aber wer sagt mir, dass man ihnen nicht einen 4 CV geborgt hat? Oh, ich weiß! Ihr seid alle zerstrittene Brüder! Aber bis zu welchem Punkt? Mir gegenüber seid ihr solidarisch. Ich rede ganz offen mit euch: Ich habe vor mir einen Mörder und sechs Männer, die ihn kennen!»

Er ließ ihnen eine erste Chance, indem er innehielt und sich eine neue Zigarette drehte. Durch die Zuhörerschaft ging nicht das leiseste Beben.

«Ich spüre, dass Sie widersprechen», sagte er ironisch. «Aber dennoch! Da ihr alle schon so lange eng beieinander lebt, müsst ihr einfach wissen, wer Besitzer dieses Messers zum Zurechtschneiden von Kreppsohlen ist! Ihr müsst einfach wissen, wem der Schlüssel der Calvinistengrabstätte gehört! Ihr müsst einfach wissen, wer solche Geldsorgen hat, dass er in seiner Freizeit ein paar Cannabispflanzen züchtet, um sie Hippies auf der Durchreise zu verkaufen! Vor allem müsst ihr wissen, wer von euch einen ‹Beschwörungsschleier› besitzt – den, den ich in Brèdes' Todesnacht vor mir gesehen habe. Und den, meine Herren, wenn ich nicht selbst aus den Basses-Alpes käme, wenn ich nicht eine Großmutter gehabt hätte, die eine wandelnde Enzyklopädie war, ich überhaupt nicht erkannt hätte! Aber ihr, ihr wisst das alles! Nicht wahr? Ihr wisst das?»

Nein, sie wussten nichts. Ihr Blick war auf Laviolettes Augen geheftet, als ob er ihnen eine hochinteressante Geschichte erzählte, auf deren Ende sie ungeheuer gespannt waren. Sie wandten sich einander nicht zu. Sie kapselten sich ab. Sie ignorierten einander. Obwohl sie alle um den Ofen herum versammelt waren, schien es, als säßen sie plötzlich meilenweit auseinander.

«Aber eines wisst ihr nicht, sechs von sieben unter euch wissen es nicht, nämlich: *Warum* er tötet! Was ihr nicht wisst, ist, dass er wahnsinnig ist! Wir haben es mit einem Wahnsinnigen zu tun! Dringt das allmählich durch das Brett vor eurem Hirn?»

Doch eine bemerkenswerte Selbstbeherrschung hielt Laviolettes Gesprächspartner zurück. Erneut erforschte er aufmerksam ihre Gesichter, und er sah nichts als reglose Züge, strenge Falten, Blicke zum Horizont. Man tat nicht einmal mehr so, als rauchte man. Man gab sich Mühe und es gelang einem auch, als nicht wahnsinnig zu erscheinen.

«Morgen», sagte Laviolette, «bleibe ich den ganzen Tag in der Gendarmerie, in Reichweite des Telefons... Falls zufällig... einer von euch Gewissensbisse, verspätete Skrupel verspüren sollte... So, für heute Abend habe ich alles gesagt. Aber», fügte er unverdrossen hinzu, «das soll uns nicht daran hindern, eine Runde Karten zu spielen!»

Mit ausladender Geste deutete er auf die Tische und die Spiele. Er stieß auf angewiderte Mienen. Sie rührten sich alle gleichzeitig, drückten ihre Schirmmützen fest, nahmen ihre fellgefütterten Jacken vom Garderobenhaken.

Sie entschuldigten sich... Nein, wirklich... Sie hatten nicht so richtig Lust, und außerdem war es spät, und außerdem war morgen Heiligabend. Das würde dann ohnehin eine lange Nacht...

Sie schritten bereits über die Schwelle. Der Wind plusterte die Wacholderbüsche auf den Wiesen auf. Feine, von den Zweigen gerissene Nadeln wirbelten herum und landeten auf den Jacken der Männer.

«Einen Moment!», sagte Laviolette, als erinnerte er sich plötzlich einer vergessenen Einzelheit. «Es ist mir ein bisschen unangenehm, dass ich euch nicht irgendeinen Schutz anbieten kann... Leider habe ich nicht genug Leute und ihr seid zu viele. Also... versucht, wachsam zu sein. Denn dieser Mörder, von dem ihr nichts wisst, der könnte sich vorstellen... zu Unrecht natürlich...! Aber bei Irren kann man nie wissen! Sie sind einfallsreich... Meiner Meinung nach hat er schon denjenigen oder diejenigen unter euch ausfindig gemacht, die schwach werden und morgen zu mir kommen... Ach, was sage ich, morgen! Warum nicht gleich nachher? Bei Rosemonde gibt's ja ein Telefon. Man kann mich jederzeit anrufen! Klammheimlich! Anonym! Also, wenn dieser Mörder sich das vorstellen würde, hm? Dann möchte ich nicht in eurer Haut stecken! Soll ich euch erzählen, wie mein Freund, der Marquis des Brèdes, gestorben ist?»

Sie krochen tiefer in ihre Kragen hinein und gaben ihm zu verstehen, dass sie es nicht hören wollten, nein. Aber egal, er erzählte es ihnen trotzdem. Wie es dunkel gewesen war. Der Strom ausgefallen. Das Rauschen der Zedern. Das Gluckern der auslaufenden Halsschlagader. Wie er sie mit dem Daumen zu verstopfen versucht hatte. Dann der Schatten mit dem schrecklichen schwarzen Hut, der in der Türöffnung gezögert und sich gefragt hatte, ob er ihn nicht auch umbringen sollte... Die unendliche Zeit, die er, seinen Freund auf dem Arm, gebraucht hatte, um das Telefon zu erreichen. Seine Hand, bis zum Handgelenk mit Blut überzogen wie mit einem Handschuh aus roter Spitze. Er wunderte sich selbst über diesen plötzlichen Anfall von lyrischer Eingebung.

«Dieser Mörder», fuhr er fort, als sie im Gänsemarsch hinausgingen, «hat schon sieben Menschen umgebracht, mit großem Vergnügen, wie mir scheint... Er weiß, dass einer von euch, oder mehrere, eine latente Gefahr für ihn darstellt. Also...»

Ein leichtes Geschubse störte die Reihenfolge der sieben Männer auf der Schwelle. Es gab eine Art Wellenbewegung von vorn nach hinten, dann von hinten nach vorn. Jeder hatte die Hände tief in den Taschen, die Mütze schön gerade auf dem Kopf. Alle gingen sie stocksteif hinaus. Laviolette hatte seinen Mantel angezogen, seinen Schal umgebunden. Er begleitete sie, eindringlich weiterredend, drängend, in der irrwitzigen Hoffnung, dass ihn endlich einer von ihnen am Kragen packen oder ihm die Faust ins Gesicht hauen würde, um seine Litanei zu unterbrechen.

Aber nein! Sie hörten nicht auf, im Stillen das Für und Wider abzuwägen. Dabei war heute Nacht Eile geboten. Dieser Mörder..., von dem man nur sicher wusste, dass man es nicht selber war... Die Gasse, in der man wohnte, war so verwinkelt, und da fehlte immer eine Straßenlaterne... Der Hof, weit draußen in Pampaligouste... Das schmucke Häuschen – aber am Ende einer dunklen Kiefernallee mit sehr hinterhältigem Schatten... Da gab es allerlei, worüber man gründlich nachdenken musste.

Auf dem kleinen Platz mit dem Brunnen standen die beiden Dauphines ohne Stoßdämpfer und die fünf 4CVs, die im Laufe der Jahre alle einheitlich graublau geworden waren. Und darunter vor allem einer, dessen Stoßstange mit Draht geflickt war... Der linke Scheinwerfer hing wie ein Augapfel aus seiner Höhle...

Sie stellten sich im Kreis vor ihre Autos, traten frierend und stark verunsichert auf der Stelle.

«Da bleibt nur eins...», sagte schließlich Omer Bleu. «Wir müssen einander heimbegleiten.»

«Wie, einander heimbegleiten?»

«Wir fahren alle zusammen los», erklärte Omer Bleu. «Wir bringen zuerst den Pascalon Bayle nach Largue, das ist am weitesten... Dort warten wir alle zusammen, bis er reingegangen ist, bis er seine Tür wieder zugemacht hat... Danach... das geht uns nichts mehr an! Wir fahren weiter, immer brav zusammen, wir bringen Sidoine Pipeau nach Mute, dann Albert Pipeau zur Confrérie und so fort...

Und die beiden Letzten, das sind mein... Bruder und Alyre Morelon, die fast gegenüber wohnen...»

«Na ja, aber was ist mit den letzten beiden… Wenn da der eine den anderen umbringt?»

«Na hör mal, pass auf, was du sagst!»

«Ich sag's ja nur so!»

«Wenn einer den anderen umbringt», erklärte Omer Bleu, «dann kommt der nicht davon, weil dann sofort klar ist, dass er es war!»

Sie waren sehenswert, wie sie da herumstanden um ihre Autos, mit denen man auf einmal direkt zur Guillotine fahren konnte. Sehenswert, diese reifen, erfahrenen Männer, wie sie da im Nachtwind von einem Fuß auf den anderen traten, die Hände in den Taschen.

«Die haben ordentlich Schiss!», dachte Laviolette. «So weit bin ich immerhin schon !»

Er beobachtete sie teilnahmsvoll, wie sie ihre Chancen berechneten, dem Mörder zu entkommen.

Francine gab sich alle Mühe, bei dem Bericht den Atem anzuhalten. Gott sei Dank konnte in der völligen Dunkelheit der Winternacht hinter den geschlossenen Fensterläden niemand sehen, wie sie blass wurde.

«Aber warum einer von denen?»

«Was weiß ich!», sagte Alyre. «Zunächst mal, weil das Auto des Mörders angeblich ein 4 CV ist und nur unsere verdächtig sind!»

«Siehst du! Ich sage dir schon immer, dass du diesen 4 CV abschaffen sollst! Dass du meinen R 16 nehmen und mir einen Porsche kaufen sollst!»

Alyre überhörte den Vorschlag.

«Es muss da auch um eine Geldfrage gehen, denn sie haben beim Crédit Agricole Auskünfte über alle unsere Konten eingeholt.»

«Unsere Konten! Aber dazu haben die doch gar kein Recht!»

«Kein Recht, meine arme Francine! Mit ihren Durchsuchungsbefehlen, wie sie das nennen. Sie sind dabei, unsere ganzen Trüffelernten unter die Lupe zu nehmen! Glaubst du nicht?»

«Du bist es doch nicht?», fragte Francine.

Sie glaubte es in keiner Weise, musste aber verbergen, dass sie mit den Zähnen klapperte, dass sie ganz starr war vor Angst, von Kopf bis Fuß. Sie spürte, wie er auf seinem Kopfkissen die Schultern zuckte.

«Wieso soll ich es denn sein?», sagte er. «In Geldnöten... Du weißt genau, dass ich kein Geld brauche... Nur, der Kommissar, der scheint zu glauben, dass wir alle was wissen und dass der Mörder das weiß und dass er eines schönen Tages noch einem die Kehle durchschneidet... oder auch zweien... Heute Abend haben wir uns aus Angst alle gegenseitig nach Hause gebracht! Der ist komisch, dieser Kommissar! Was sollen wir denn schon wissen? Weißt du denn, wer den Schleierhut von der Uillaoude geerbt hat? Dabei stelle ich mir seit vierzehn Tagen genau diese Frage. Der Mörder, Francine, das ist der, der mir Roseline so übel zugerichtet hat! Du siehst, dass ich Recht hatte, als ich sie eingeschlossen habe! Und überhaupt! Weißt du denn, wer in Geldnöten ist? Weißt du, wer den Schlüssel von der Calvinistengrabstätte geerbt hat? Kannst du dir vorstellen, dass einer von uns verrückt genug ist, dieses Kraut anzubauen, dieses Gras, du weißt schon, ach...!»

«Cannabis...», flüsterte Francine.

Sie ließ sich auf die Seite fallen und schaffte es, ihr

Entsetzen mit einem tiefen Seufzer der Müdigkeit zu tarnen.

«Halt den Mund und schlaf», sagte sie und tat, als gähnte sie. «Wir sprechen morgen darüber...»

Aber sie verkrampfte sich und ein Schauer der Angst lief ihr über den Rücken. Sie hörte noch diese Stimme, als sie ihm das letzte Mal widerwillig ihre Gunst erwiesen hatte: «Francine! Du ruinierst mich! Aber ich liebe nur dich!»

Seitdem waren fast sechs Monate vergangen. Wenn sie ihn zufällig traf, raunte er ihr zu: «Ich raffe! Francine, ich raffe! Das nächste Mal wird es eine Brosche mit Brillanten! Das würde dir doch gefallen, was? Würdest du für eine Brillantbrosche? Sag, würdest du?» – «Mal sehen!», antwortete sie. Und ging weiter.

Im Ehebett nahm sie unendlich vorsichtig den Ring ab, den sie so liebte, der ihr aber von nun an den Finger verbrannte.

Sie legte ihn auf den Nachttisch zu der Perlenkette und der mit kleinen Diamanten gefassten Armbanduhr.

Einige Sekunden lang ließ sie die Hand auf diesem kleinen Haufen Schmuck ruhen. So viel für den Ring, so viel für die Kette, so viel für die Armbanduhr... Jedes Mal eine Liebesfron... Aber welche Lust kann man empfinden mit einer Frau, die absolut keine verspürt? «Die Männer, die meinen immer...» Und jetzt, sie war sich sicher, nachdem die Polizei die fünf herausgefiltert hatte, jetzt war klar, er war es!

Der Schlüssel der Calvinistengrabstätte! Natürlich kannte sie den! Eines Tages hatte er vor ihren Augen einen riesigen Schlüssel abgenommen, der am Nagel des Postkalenders hing. Er hatte ihr lachend gesagt: «Siehst du, Francine, das ist der Schlüssel von Ritter Blaubart!» Er hatte sich wohl nach und nach selbst davon überzeugt. Sich lange gefragt, was er wohl damit anfangen könnte. Und schließlich war es ihm eingefallen...

Sie überlegte blitzartig: «Er wird gestehen! Sie werden die Spur bis zu mir verfolgen. Sie werden den Juwelier in Marseille finden, wo er meinen Schmuck gekauft hat... Ich werde in Verruf kommen. Und dann... Paul... Mein Gott, Paul!»

Paul, ihr Sohn, ihr Stolz... Die Karriere, die sie für ihn erträumte, die schöne Hochzeit, die gehobene Stellung... All das zunichte gemacht durch eine Mutter, die man als Hauptzeugin zum Schwurgericht zitieren würde... Vielleicht als Komplizin! Sie nahm schleunigst ihre Hand vom Schmuck weg.

Sie musste ihm diesen Schmuck zurückgeben, ihn zurückgeben! Nicht wegwerfen... Damit man ihn bei einer Hausdurchsuchung bei ihm fände. Wenn man ihn bei ihm fände, konnte er Francine belasten, so viel er wollte, niemand würde ihm glauben! Aber andererseits, so schöner Schmuck! Aber Paul!

Francines Seele hüpfte hin und her, sie schwankte zwischen ihrer Liebe zum Schmuck und ihrer Liebe zu ihrem Sohn. Sie verbrachte, auf den Wind lauschend, eine äußerst schlimme Nacht. Doch am Morgen war ihre Entscheidung gefallen.

~ 22 ~

AM 24. Dezember morgens nahmen die Beamten der Spurensicherung, ihr Marschgepäck über der Schulter, ihre durch die Nacht unterbrochenen Nachforschungen zwischen den Trüffeleichen wieder auf.

Ganz Banon kam und löste sich beim Bummel rund um die Parzellen ab, die von den Gendarmen abgeriegelt wurden.

«Unsere Trüffelhaine», stöhnten die gekränkten Leute aus Banon, «sind noch nie so gut gegen Trüffelklau geschützt gewesen. Aber was suchen die bloß?»

«Weitere Tote!», hieß es.

Aufgereizt durch das calvinistische Massengrab, lechzte die Phantasie des Volkes nach mehr. Die Journalisten verbrachten ihre Zeit damit, Leute auszufragen, die nichts wussten, die aber enorm viel zu berichten hatten.

Laviolette wich, wie er es seinen Kneipengenossen verkündet hatte, nicht vom Telefon in der Gendarmerie. Die ganze Nacht hatten Polizeikräfte die Häuser der fünf Verdächtigen diskret überwacht. Ihr Bericht ließ sich in drei Worte zusammenfassen: Nichts zu melden.

Um elf Uhr kam ein Spezialist aus Marseille, um die Proben abzuholen, er brachte aber auch einige zusätzliche Informationen. Zunächst einmal hatte Laviolette Recht gehabt. Die Spuren der unbeschuhten Füße auf dem Gelände des Calvinistengrabes sagten nichts aus; die Socken, auf die man sowohl nach Material als auch nach Muster hatte rückschließen können, waren die allergewöhnlichsten der Welt und wurden auf allen Märkten verkauft. Mindestens hundert Leute aus Banon zogen jeden Morgen solche Socken an. Eines kam jedoch neu hinzu: Man hatte den Kopf einer Silberdistel gepflückt, deren Stacheln ein oder zwei winzig kleine Fäden aufwiesen, die ungefähr so dick waren wie Spinnenfäden. Unter dem Lichtbündel des Elektronenmikroskops waren diese Überbleibsel als Stoffspuren identifiziert worden. Nun hatte sich unter den unendlich vielen Mustern, die zum Vergleich herangezogen wurden, *kein einziges* gefunden, das damit verwandt war. Alles, was man vermuten konnte, war, dass es sich um absolut reine Schurwolle handelte, das heißt, ohne Beimischung irgendeiner Baumwoll- oder Polyamidfaser. Die Hypothese lautete, dass es sich entweder um einen sehr seltenen oder einen sehr alten Stoff handelte.

«Ach, noch was anderes!», hüstelte der Spezialist. «Doktor Rabinowitsch hat etwas Zweifel. Er wird Ihnen natürlich die offiziellen Ergebnisse schicken, aber bereits jetzt, nach der Untersuchung des Leichnams des Marquis des Brèdes und seiner Verletzung, kann man annehmen, dass die Tatwaffe – und wahrscheinlich auch die der anderen Verbrechen – nicht ein Schustermesser zum Schneiden von Kreppsohlen sein kann. Es soll sich vielmehr um ein spezielles Messer zum Schlachten von Schweinen handeln…»

«Na ja», seufzte Laviolette, «ich hatte ja auch das

Gefühl, dass Doktor Rabinowitsch zu optimistisch war...»

Mittags brachte man ihm eine Portion Daube, die er auf dem Ölofen warm machte, und eine Flasche Château de Pinet, den Rosemonde ihm empfahl. Er kaute und trank und blätterte dabei in zehn Kilo knisterndem Papier und Fotos, die er Stück für Stück durchsah. Ans Telefon hatte er den grässlichen, wirklichkeitsgetreuen Fotoabzug gelehnt, der die aufgereihten Leichen im Inneren des Grabmals zeigte; nachdenklich genoss er seinen Schmorbraten und starrte dabei unverwandt auf das Schreckensbild.

Um fünfzehn Uhr kamen die Männer, die die Trüffelhaine durchsucht hatten, um zu berichten und zu sagen, dass sie nun nach Marseille zurückfuhren. Unglücklicherweise hatten sie ein paar Trüffeln ausgegraben, die sie selbstverständlich an Ort und Stelle zurückgelassen hatten.

«Ich lasse die Besitzer verständigen», sagte Viaud.

Um zwanzig Uhr gab sich Laviolette geschlagen. Keiner seiner Kartenspieler hatte angerufen. Niemand hatte sich gemeldet. Unter diesen Umständen blieb ihm nichts anderes mehr übrig, so glaubte er, als das Analyseergebnis abzuwarten, was drei oder vier Tage dauern würde. Zum Weihnachtsabend kehrte er zu Rosemonde zurück.

Sie hatte Steinbrechzweige auf eine Tischdecke gelegt und zwei kleine Tische zusammengeschoben, damit sie mehr Platz hatten. Es duftete nach guter Küche.

«Ich nehme an», sagte sie, «dass Ihnen Heiligabend und die Mitternachtsmesse schnuppe sind. Aber für mich ist es das erste Mal seit fünfzehn Jahren, die mein armer Vater tot ist, beziehungsweise seit fünfen, die mein Sohn sich in der Weltgeschichte herumtreibt, dass ich an einem Weihnachtsabend nicht allein bin, stellen Sie sich vor... Und dann wäre es mir lieb, wenn Sie ein bisschen was getrunken hätten, für das, was ich Ihnen zu sagen habe...»

Sie servierte ihm lauter Dinge, die er mochte. Das heißt, richtig schwer verdauliche und richtig ungesunde Sachen: Gänseleber, ein Trüffelpüree mit Kapern, eine Poularde «in Halbtrauer» mit vielen Trüffelscheiben unter der Haut und in herrlicher Sahnesoße. Es gab nur namenlosen Champagner, den sie von einem Sommergast aus Reims geschenkt bekommen hatte und der seit vier Jahren im Keller schlummerte. Sie hatte ihn zum Abkühlen auf der Nordseite des Hofes in den Schnee gestellt. «Die Kälte im Kühlschrank», meinte sie, «macht ihn immer ein bisschen rau!»

«Was für eine Frau!», dachte Laviolette. Er sah ihr zu, wie sie sich zu schaffen machte mit ihrem wunderbar wogenden Hinterteil.

«Und jetzt», verkündete sie, «bevor ich den Pudding stürze, möchte ich mit Ihnen reden... Sie werden mich doch nicht auslachen?»

«Oh», rief Laviolette, «wo ich dich doch so bewundere!»

«Das ist nicht schön, wenn Frauen sich gegenseitig verraten...»

Im Nachsinnen verschleierte sich ihr Blick. Laviolette drehte sich eine Zigarette. Auch Rosemonde rauchte eine, ungeschickt, eine mit Mentholgeschmack. Nervös drückte sie sie im Aschenbecher aus.

«Eine Frau, die an den Türen horcht, das ist auch nicht schön...»

«Horchst du an den Türen?»

«Zweimal. Kürzlich, als Sie im Zimmer zu Ihren Männern gesprochen haben. Und gestern Abend, als Sie zu meinen Gästen gesprochen haben. Sie waren wunderbar!»

«Sag mal, Rosemonde, du willst mir doch wohl nicht etwas zu der Hippiegeschichte erzählen?»

«Ach, Sie haben nicht genug getrunken!»

«Rosemonde, falls du der Justiz was sagen willst, dann tu es ohne Umschweife. In mir stecken zwei Männer. Der zweite kann nie betrunken sein. Und außerdem hat man mir Brèdes umgebracht, den ich sehr gemocht habe.»

«Reden Sie nicht so, mir läuft es kalt den Rücken runter! Mir ist, als würde ich durch Sie hindurch jemand anderen sehen!»

«Siehst du: ‹Ein schwarz gekleideter Fremder, der dir ähnelt wie ein Bruder!› – hätte Musset gesagt. Sag mir, was du weißt!»

«Nein, was ich mir vorstelle! Weil ich Sie nämlich von ‹Geldsorgen› habe reden hören. Ich habe mitgekriegt, dass Sie gestern Abend versucht haben, in Erfahrung zu bringen, wer von den sieben viel Geld braucht. Sind Sie sicher, dass es einer von denen ist?»

«Zu neunzig Prozent.»

Rosemonde seufzte.

«Einen siebenfachen Mörder als Kunde und Gast! Meinen Sie, das macht mir nichts? Das haut mich um! Vielleicht sitze ich auf dem Stuhl, auf dem er sonst sitzt!»

«Ich vielleicht auch, mach dich deshalb nicht verrückt und sag mir –»

«Das ist nicht von selbst gekommen... Ich habe die ganze Nacht gegrübelt...»

Sie seufzte so tief, dass sich unter der ausgeschnittenen Bluse jedes Mal die Spitze einer Brust gegen ihr Champagnerglas drückte.

«Ein Mann, der viel Geld braucht, was kann das für ein Mensch sein? Jemand, der spielt? Das wüsste man... Jemand, der einen verschwenderischen Sohn hat? Sie haben alle Musterkinder, die einen guten Posten haben oder kurz davor sind... Ein Mann, dessen Frau das Geld zum Fenster hinauswirft? Das tun sie alle, aber ohne Phantasie, so dass es nie ihre Möglichkeiten übersteigt. Aber einer, zum Beispiel, der eine Liaison hätte, die ihn ein Vermögen kostet? Eine Frau, deren Augen größer sind als der Magen? In einem anderen Ort? Na ja, wenn es woanders ist, erfahren wir es nie...»

«Wir erfahren es schon», sagte Laviolette, «es wird eine Weile dauern, aber wir erfahren es!»

«Aber – und das ist es, was ich mir gedacht habe – wenn es hier wäre?»

«Na, wenn es hier wäre, das würde die Sache erleichtern ...»

«Heute früh um fünf», sagte Rosemonde, «habe ich vielleicht eine kleine Erleuchtung gehabt. Ich wollte Sie in Ihrem Zimmer wecken... Aber... Ich habe Skrupel. Geben Sie mir etwas Champagner! Ich komme mir vor, als würde ich mein eigenes Geheimnis verraten...»

Sie leerte zwei Drittel des Glases.

«Das ist schön kühl! Das tut gut in der Kehle! Das tut

überhaupt gut! Habe ich Ihnen von der Francine Morelon erzählt?»

«Neulich abends, ja. Der Frau von Alyre?»

«Na ja, gewissermaßen! Diese Person, die liebt sozusagen niemanden, außer den Männern und ihren Sohn, aber mich, mich mag sie, kein Mensch weiß warum. Jedenfalls, wenn sie einen etwas delikaten Anruf zu erledigen hat, kommt sie hierher. Sie lächelt mich vertraulich an. Sie drückt mir die Hand und fragt: ‹Wie geht's?›, als hätten wir jede Menge Geheimnisse zusammen. Manchmal frage ich mich sogar... die hält meine Hand immer so lange...»

«Aha! Das ist ja ganz was Neues!», grummelte Laviolette.

«Oh, das ist nur so ein Eindruck... Also, an dem Tag... Meine Geschichte verläuft in zwei Abschnitten, und über diese beiden Abschnitte habe ich nachgedacht. Also, das erste Mal, vielleicht vor anderthalb Jahren, kommt sie ganz aufgedonnert, wie üblich, mit ihrem Geschmeide – das ist nämlich wichtig bei ihr, das Geschmeide! Der Alyre, der ist immerzu stolz drauf: ‹Es ist verrückt, wie meine Francine versessen ist auf Geschmeide! Die ruiniert uns noch mit ihrem Klunkerkram! Ihr Schmuck ist sicher hunderttausend Franc wert!› – ‹Quatsch, hunderttausend Franc!›, haben die anderen geantwortet. Da zuckt er die Schultern: ‹Alte Franc, natürlich!› Also, an dem Tag, am Tresen, es war im August, da stand einer... schmutzig, ganz von seinem Bart zugewuchert, mit weißen Shorts, mein lieber Scholli, die standen vor Dreck! Er hat einen Halben getrunken. Ganz langsam. Hat den Schatten genossen. Francine kommt und telefoniert diskret... Fragt mich, wie viel sie mir schuldet, verabschiedet sich von mir mit Küsschen (was sie sonst nie getan hat), wirft einen Blick à la Folgen-Sie-mir-junger-Mann auf den Schmutzfink am Tresen und geht mit wackelndem Hintern raus... Der Typ sieht sie weggehen, pfeift leise und dreht sich zu mir hin. ‹Sagen Sie mal, die ist ja schick aufgetakelt, Ihre Freundin!›, sagt er. Ich mag das nicht so sehr, Herr Kommissar – ich weiß nicht, ob Sie das mitgekriegt haben –, wenn man bei mir eine andere Ware lobt als meine oder wenn man mich behandelt, als gäbe es mich gar nicht... ‹Wieso?›, frage ich ihn barsch. – ‹Wieso? Haben Sie ihren Schmuck gesehen?› – ‹Ihren Schmuck? Der stammt aus dem Kaufhaus, genau wie meiner.› – ‹Ich weiß nicht›, sagt der Schmutzige seelenruhig, ‹woher Ihrer stammt, den habe ich nicht gesehen, aber ihrer ist echt, das weiß ich ganz sicher! Die Kette ist nicht das Geschmackvollste und hat auch nicht den feinsten Glanz, kommt aber von einem geschäftstüchtigen Juwelier und hat gut und gerne sechzig Riesen gekostet; und wenn Sie vierzig für die diamantengefasste Armbanduhr rechnen, dann sind Sie nicht weit von der Wahrheit entfernt!› Mir war, als hätte ich gerade das Glockenspiel von Westminster auf den Schädel gekriegt. ‹Sie wollen mir doch nicht erzählen, dass Francine heute Schmuck für hunderttausend getragen hat? Sagen Sie mal! Und überhaupt, was verstehen Sie denn davon?› – ‹Oh›, sagte er bescheiden, ‹nicht viel, aber, na ja... wenn ich ein Jackett trage, bin ich erster Verkäufer bei Van Cleef und Arpels!›

Wahnsinn! Das sagt er mir einfach so! Er wirft mir zehn Franc auf den Tresen und dreht mir den Allerwertesten zu mit seinen schmutzigen Shorts, seiner Brieftasche, die aus der Tasche guckt, und seinen Storchenbeinen…»

«Wann war das? Versuch mal, dich genau zu erinnern! »

«Im August, sage ich Ihnen, letztes Jahr. Vor fast achtzehn Monaten. Aber das ist nicht alles! Dieses Jahr im Mai kommt sie wieder… Sie nimmt das Telefon… Ich mach's kurz! Sie sagt: ‹Hast du ihn?› Ich war in meiner Küche. Ich hab ordentlich mit meinen Töpfen geklappert, damit sie sich bloß nicht vorstellt, dass ich horche, Gott bewahre! Aber sie war nicht vorsichtig genug, oder ich hab zu gute Ohren. Ich habe noch gehört: ‹Gut! Also leg ihn bereit und ich komme ihn holen!› Und dann noch: ‹Nein, nein! In vier Tagen, mit dem Traktor.› Was gesagt wurde, war im Grunde nicht so wichtig. Aber der Ton, in dem es gesagt wurde, das war's.

Und vor allem die Tatsache, dass sie mir im Weggehen fünfzig Centimes gab, Ortstarif. Folglich hatte sie jemanden von hier angerufen… Da kam also eins zum anderen, und als ich mich heute Nacht an all das erinnerte, da habe ich mir gesagt, dass es mich wundern würde – da Sie ja jemanden suchen, der viel Geld braucht –, wenn der in Banon, der mit dieser Dame zu tun hat, nicht ein bisschen das Messer an der Kehle hätte.»

Laviolette stand schon. Er ging zum Kleiderhaken und nahm seinen Mantel, seinen Hut und den Schal ab, den ihm einst eine Bewunderin gestrickt hatte – die entweder zerstreut gewesen war oder ihn für ebenso groß wie de Gaulle hielt.

«Wo gehen Sie denn hin?», fragte Rosemonde

erschrocken. «Es gibt noch Pudding! Und Ihr Kaffee! Und die Zigarren, die ich für Sie gekauft habe!»

«Nachher!», sagte Laviolette.

«Nach was?»

«Nach meiner persönlichen Mitternachtsmesse!» Er hatte sich den Schal dreimal um den Hals gewickelt, so dass er ihn einschnürte wie ein Halseisen, und da heraus schloss er: «Weil... Wenn ich mich da nicht sofort einmische, dann sehe ich deine Freundin mit einem neuen Schmuckstück... Einer schönen roten Halskette... einer blutigen!»

Die Gans in Halbtrauer und mit Trüffeln begann eben, sich an ihrem Spieß im Kamin zu drehen. Der Tisch im Esszimmer war mit einer blütenweißen Decke und dem Silberbesteck gedeckt. Das Haus war voller Leute: Alyres Mutter, der Vater und die Mutter von Francine und ihre geschiedene Schwester, die für den Schäfer ihren Rock glatt strich.

Doch der Schäfer und neben ihm Alyre saßen mit offenem Mund vor dem Fernseher und betrachteten Romy Schneider, die sparsam eine Schulter entblößte, und zwar für Philippe Noiret, der einen Panamahut trug.

Unten rief jemand. Roseline, die aus dem Schlaf aufschreckte, spielte die Rolle der Gänse vor dem Kapitol. Die Jagdhunde jaulten. Die Ziegenböcke im Stall bimmelten mit ihren Glocken.

«Wer ist da?», rief Alyre durch den Türspalt, ein Auge weiter auf die bereits wieder verhüllte Schulter von Romy Schneider gerichtet.

«Die Polizei!», sagte Laviolette.

In einem schuldbewussten Reflex sprang der Schäfer zum Fernseher, um ihn auszuschalten.

Als er die Tür öffnete, schlug Laviolette ein solches Bukett von Wohlgerüchen entgegen, dass er, obwohl er gerade sehr gut gespeist hatte, sich durchaus noch einmal zu Tisch gesetzt hätte.

«Lassen Sie sich nicht stören! Lassen Sie sich nicht stören! Haben Sie keine Angst! Ich bin gleich wieder weg!»

Denn alle, die sich mit der Gans beschäftigten, waren auf der Schwelle zur Küche zusammengelaufen, um zu hören, was los war.

«Kommen Sie rein!», sagte Alyre. «Kann ich Ihnen was anbieten?»

«Nein, wirklich nicht! Ist Ihre Frau da?»

«Nein», sagte Alyre, «sie ist ausgegangen.»

«Wohin denn?»

«Weißt du, wo sie hingegangen ist, Proserpine?»

Die Schwester, die sich ihre Röcke glatt strich, kam etwas erschrocken auf den Kommissar zu, wie es schien. Laviolette erkannte sofort, dass dies eine Schwester für Geheimnisse war, eine Schwester zum Pferdestehlen, eine jener Schwestern, denen man sich anvertraut. Ihr Gesichtsausdruck sagte deutlich genug: «Wenden Sie sich an mich.»

Sie antwortete lässig:

«Na ja, sie hat mir gesagt, dass sie noch ein paar Besorgungen zu machen hätte und dass sie danach als stellvertretende Bürgermeisterin verpflichtet wäre, an der Mitternachtsmesse teilzunehmen. Sie hat uns geraten, die Gans so gegen zehn aufzusetzen… Also, Sie sehen…»

«Kommen Sie doch mal kurz mit», sagte Laviolette.

Er zog sie, ohne Rücksicht auf ihre nackten Arme, nach draußen auf die Veranda.

«Ihre Schwester…», sagte er leise, «wer hat ihr ihren Schmuck geschenkt?»

Sie zuckte zusammen, wich zurück, wollte protestieren.

Er konterte aber sofort.

«Ihr Leben hängt von Ihrer Antwort ab!»

«Aber das weiß ich doch nicht!», rief die Schwester verzweifelt.

Sie gingen beide wieder hinein.

«Jetzt ist keine Zeit für Scherze!», schimpfte Laviolette. «Ihre Frau, Alyre, ist im Visier des Mörders. Wenn Sie wissen, wo sie ist, sagen Sie es sofort, und wir fahren hin! Sie braucht uns… und sie weiß es nicht!», setzte er hinzu.

Er wollte zugleich die Empfindsamkeit und den Ruf der Leute schonen.

Doch Alyre scherte sich überhaupt nicht darum. Er war blass. Der Kragen seines sauberen Hemdes bebte auf seinem Adamsapfel.

«Weißt du's nicht, Proserpine, weißt du's wirklich nicht?»

«Alles, was ich weiß, ist, dass sie zu Fuß losgegangen ist…»

«Wieso zu Fuß? Sie nimmt doch sonst immer ihr Auto!»

«Das habe ich sie auch gefragt. Sie hat mir geantwortet: ‹Ich gehe nicht weit, und im Übrigen brauche ich ein bisschen Bewegung…»

Die Alten auf der Schwelle des Esszimmers folgten ängstlich dem Gespräch, sagten aber kein Wort. Vor langem hatte man sie wohl schroff darum gebeten, sich keinesfalls einzumischen, in nichts. Der Schäfer war genauso erschrocken wie Alyre. Sich die dreiundfünfzig Kilo von Francine auf Wegen und Straßen vorzustellen, allem Möglichen ausgeliefert, das brachte ihn auf Trab und um jegliche Beherrschung.

«Roseline!», flüsterte er.

«Das ist wahr!», rief Alyre aus. «Roseline wird es wissen! Sobald man sie rauslässt, wenn jemand von den Hausbewohnern nicht heimgekommen ist, nimmt sie die Fährte auf!»

«Na, dann lassen Sie sie sofort raus!», befahl Laviolette.

Er wusste nur zu gut, wie unglaublich schnell der Mörder zuschlug. Er hatte noch sein Rascheln im Ohr, in der Nacht von Brèdes' Tod, er sah wieder den Hut... Er trieb zur Eile an.

«Los, kommen Sie! Lassen Sie Roseline raus! Wir haben keine Minute zu verlieren!»

Sie gingen alle zum Schweinekoben. Der Streifenwagen wartete vor der Toreinfahrt. Viaud war ausgestiegen und erwartete Befehle. Alyre und der Schäfer in ihren Sonntagsmänteln kamen bereits zurück, gezogen von Roseline, die grunzte und in den Wind schnupperte.

Die Prozession setzte sich in Bewegung, Roseline an der Spitze; sie schnüffelte in alle Richtungen, von einem Abhang zum anderen, und zog an ihrer Strippe, mal dahin, mal dorthin, mal Alyre, mal den Schäfer. Ihnen folgte langsam, im ersten Gang, der Streifenwagen. In dieser Besetzung durchquerten sie Banon, wo diejenigen, die zum Weihnachtsessen zu Freunden oder Verwandten gingen oder einander zur Mitternachtsmesse begleiteten, ihnen erstaunt nachblickten.

«Oh, Alyre! Geht ihr alle zusammen zur Messe?»

Das waren die fröhlichen Rufe von Kollegen oder Saufkumpanen, die schon angeheitert genug waren, um den Erlöser willkommen zu heißen.

«Ihr habt nicht zufällig Francine gesehen?»

«Na hör mal! Wenn wir sie gesehen hätten, hätten wir sie dabehalten!»

«Fragt nichts», bat der Schäfer. «Ihr wisst doch, dass Roseline...»

Und tatsächlich achtete Roseline auf nichts und auf niemanden. Sie trabte grunzend, bremste plötzlich mit allen vieren so abrupt, dass der Schäfer und Alyre sich an ihrem Hinterteil festhalten mussten, um nicht im Schwung auf sie draufzustürzen.

Sie erforschte ganz Banon. Sie bog zwei- oder dreimal in enge Gässchen ein, durch die der Streifenwagen nur mühsam durchkam. Dann erreichte sie das freie Feld, wo Alyre und der Schäfer vom eisigen Wind überfallen wurden.

Vor ihnen lag im Mondlicht die weite Welt wie ein ungeheures Gemälde. Roseline zögerte nicht. Sie steuerte zwischen den Hecken hindurch über die vereisten Wagenspuren eines Hohlweges.

Es war ein Feldweg, den die Straßenmeisterei am Vortag freigeräumt hatte. Ein paar Minuten lang fuhr der Streifenwagen zwischen zwei Schneeböschungen, die streckenweise achtzig Zentimeter hoch waren.

«Ich weiß, wohin das führt!», rief Viaud.

«Ich fürchte, ich auch!», murmelte Laviolette an seiner Seite.

«Wir brauchen Roseline nicht mehr... Dieser Weg hat keine Abzweigungen mehr. Er führt uns direkt zum Haus eines Verdächtigen.»

«Ich weiß», sagte Laviolette. «Und ich weiß auch, um welchen es sich handelt. Und das ist es ja gerade, was mich beunruhigt...»

«Mit Recht!»

«Nein, Sie verstehen mich falsch! Ein schrecklicher Verdacht geht mir durch den Kopf: Und wenn Francine einfach nur zu einem Liebesrendezvous geht? Was meinen Sie dazu?

Wenn wir, statt den Mörder festzunehmen, auf einen schlichten Ehebruch stoßen? Und mit dem Ehemann in unserer Runde? Wie würden Sie das denn finden, Chef?»

Besorgt schüttelte Viaud den Kopf.

«Das glaube ich nicht. Ich spüre was anderes. Da liegt Ernsteres in der Luft. Auf jeden Fall können wir schon mal auf die Mitwirkung sowohl des Ehemannes als auch der Sau und des Schäfers verzichten, da wir ja wissen, wohin wir fahren...»

Das war leichter gesagt als getan. Weder der Ehemann noch der Schäfer und Roseline schon gar nicht ließen sich von ihrem Weg abbringen.

«Na gut, lassen Sie sie einsteigen!», sagte Laviolette. «Pech für sie, wenn sie was Hässliches sehen!»

Aber die Sau? Alyre und der Schäfer waren nicht damit einverstanden, die Sau zurückzubringen oder an einen Baum gebunden allein zu lassen. Zu sechst schließlich gelang es ihnen, die mächtige Roseline in den Streifenwagen zu wuchten. Endlich fuhren sie in schnellerem Tempo weiter.

Claire hatte den ganzen Tag in Angst verbracht. Am Morgen hatte sich dieser schlanke, elegante Inspektor, der im gleichen Hotel wohnte, erneut in der Halle neben sie gesetzt. Seit zwei Tagen machte er ihr diskret in aller Form den Hof und versuchte, sie davon zu überzeugen, dass es weder ihr noch ihm schaden könnte, wenn sie zwei oder drei Stunden mit ihm in einem Zimmer verbrachte. Ein Mann, der mit solchen Vorhaben liebäugelt, dem rutscht immer etwas heraus. Er muss sich unter anderem wichtig machen. «Demnächst habe ich nicht mehr viel Zeit, um Ihnen den Hof zu machen», hatte er ihr gesagt. «Wir sind im Begriff, den Mörder festzunehmen. Es bleiben nur noch fünf Verdächtige übrig… Meinen Sie nicht, dass wir, Sie und ich, uns ein bisschen beeilen könnten?» Was hatte sie geantwortet? «Rechnen Sie nicht damit», oder irgend eine andere Belanglosigkeit. Nachmittags war sie, wie ganz Banon, mit Mambo an der Leine um die Trüffelhaine herumgeschlichen, die durchsucht wurden…

Und nun hatte sie soeben unter ihrem Fenster Francine überrascht, erkennbar an ihren Stiefeln, an ihrem Cape, an ihrem Gang, die den Platz überquerte. Wohin ging sie? Es war zu früh für die Mitternachtsmesse. Und außerdem, eine Francine geht doch nicht in die Messe? Und auch noch zu Fuß! Seit sie in Banon war, hatte Claire diese Frau, außer bei einer ganz bestimmten Gelegenheit, nie anders gesehen als die Tür ihres Wagens zuschlagend…

Alle diese Zeichen deuteten auf das Ende des Dramas hin… Sie musste sich entschließen… Sich entschließen… Die innere Unruhe, das Gewicht der Verantwortung erdrückten sie. Die Fabrik… Das Geschäft… So viel getan zu haben, damit sie einem nun brutal aus der Hand gerissen werden? Nein, das war nicht möglich…

Auf ihren Luxusabsätzen, in ihrem Kleid von Yves Saint-Laurent ging sie langsam im Zimmer auf und ab.

Ganz plötzlich traf sie ihre Entscheidung. Sie verließ das Zimmer, trat aus dem Hotel, wo der Küchenlärm die Hintergrundmusik für die fröhlich überfüllte Bar abgab. Auf der Treppe begegnete sie lediglich dem ehrfürchtigen Schweigen des pickeligen Küchenjungen, der zur Habachtstellung erstarrte.

Auf dem Platz funkelte der gewaltige Mercedes neben den heiter geschmückten Tannenbäumen. Sie setzte sich ans Steuer und schnallte sich an.

~ 23 ~

DER Mann lag vollständig bekleidet auf dem Bett und genoss die Stille. Nachher würde er sich in Gang setzen; doch bis er sich, furchtlos, zur Mitternachtsmesse begeben würde, musste er in Deckung verharren, durfte er sich nichts und niemandem aussetzen, durfte keine anderen Leute treffen, weder reden noch antworten, noch lächeln müssen.

Alle zehn Minuten ungefähr bebte das große Zimmer, das so viele intime Freudenfeste erlebt hatte, wie ein Trommelfell; ein kurzer Schlag erschütterte alles: Mauern, Wände, Decke. Das Haus bäumte sich auf, als wäre es das Opfer irgendeines geheimnisvollen Krampfes. Man hatte das Gefühl, in ein Luftloch zu stürzen. Jedes Mal sagte man sich: «Jetzt ist es so weit!» Doch nein, es war nicht soweit. Dabei musste man das Phänomen schon verdammt gut kennen, um das nicht jedes Mal zu glauben. Beim Gedanken an all die Frauen, die mageren und die dicken, die braunen und die blonden, die sich jäh von ihm gelöst hatten und mit nacktem Hintern zur Tür gerannt waren, musste der Mann leise lachen. «Es ist nur das Haus, Dummchen! Komm zurück!»

Es war das Haus. Es war sonderbar halbmondförmig gebogen. Die Dächer waren der Sichelform gefolgt. Vor dreihundert Jahren hatten die Minoritenbrüder, sei es aus Unwissenheit, sei es, dass sie den Herrn hatten versuchen oder sich eine Buße mehr hatten aufladen wollen, dieses Haus auf eine sich bildende Karsthöhle gebaut. Denn diese Erde ist wie ein fermentierender Schweizer Käse. Manchmal platzt sie wie ein zu dicker Teig. Sie reißt auf zu einem schönen, Schwindel erregenden Loch, auf dessen Grund die Wasser der Ewigkeit der Welt glitzern und sich flüsternd ihren Weg zwischen Himmel und Meer bahnen. Die Gebäude waren im Laufe der Zeit, je nach der trägen Laune dieser geologischen Eigentümlichkeit, mehr schlecht als recht immer wieder ins Gleichgewicht gebracht worden. Seit über hundert Jahren hatte sich der Boden nicht mehr bewegt. Doch nie hatte man dieses dumpfe Schlagen abstellen können, das an einen Kontrabass erinnerte und in unregelmäßigen Intervallen über dem Abgrund ertönte, nie diesen Eindruck ausschalten können, als gäbe der Boden plötzlich nach. Der Mann, der da im Sonntagsstaat auf dem Bett lag, war mit den Erschütterungen geboren worden. Er war da aufgewachsen. Er hatte da geheiratet. Er war allein. Seine Frau hatte sein Kind zu ihren Eltern nach Saint-Michel-l'Observatoire gebracht. «An dich», hatte sie gesagt, «könnte ich mich noch gewöhnen, ich bin hart im Nehmen. Aber dein Haus, das geht nicht!»

Der Mann atmete verhalten. Er musste ruhig bleiben. Er hoffte und er hatte Angst. Er kniff die Pobacken zusammen, aber sein Glied schlug ihm auf den Bauch. *Francine!* Er brauchte sie sich nur vorzustellen, und schon fand er sich in diesem Zustand. Er seufzte. Es war schon lange her seit dem letzten Mal... Und bis zum nächsten Mal fehlten noch fünftausend Franc für die nötige Summe, um ihr die Brillantbrosche zu schenken, ohne die er kein Rendezvous erwarten konnte... Zwar war die Trüffelsaison besser ausgefallen als erhofft... Aber dummerweise würde die volle Wirkung erst nächstes Jahr einsetzen, und zuvor mussten noch viele Bäume behandelt werden... Aber dann... Dann würde er Francine mit allem ersehnten Schmuck behängen können. Und im Übrigen würde er den dann nicht mehr brauchen, denn da würde sie längst ihn allein lieben. Hauptsache, es gab dieses nächste Mal, das würde schon genügen... Er stellte sich vor, was er alles mit ihr tun würde. Er würde sich so geschickt anstellen, er würde sich solche Mühe geben, dass sie schließlich zum Höhepunkt kommen würde. Ja... Er würde spüren, wie ihr ganzer Körper im Orgasmus zuckte. Das war es, das große Ziel. Er kämpfte gegen einen Block und verbrauchte dabei seine Kräfte: den Arm, den sie die ganze Zeit schützend vor den Augen behielt; den schlaffen Körper, der nicht antwortete, der stumm dalag wie ein geschlossenes Buch. Ach, Gott noch mal! Verdammt noch mal! Es war doch nicht möglich! Er ballte die Fäuste. Sein Geschlecht lehnte sich auf, als hätte er es in einen Eisenring gesteckt.

Das Haus atmete hohl, als wollte es sich aufblähen. Er fühlte sich geschaukelt wie in einer Hängematte. Kleine Fäuste schlugen gegen die Tür unten. Zwei schnelle Schläge, zwei langsame Schläge. Er rührte sich nicht. Vor allem nicht der Versuchung erliegen... Nicht heute Abend... Vielleicht nie mehr... Das war seine willensstarke Seite, er kniff erneut die Pobacken zusammen, es war der unwiderstehliche Ruf, hin zum Erwachen vor der Guillotine, irgendwann im Morgengrauen.

Er sehnte sich danach, dass es Mitternacht wäre, dass es vom Glockenturm zur Messe läutete. Es schien ihm, als würde ihn die Kirche beschützen. Der Glaube seiner Kindheit brannte noch in ihm wie eine Kerze, versengte von innen seinen für die Welt verlorenen Leib. Er litt darunter, dass er jetzt nie mehr zur Beichte gehen konnte...

Unten wurden die Schläge heftiger, fielen aus dem abgesprochenen Rhythmus, verrieten Aufregung, Panik... Steinchen hagelten an den Fensterladen. Er rührte sich nicht. Eine kehlige, empörte Stimme überschüttete ihn mit ausländischen Flüchen, ihn, sein Haus, das Land. Eine zweite mischte sich darunter. Holzlatschen schlurften über die eiskalten Steinplatten des Hofes. Er stand leise auf, spähte durch die Läden. Zwei zerzauste junge Frauen, zwei arme Luder, die eine an die andere gedrückt, entfernten sich auf dem Weg nach Montsalier. Er verfluchte diesen unsichtbaren Pfad, die Quelle all seines Unglücks. Zu Anfang hatten sie um Wein, Käse, Kartoffeln gebeten. Sie hatten bezahlt. Eines Tages sprachen sie lachend von Hasch und sagten, auch das würden sie zahlen. Das war die Zeit, als er sich abmühte, das Loch zu stopfen, das Francines Neigungen in seine Kasse rissen. Und so kam eines zum anderen... Das Schwerste war früher, den Mädchen zu widerstehen. Es fehlte ihnen immer an Geld, um ihren Hanf zu bezahlen. Also boten sie sich an. Das war sein schönster Liebesbeweis für Francine: Er lehnte ab. Das kostbare Kraut bekamen nur die, die zahlungsfähig waren, die anderen... Er hielt den Anblick dieser Mädchen aus, die es verstanden, ihre oft herrlichen Körper unter ihren Fetzen zur Schau zu stellen. Er ertrug es, wenn sie sich vor ihm streichelten, in der Hoffnung, dass er nachgeben und ihnen die Droge umsonst oder beinahe umsonst geben würde. Aber nein! Er enthielt sich um Francines Liebe willen. Die Mädchen verließen ihn, zerzaust und verzweifelt, und überschütteten ihn mit Flüchen.

Er musste zwei Minuten gedöst haben. Ein wohlbekanntes silberhelles Geräusch holte ihn aus dem Schlaf. Jemand fingerte an dem Schlüssel herum, der unter dem Stein neben der Tür lag…

Er sprang ans Fenster. Im Mondschein wandte ihm eine Gestalt mit einer Pelerine den Rücken zu, tänzelte hastig auf die Toreinfahrt zu. Jemand zugleich Vertrautes und Fremdes. Jemand, dessen weiche Stiefel man knirschen hörte. Er wollte rufen, überlegte es sich aber anders. Er ging lautlos die Steintreppe hinunter.

Der große Wohnraum war heller als gewöhnlich. Für Weihnachten hatte er dort das Feuer besser unterhalten. Die glühende Seele der gevierteilten Holzscheite warf ihren Widerschein in den Raum. Auf der Nussbaumplatte des Tisches glitzerte matt ein Lichthäufchen, übersäte das Pendel der Wanduhr mit Sternen. Verständnislos trat er näher, und erst als er die Hand auf diese kalte Helligkeit legte, explodierte die Wahrheit in seinem Verstand.

Er öffnete die Tür. Dort, hundert Meter weiter, auf dem von Buchen gesäumten Weg, lief Francine. Nein, sie floh! Er wollte sie rufen, sie zurückzuhalten, die Gelegenheit nutzen, wer weiß? Doch das Häufchen in seiner Hand war kalt wie eine Leiche. Alles war da: der Ring, die Kette, das Armband mit der diamantengefassten Uhr. In seiner Seele herrschte so tiefe Stille, dass er das Ticken dieser Uhr in seiner Hand zu hören glaubte.

Wie eine Steinmauer stürzte sein Leben um ihn ein, je deutlicher er sich das Geschehene zusammenreimte.

Wenn selbst der Schmuck auf Francine keine Macht mehr ausübte, dann blieb kein Fünkchen Hoffnung mehr, sie in sein Bett zu locken, sie eine ganze Nacht lang für sich zu haben, dann blieb nicht die notwendige Zeit, endlich den Schlüssel zu ihrer Lust zu finden, ihre so wechselhaften, so flüchtigen, so hartnäckig verborgenen erogenen Zonen zu erobern… Er begriff zwei Dinge auf einmal: dass er sie nie mehr besitzen würde und dass sie für ihn eine tödliche Gefahr darstellte: Sie war die ideale Zeugin…

Er schleuderte den Schmuck an die Hofwand. Ein erneuter Pulsschlag des Hauses unterstrich diese Geste wie ein Echo. In seiner Wut war er zunächst versucht, hinter ihr herzulaufen, sie zu erdrosseln. Doch hinter seinem schwer misshandelten Stolz hielt sich dumpf die Vorsicht des Fallenstellers. Blitzartig erkannte er das radikale Mittel, sie umzubringen, ohne Verdacht zu wecken. Er hatte bemerkt, dass Francine mit ihren Stiefeln stolperte. Nun hatte die Straßenmeisterei den Zufahrtsweg geräumt, doch auf beiden Seiten der Böschung war der Schnee sechzig bis achtzig Zentimeter hoch steil und hart aufgehäuft. So wie sie ausgerüstet war, würde Francine nicht so leicht über diese lückenlose Barriere entkommen, und wenn doch, dann wäre es einfach, sie zu Fuß einzuholen. Aber er würde es erst gar nicht darauf ankommen lassen. Er würde sie verfolgen, mal schneller, mal langsamer, dann würde er abrupt bremsen… Sie würde zu spät verstehen, warum er sie nicht einholte, warum er sie nicht überfuhr. Sie würde an Atemnot sterben. Er würde dafür sorgen, dass ihr das

Herz zersprang. Zum erstenmal würde sie zeigen können, dass sie überhaupt eines hatte...

Er startete den 4 CV. Ein schmales, grausames Lächeln erschien auf seinen Zügen.

Der Mond glitt über das Lure-Gebirge. Er tändelte mit einer Wolke, die ihn in ihre Spiralfetzen einrollte, ihn aus ihrer Umklammerung befreite, ihn schließlich ziehen und allein über den Himmel herrschen ließ, wo er die Sterne überstrahlte.

In dieser Helligkeit erreichte der große Streifenwagen der Gendarmerie bei ausgeschalteten Scheinwerfern den höchsten Punkt der Doline, die die Gemarkung der Minoriten beherbergte. Dort wachte ein Licht. Durch die vereinzelten, stellenweise auch dicht stehenden, winterlich kahlen Buchen hindurch erahnte man das Haus.

Man erreichte es über drei Kurven, die an den Flanken des riesigen Trichters entlangführten; sie waren einst von den Mönchen ausladend angelegt worden und unlängst hatte die Planierraupe sie begradigt. Die Straßenmeisterei war am Vortag tätig gewesen; das Ergebnis war eine beidseitige, sechzig Zentimeter hohe Schneeböschung, die in den Kurven leicht das Doppelte erreichte.

Auf dem holprigen Fahrweg zur Lavendeldestille hingegen, der die Straße rechtwinklig querte, glänzte das Eis. Oben, dicht am Blech des Schuppens, buckelte ein helles, im Mondlicht glänzendes Auto.

«Noch eins dieser Wracks», dachte Laviolette.

Die großen Bäume bebten.

Viaud, die beiden Gendarmen, Alyre und der Schäfer

stiegen durchgerüttelt aus dem Streifenwagen – die aufgebrachte Roseline hatte ständig Luftsprünge vollführt. Sie standen alle unbeweglich am Rande der Doline wie ein Generalstab über dem Schlachtfeld.

«Ein Schlachtfeld der Liebe», dachte Laviolette. «Diese Francine, die besucht klammheimlich ihren Liebhaber, feiert Weihnachten mit ihm... Die Tatsache, dass sie zu Fuß gekommen ist, beweist schon deutlich genug, dass sie unbemerkt bleiben wollte... Und wie ein Trottel folge ich dieser Sau, die Zeter und Mordio schreit... Mordio! Verdammt!»

Der Schleier, der ihm die Wahrheit verdeckte, zerriss brutal. Er knebelte sich den Mund mit der Hand, um einen Entsetzensschrei zu ersticken.

«Was ist mit Ihnen los?», fragte Viaud.

«Was mit mir los ist? Ich bin ein Idiot! Vor acht Tagen hat mir diese Sau den Mörder gezeigt und ich habe es nicht kapiert! Francine ist in Lebensgefahr!»

«Schauen Sie!», rief Viaud.

Ziemlich weit weg, in der Nähe des Hofes, sahen sie eine Frau, die auf der geraden weißen Strecke vor den drei Schleifen wie eine schwarze Ameise lief. Hin und wieder versuchte sie, über die Böschung zu klettern, um sich auf das freie Feld zu retten, aber sie rutschte auf dem vereisten Schnee ab. An ihre Fersen geheftet holperte in weniger als zehn Metern Abstand, ohne Licht, ein 4 CV. Man hörte, dass er hochtourig fuhr, und man hörte das Rattern der Alptraumketten.

«Francine!», brüllte Alyre.

Mit zwei Gendarmen und dem Schäfer auf den Fersen stürzte er quer über den Schnee auf die schmale, rennende Gestalt zu. Sie war zu weit weg, um sie zu hören.

Sie war zu weit weg, als dass sie ihr hätten helfen können. Sie fiel hin. Der 4 CV beschleunigte, bis er sie fast berührte, das gemeine Geräusch wurde noch lauter.

«Er wird ihr das Herz zum Platzen bringen!», dachte Laviolette. «Sie ist tot, bevor wir bei ihr sind! Was bin ich bloß für ein Vollidiot!»

Francine stand wieder auf, rannte weiter, hektisch, desorientiert. Der 4 CV heulte hinter ihr her, schlitternd… bremsend… schlitternd… bremsend…

«Francine!», brüllte Alyre.

Er war allen anderen fünfzig Meter voraus. Er sah überdeutlich den 4 CV, der hinter Francine brummte, aber nur so viel beschleunigte wie nötig, damit sein Opfer gezwungen war, schneller zu laufen, als es auf Dauer verkraften konnte.

Vierhundert Meter lagen noch zwischen Alyre und Francine und fünfhundert zwischen den Gendarmen und dem 4 CV. Der Mann am Steuer musste dermaßen in seine Verfolgung verbissen sein, dass er diese vier brüllenden, gestikulierenden Männer fern im Mondlicht nicht sah, die auf ihn zuliefen.

Dort oben auf dem Rücken der Doline standen Laviolette, der sich seiner Ohnmacht bewusst war, und Viaud, der seinen Männern über Sprechfunk Befehle erteilte:

«Sobald ihr nah genug seid, schießt in die Reifen!»

«Sie schaffen's nicht rechtzeitig!», sagte Laviolette. Hinter ihnen im Wagen stieß Roseline fürchterliche Schreie aus und versuchte, die Wände zu durchbrechen. Plötzlich hatte Laviolette eine Eingebung. Er hastete um den Kastenwagen herum und ließ die Sau heraus, die ihn fast umgerannt hätte. Ohne nach rechts oder links zu schauen, stürzte Roseline in gerader Linie auf die schwarze Gestalt zu, die dort unten in über fünfhundert Metern Entfernung vor dem 4 CV herstolperte, der sie buchstäblich anzuschubsen schien. Roseline stieß ein regelrechtes Schlachtgeheul aus.

«Schauen Sie!», schrie Laviolette.

Er deutete auf das Fahrzeug dicht am Blech der Destille, das er für ein Wrack gehalten und das sich plötzlich in Bewegung gesetzt hatte. Es jagte ohne jegliche Beleuchtung in einem Schwindel erregenden Slalom, der es von einer Spurrille in die andere warf, die Rumpelstrecke hinunter. An der Kreuzung der ausgefahrenen Straße und des Weges hielt es abrupt an.

«Claires Mercedes!», flüsterte Laviolette.

«Was macht sie?», fragte Viaud.

Francine rannte stolpernd an diesem im Hinterhalt liegenden Auto vorbei. Zehn Meter hinter ihr passierte es auch der 4 CV. Da fuhr der Mercedes an, bog in den Weg hinter dem 4 CV ein. Plötzlich wurden seine vier Scheinwerfer und die Nebelleuchten aufgeblendet. Jetzt beschleunigte er, holte im Nu den 4 CV ein. Laviolette und Viaud vernahmen ein dumpfes Geräusch. Der von einer Böschung zur anderen geworfene 4 CV fuhr im Zickzack, kam wieder ins Gleichgewicht, heulte auf, als er versuchte zu entkommen. Doch schon traf ihn der Mercedes von neuem, heftiger. Das kleine Auto kam auf seinen Stoßdämpfern zum Stehen und rührte sich nicht mehr. Der Mercedes setzte zehn Meter zurück, nahm Schwung, rammte mit voller Kraft noch einmal das Hindernis.

Während dieser Pause hatte Francine zwanzig Meter Vorsprung vor ihrem Verfolger gewonnen. Sie fiel, blieb auf dem Boden hingestreckt liegen. Sie fühlte einen warmen Atem über sich, das gewaltige Hecheln eines Heizkessels. Roseline legte sich dicht neben sie, auf der Seite, von der die Gefahr kam.

Das Krachen von gemartertem Blech durchbohrte die Nacht. Das war der Mercedes, der gegen den 4 CV donnerte, ihn gegen eine Schneeböschung schmetterte, zurücksetzte, im ersten Gang erneut vorschoss. Wie ein Panzer fegte er das leichte Fahrzeug und die Schneeböschung fort, stieß seine Beute drei Meter voran und drückte sie schließlich gegen den Stamm einer mächtigen Buche, die bis in ihre Astspitzen erzitterte.

«Schießen Sie in die Reifen!», brüllte Viaud.

Vier Schüsse folgten aufeinander. Der Mercedes blieb auf seinen Felgen liegen.

Völlig außer Atem stürzten sich Alyre und der Schäfer auf Francines Körper. Alyre küsste ihr die Beine; der Schäfer tastete zitternd nach ihrem Herzen unter dem Büstenhalter. Nie würde er diesen Augenblick vergessen...

«Sie lebt!», schrie er Alyre zu. «Sie lebt!»

«Und Roseline?», fragte Alyre.

Sie leckte ihm das Gesicht, um ihm zu beweisen, dass sie durchhielt.

Da waren sie alle drei, Roseline, Alyre und der Schäfer, und umschlossen ganz eng ihren Augenstern.

Viaud und Laviolette hasteten die Schleifen hinunter; die Gendarmen rannten voraus. Die nächtliche Stille war zurückgekehrt, man vernahm nur noch das armselige Stöhnen eines Mannes, der zu brüllen glaubte. Es gelang ihnen, ihn aus dem zusammengefalteten 4 CV zu ziehen und auf den Schnee zu legen.

Das Gesicht des ungezähmten Verführers war im Mondlicht noch immer genauso schön anzusehen. Er brauchte zehn Minuten zum Sterben. Dreimal versuchte er sich aufzurichten.

«Einen Pfarrer! Ich will einen Pfarrer!»

Doch es war nur ein Flüstern. Nur Laviolette hörte es. Während er ihm in seinem Tod beistand, dachte er an Brèdes Halsschlagader. Aber das tröstete ihn nicht.

Unverletzt löste Claire Piochet ihren Gurt, stieg aus dem Mercedes, kam heran, um ihr sterbendes Opfer zu betrachten, ängstlich sah sie auf seine Lippen, die sich noch bewegten.

«Ich hatte Ihnen gesagt, Kommissar, dass ich vor Ihnen da sein würde…»

Laviolette antwortete nicht sofort. Er schloss erst die Lider von Albert Pipeau, dem Frauenhelden. Der Rattenfänger würde nie mehr Flöte spielen.

Er richtete sich langsam auf. Aufmerksam blickte er Claire ins Gesicht, sah ihr in die Augen. Augen, die nur ein Verrückter nicht lieben konnte.

«Claire», sagte er, «ich nehme Sie fest wegen Mordes an Albert Pipeau, aber ich nehme Sie auch fest wegen Mordes an Jérémie Piochet, Ihrem Bruder.»

«Sie werden Mühe haben, das zu beweisen!», sagte sie sehr ruhig.

«Machen Sie sich keine Sorgen, es wird mir gelingen, ein Geschworenengericht davon zu überzeugen. Sie haben ein sehr schönes Motiv und Sie haben mehrere Fehler gemacht. Los, legen Sie ihr die Handschellen an! Sie ist wichtig genug dafür!»

«Ich verlange einen Anwalt!», rief Claire.

«Alles, was Sie wollen!», sagte Laviolette. «Nehmen

wir Rücksicht auf die Weihnachtsnacht. Wir sprechen dann später miteinander!»

Im Dorf rief die Glocke die Gläubigen. Ein Gendarm war zum Streifenwagen geeilt, um per Funk einen Wagen für Albert herzubestellen. Nun stiegen sie langsam wieder den Hügel hinauf. Roselines Rüssel schleifte durch den Schnee, so sehr bestürzte sie der Menschen Übel. Es war zu spüren, dass sie lieber Sau war. Man hievte sie erneut in den Kastenwagen.

Francines Atmung beruhigte sich nach und nach. Claire betrachtete ihre mit Armbändern aus Stahl umschlossenen Handgelenke. Francine starrte sie einen Augenblick lang an.

«Alyre!», sagte sie plötzlich. «Halt mir die Hand! Ich glaube, ich werde reden!»

Und sie redete.

~ 24 ~

«ROSEMONDE», sagte Laviolette, «schließ die Tür ab. Ich werde dir eine Liebesgeschichte erzählen! Die steht dir zu! Man erwartet mich zur Pressekonferenz in der Gendarmerie, aber ich schulde dir den Vortritt...»

Er hatte schon seinen Koffer und seinen blauen Seesack auf der Bank neben sich liegen. Er drehte sich eine Zigarette.

«Siehst du, Rosemonde, dieser Albert Pipeau, dieser Frauenheld, der wollte nur eine Einzige, und ausgerechnet sie wollte ihn nicht!»

«Wer war das denn?», fragte Rosemonde, als wäre sie gestochen worden. «Es gab eine Frau, die nichts von Albert wissen wollte?»

«Francine!»

Rosemonde schlug sich auf den Oberschenkel.

«Das ist das zweite Mal, dass ich das Gefühl habe, das Glockenspiel von Westminster fällt mir auf den Kopf!» Sie träumte einige Sekunden vor sich hin. «Der schönste Mann im Umkreis von dreißig Kilometern und die heißeste Frau im Lande... Also... also war das keine Heuchelei?»

«Was willst du damit sagen?»

«Dies: Dass sie angeblich seine Haut nicht ertragen konnte! Dass sie es angeblich nicht ertragen konnte, dass er näher als drei Meter an sie rankam, diese schöne Dame! Das hat sie nämlich dauernd wiederholt! Und ich habe mir gedacht: ‹Die übertreibt ein bisschen! Das wird auffallen!› Ich glaub, ich hör nicht recht. Und dabei bin ich Zeugin von gewissen Dingen geworden! Wenn wir auf einer Versammlung oder einem Fest waren und sie ziemlich dicht beieinander standen, legte er ihr manchmal, wie man das so macht unter Kameraden aus Kinderzeiten, seine schöne Hand auf die Schulter. Oh! Da musste man sie sehen, wie sie sich unter dem Gewicht klein machte, ihre Schulter einzog, als hätte er sie beschmutzt, indem er sie berührte! Wie sie sich in ihrem ganzen Wesen und völlig verschreckt abwandte, einschrumpfte, wie wenn…», sagte Rosemonde, nach einen passenden Vergleich suchend, «wie wenn du zufällig mit dem Finger an die Fühler einer Schnecke kommst…»

«Einschrumpfte…»

«Genau! Einschrumpfte. Sie schrumpfte ein! Ich hab das gespürt! Sie wäre weiter so zusammengeschrumft, bis sie eine Kugel geworden wäre! Ein Igel!»

«Eingeschrumpft in ihrem ganzen Wesen», stellte Laviolette klar.

«Genau. In ihrem ganzen Wesen! Also stimmte es! Also war es keine Heuchelei! Es war echt! Ich hätte ahnen sollen, dass sie sich nicht so verstellen kann!»

«Was willst du, meine liebe Rosemonde, nach dem, was sie uns erzählt hat, und zwar mit einer unglaublichen Fülle an Einzelheiten – ich glaube, die gerade ausgestandene Angst hatte sie wie Champagner berauscht –, war es allein schon Alberts Haut, die sie bis ins Mark gefrieren ließ, die arme Francine! ‹Eine

Haut›, sagte sie, ‹die auf mich wirkte wie Schlangenhaut!›»

«Albert!», rief Rosemonde inbrünstig. «Hippiemädchen, wohl situierte Bürgerfrauen, Bäuerinnen, Junge, weniger Junge, Sommergäste, Pariserinnen; die Geliebte des Generals, der den Militärstützpunkt da oben kommandierte; andere, die ich gar nicht nennen darf... Eines Nachts, als ich nicht schlafen konnte, habe ich nur mal die zusammengezählt, die ich zu Gesicht bekommen habe: Es müssen hundertfünfzig gewesen sein!»

Wieder träumte sie ein paar Sekunden vor sich hin.

«Er hat schon Recht gehabt, nichts auszulassen!»

«Ja», fuhr Laviolette fort, «hundertfünfzig, aber Francine eben nicht! Na ja, am Anfang hat er sich nicht so viel dabei gedacht. Sie war nicht gerade die Begehrenswerteste für ihn...»

«Klar! Die Francine, die bemerkt man erst mal nicht. Erst, wenn sie sie länger anschauen, sagen sich die Männer: Aha, sieh an, sieh an ...»

«Er hatte sich gelobt: ‹Die krieg ich, wann ich will! Sie spielt die Distanzierte, aber wenn ich sie erst mal festhalte...› Na ja, was sich die Männer in solchen Fällen halt so sagen...»

«Aber... Entschuldigen Sie, dass ich Sie unterbreche... Sie hat Ihnen das alles in Anwesenheit von Alyre gestanden, wenn ich richtig verstanden habe?»

«Ja! Ganz selbstverständlich!»

«Und Alyre hat Haltung bewahrt?»

«Wie man es sich perfekter nicht vorstellen kann: Er hat ihr die Hand gehalten und sie mit den Augen verschlungen. Verstehst du: Er hätte sie fast verloren!»

Rosemonde blickte zur Decke und klatschte in die Hände.

«Und eines Tages dann hat Albert den Augenblick für günstig gehalten. Das war im August. Sie brachte den Lavendel zur Destille. Du weißt, dass sie Traktor fährt? Sie erzählte: ‹Ich war ganz verschwitzt. Überall war ich voll Lavendelhalmen. Ich hatte nur eine schmutzige Bluse an und einen Büstenhalter, der auch nicht viel besser war. Albert war allein. Ich bin mir mit dem Taschentuch in den BH gefahren, um Lavendelblüten zu entfernen, die mich piksten. Ich gebe ja zu, dass das falsch war…› Er hat nicht lange überlegt; unter dem Vorwand, ihr vom Traktor zu helfen, hat er sie hochgehoben und sie an sich gedrückt und hat sofort mit der Hand und allem anderen nach ihrer Intimität gegrapscht. Auch sie hat nicht lange überlegt; sie hat ihr Knie in seine empfindlichen Teile gerammt, worauf er gleich losließ. Sie ist zur Destille gelaufen, wo im Feuer gerade ein Schürhaken lag, der eben rot wurde. Den hat sie gepackt und zu ihm gesagt: ‹Wenn du versuchst, mich anzufassen, mache ich dir damit ein Kreuz ins Gesicht, dass du die Englein singen hörst. Niemand wird dich mehr anschauen!›»

«Sie hat etwas übertrieben!»

«Das habe ich auch versucht, ihr klar zu machen, aber sie hat mir geantwortet: ‹Würden Sie denn mit einer Schlange schlafen?› Aber meinst du, er hätte das ernst genommen? Er hat das für eine Laune gehalten. Hat geglaubt, dass sie gerade ihre Tage hätte. Alles Mögliche hat er geglaubt, nur nicht die Wahrheit. Ich mach's kurz. Allmählich beschäftigt sie seine Gedanken, er treibt's zwar woanders… Nun, du verstehst schon. Er beobachtet sie. Alyre spricht immer mit Stolz von dem Geschmeide seiner Frau. – Der Mann muss seine Francine immer anpreisen, er kann's nicht lassen! – Eines Tages kauft Albert auf einem Dorffest Geklunker für vielleicht fünfhundert Franc. Er probiert es auf die sanfte Art. ‹Es war mindestens ein Pfund›, behauptete Francine mir gegenüber. Sie hat ihm ins Gesicht gelacht.»

Laviolette zündete eine Zigarette an und fuhr fort:

«Aber es kommt noch schlimmer. Francine wird im Geiste von Albert zum Planeten. Wenn er nachts aufwacht in seinem knarrenden Haus, wählt er, statt aus seinen hundertfünfzig konkreten Erinnerungen zu schöpfen, eine, die ein Traum ist. Jetzt errötet er, wenn er sie trifft. Er fängt an, in seinen Liebesnächten schändlich zu versagen – das hat er Francine selbst gestanden. Wir kennen das Datum, an dem er fünfzigtausend Franc von der Bank abgehoben hat; das Datum, an dem er diese Armbanduhr in Marseille gekauft hat, bei einem Juwelier in der Rue de Rome. An welchem Tag hat er das Schmuckkästchen vor der geblendeten Francine geöffnet? Frauen, die Schmuck lieben, erkennen sofort, wenn es kein Talmi ist, selbst, wenn sie nie echten gehabt haben. Von nun an gibt es zwei, die in Banon unter Schlaflosigkeit leiden. Albert schläft nicht mehr wegen Francine. Francine schläft nicht mehr wegen des Armbands. ‹Eigentlich… Nein, das geht nicht! Nein, ich kann nicht! Es ist sensationell, dieses Armband!› Ich mach es hier kurz, aber ihr ewiges Hin und Her nimmt im Bericht eine ganze Seite ein. Drei Monate! Drei Monate später ruft sie ihn an: ‹Dienstag, Rue Sylvabelle, um zehn Uhr, wenn du das Armband mitbringst!›»

Er unterbrach seine Rede, um eine neue Zigarette zu drehen, und holte tief Luft.

«Und da, meine liebe Rosemonde, da beginnt die Liebesgeschichte. Denn Albert, wie immer optimistisch, hat sich gesagt, dass sie ihm in null Komma nix zu Füßen liegen würde. ‹Dabei›, behauptete Francine, ‹wenn ich mein Armband nicht in der geballten Faust gehalten hätte, ich glaube, dann wäre ich vor Ekel gestorben! Ich habe acht Tage gebraucht, um mich seelisch reinzuwaschen. Ich traute mich nicht mehr, meine eigene Haut anzufassen! Ich hielt meine Hände von mir fern, um mich nicht zu berühren! Nie wieder, habe ich mir geschworen!› Albert hatte nur einen schlaffen Mehlsack in seinen Armen gehalten. Er ist völlig sprachlos. Sechs Monate darauf folgt dann die Kette. Acht Monate später opfert sich Francine erneut. Und wieder ist sie ein schlaffer Mehlsack. Was willst du machen? Wenn zwei Körper nicht übereinstimmen, kannst du den lieben Gott in die Mitte setzen, er wird das nicht ändern! Und die Haut von Albert hat die Haut von Francine eben abgestoßen…»

«Und wenn man bedenkt, dass sich so viele andere nach ihm verzehrt haben… und dass er sie nicht einmal angesehen hat.»

«Was willst du machen, meine liebe Rosemonde, wie heißt es so schön bei Molière: ‹Die Welt, liebe Agnès, ist ein seltsam Ding.› Jedenfalls: Das ist der Augenblick, als Albert anfängt, hie und da auf seinem Land ein paar Cannabispflanzen zu säen, denn das Loch, das er in sein Bankkonto gerissen hat, das kann er nur schwer stopfen. Da sind die fälligen Zahlungen beim Crédit Agricole. Der Lavendel verkauft sich schlecht, das Landwirtschaftsministerium hat gerade noch einmal zweihundert Tonnen vom Markt genommen... Der Honig ist schwarz, weil die Bienen zu viel auf den Eichenblüten gesammelt haben, die Marseiller weisen den zurück. Und dabei verfolgt ihn der Gedanke an Francine immer mehr, nimmt ihn immer mehr gefangen. Im Grunde ist das fast die Geschichte von Pygmalion, dem Griechen, der auf Teufel komm raus eine Statue beleben wollte.»

«Ich verstehe», sagte Rosemonde.

«Er träumt nur noch von einem nächsten Mal. Er fängt an, im Pferdetoto und im Lotto zu spielen. Er sagt sich: ‹Du wirst sehen, das nächste Mal klappt's. Es muss einfach klappen.›»

«Woher wissen Sie, dass er sich das sagt?»

«Meine liebe Rosemonde», sagte er und fuhr mit der Zunge über das Zigarettenpapier, «es gibt nicht einen Mann von hundert, der sich das nicht eines Tages wegen einer Frau gesagt hat... Also, er greift vor. Er hebt noch einmal sechzigtausend Franc von seinem Konto ab, drei Monate vor einer fälligen Zahlung, für die er sie in Reserve hielt, und er eilt nach Marseille, um den Ring zu kaufen!»

«So eine Schlampe!», stöhnte Rosemonde.

«Im Mai treffen sich die beiden wieder in der Rue Sylvabelle, zum dritten und letzten Mal. Mit demselben negativen Ergebnis, wissenschaftlich ausgedrückt. Ich weiß nicht, ob dir klar ist, dass sich Albert in der Zeit buchstäblich ruiniert hat. Zum ersten Mal in seinem Leben muss er eine Hypothek auf seinen Besitz aufnehmen. Die Trüffelsaison ist katastrophal gewesen, und Francine ist nun in seinem Kopf wie ein wachsendes Krebsgeschwür.»

«Eine schöne Schlampe!», wiederholte Rosemonde.

«Da wird Albert, der den Algerienkrieg mitgemacht hat, von meinem Freund Brèdes zum Veteranenempfang eingeladen. Alle haben ganz schön getrunken, sind etwas angeheitert; das Wetter ist nicht schön, man weiß nicht so recht, was man tun soll. Man irrt von einem Raum in den andern. Jemand bemerkt ein Buch auf dem Lesepult, blättert es durch... Ich nehme an, dass Brèdes das gesehen hat. Er tritt näher. Ich nehme an, dass er ihnen gesagt hat... Ich meine ihn zu hören», sagte er melancholisch, «lässig, ein bisschen Grandseigneur, jetzt kann man es ja sagen, wo er tot ist... ‹So, so, Sie schauen sich dieses Buch an. Ach ja, da ist zufällig etwas, was interessant für Trüffelsucher ist! Warten Sie mal! Das ist sehr amüsant! Ich lese es Ihnen vor.› Und er las ihnen folgende Stelle vor ...»

Er zog den schmutzigen braunen Band aus seiner Tasche.

«Ich werde es dir auch übersetzen, denn es ist in Altfranzösisch ...»

Er schlug das Buch auf.

«Rezept, um Trüffeln in Hülle und Fülle zu ernten, indem man die Trüffelhaine mit Menschenblut bespritzt.»

«Wie entsetzlich!», rief Rosemonde.

«Nur wenn Ihr», fuhr Laviolette unbeirrt fort, «über einige Schoppen frischen Menschenblutes verfügt und es über die Trüffelhaine verteilt, werdet Ihr Euch der wunderbarsten Ernte erfreuen, die jemals ward. Die Mönche von Yeusefilt berichten es in ihrer Chronik. In jener Zeit wurde ein großer Teil der Bauern von den Grafen umzingelt in den besagten Trüffelhainen von Yeusefilt, und es geschah ein so wunderbares Gemetzel, dass die Mönche, die jene begruben, bei ihrer Fronarbeit im Blut versanken, das die Erde durchtränkte wie nach einem Platzregen. Und es verging ein Jahr und brachte üppigste und segensreichste Trüffelernte, die man jemals sah. Die Grafen von Taillerang, die damals im Périgord ärmlich lebten, gewöhnten sich an, bei jeder Gelegenheit solch ein Gemetzel von Bauern in ihren Trüffelhainen zu veranstalten, und sie fuhren gut damit.»

«Mein Gott!», stöhnte Rosemonde. «Das kann nicht sein! So verrückt war er doch nicht!»

«Warte! Ich erspare dir zwei Seiten Schauerlichkeiten, über die sich derjenige, der das Rezept ausprobieren will, Gedanken machen muss...»

Er las weiter:

«Aber der Betreffende muss sich stets davor hüten, dass er sich, wenn er dies tut, mit dem Schwarzen Engel einlässt, und muss sich während seines Werkes durch irgendeine geeignete List vor diesem schützen...»

Laviolette ergriff neben sich ein sorgfältig verpacktes, nummeriertes Paket. «Beweisstück Nr. 12.» Er zog vorsichtig ein Ding heraus, das leicht war wie eine Libelle und das er vor Rosemonde entfaltete und auf seiner

Faust tanzen ließ wie eine Marionette. Es waren der schwarze Strohhut und sein düsterer, gepunkteter Schleier.

«Mein Gott!», seufzte Rosemonde. «Das ist der Mourrail der Uillaoude! Meine arme Mutter, die sich ihr anvertraut, die ihr vertraut hatte! Dreißig Jahre später lässt mir das noch das Blut gefrieren!»

«Da ist sie, die ‹geeignete List›! Damit schützte er sich vor dem Teufel, während er seine Trüffelhaine mit dem Blut seiner Opfer begoss! Wir hatten Mühe, ihn bei ihm zu Hause zu finden: Er hatte ihn an die Brunnenkette gehängt. Auf halbem Wege zwischen dem Rand und dem Wasser zwanzig Meter tiefer. Zusammen mit dem Messer... Alyre hat mir inzwischen erzählt, dass er ihn gesehen hatte, diesen Mourrail, am Abend, als seine Sau attackiert worden ist. Sie muss den Albert mitten in der Arbeit überrascht haben... Angesichts dieser hundertachtzig Kilo, die sich in der Dunkelheit auf ihn stürzten, hat er wohl nur noch Zeit gehabt, alles fallen zu lassen und sich mit Steinwürfen zu verteidigen. Wenn Alyre mir das eher gesagt hätte...»

«Mein Gott!», stöhnte Rosemonde. «Wie kann es das noch geben im Kopf eines Menschen, solche entsetzlichen Dinge?»

«Wenn einem eine fixe Idee die Gedanken verhext, ist alles möglich! Der gute Albert hat Brèdes' Lektüre wie alle anderen lachend gelauscht, aber er ist nicht der Hellste und außerdem, vergiss das nicht, ist er einer der Neffen der Uillaoude. Er hat von Kindheit an die Milch des Übersinnlichen gesaugt und dazu das sibyllinischen Patois gehört. Er trägt Krawatten, hat ein Auto, ist ein Frauenheld, aber unter seiner Haut ist er verschroben wie eine Alraune! Kurz und gut. Er klaut das Buch. Vielleicht, um daraus irgendein anderes Rezept zu schöpfen. Und währenddessen, vergiss das nicht, währenddessen wächst seine Hippie-Kundschaft für den Hanf. Das Geschäft läuft! Wer würde den Albert Pipeau in den einsamen Gründen von Banon verdächtigen? Sie kommen abends. Sie rauchen. Sie trinken ein bisschen. Sie lümmeln sich. Sie dösen. Albert liest noch einmal die schicksalhafte Stelle. Bald kann er sie auswendig. Er erinnert sich auch daran, dass man in der Familie von Generation zu Generation Schweineschlachter ist. Da ist noch an den Balken im Stall der große, an einem Eisenträger hängende Schweinehaken, der dazu diente, das Schwein hochzuwuchten, bevor ihm der Bauch aufgeschlitzt wurde. Er schaut auch den riesigen Schlüssel des Calvinistengrabes an, der am Nagel vom Postkalender hängt. Jedes Jahr wirft man den alten Kalender weg und hängt automatisch den Schlüssel über den neuen. Wer weiß, seit wann? Seit Generationen hängt er da. Kein Mensch weiß, warum er da ist. ‹Üppigste Trüffelernte, die man jemals sah›, sagt sich Albert auf. Es fehlt ihm eine Million, um Francine eine Diamantbrosche zu schenken... Wer weiß? Ob mit einer außergewöhnlichen Trüffelernte...? Und die ungeheure Idee wächst in seinem Geist: Und wenn ich es versuchen würde? Und eines Abends ...»

«Ich bitte Sie ...», ächzte Rosemonde und verhüllte sich das Gesicht.

«Ich mach's kurz, um deine Empfindsamkeit zu schonen... Aber ich sehe ihn, ich sehe ihn vor mir, wie er mit seinem klapprigen 4 CV nachts herumkutschiert, die Leiche unter einem Sack versteckt auf dem Rücksitz, um sie in der Calvinistengrabstätte zu deponieren; und den Eimer voll mit Blut, in das er Sand gemischt hat, neben sich, um es dann unter den Trüffelbäumen zu verteilen. Das ist absolut stichhaltig: Die Untersuchungen der Proben haben ergeben, dass unter sieben verschiedenen Bäumen größere Spuren menschlichen Blutes vorhanden waren; eine entsprach sogar eindeutig der Blutgruppe eines Opfers. Und vielleicht hätte Albert die vierte Nacht mit Francine erlebt, wenn er sich in der Nacht des Verkehrsunfalls nicht wie ein Anfänger auf dem Platz in Banon hätte erwischen lassen. Vielleicht auch, wenn unter all diesen letztendlich poetischen Verbrechen nicht ein echtes begangen worden wäre, ein mieses, eines, zu dem es ein vollkommen einleuchtendes Motiv gibt. Ein total anständiges, wie es die Öffentlichkeit liebt: ein Verbrechen, bei dem es um Geld geht. Wie hat Claire Piochet Albert kennen gelernt? Sie redet nicht. Das Belastungsmaterial gegen sie ist dürftig. Trotzdem glaube ich, dass die Staatsanwaltschaft sie zur Strecke bringen wird. Zweimal innerhalb der vergangenen sechs Monate findet man in Banon ihre Spur; sie muss ihrem Bruder gefolgt sein, versucht haben, ihm zuzureden, sie muss ihn angefleht haben, wieder nach Hause zu kommen.»

«Warum, was hatte er vor?»

«Jérémie Piochet ist an folgendem Gesetzesartikel gestorben: ‹In einer Eigentümergemeinschaft kann der Miterbe über seinen Anteil am gesamten Nachlass unabhängig von den anderen Erben verfügen.› Seine Mutter ist vor sechs Monaten verstorben. Sie hinterlässt eine Fabrik für Kunststoff im Departement Ain, die zwanzig

Millionen – neue Franc – wert ist. Jérémie Piochet hat jedoch nichts am Hut mit dieser Fabrik und dieser Firma. Er zieht gern duch die Welt, er mag Freunde, Freiheit, große Ideen, zahlreiche Mädchen. Aber, das wird die Obduktion beweisen, er raucht kein Hasch. Er wollte, so hat uns der Notar der Familie mitgeteilt, seinen Anteil am Erbe irgendwelchen Kommunen schenken. Nun ist da aber die Fabrik, die zwanzig Millionen wert ist. Ein Konzern ist interessiert; Jérémie will verkaufen. Jérémie kann über seinen Anteil verfügen. Claire, die Chemieingenieurin ist, hat ihr Leben in die Fabrik investiert. Das Leben, das Jérémie führt, ist eine Bedrohung für seine Schwester, denn sie hat nicht genug Geld, um ihm seinen Anteil abzukaufen. Wann, wie hat sie ihn getötet? War es aus Wut? War es vorsätzlich? Jedenfalls hat sie Albert getötet, damit er nicht reden kann, also kennen sie sich, also stecken sie unter einer Decke. Ich behaupte, dass Albert vielleicht davongekommen wäre. Dass er mit dem Tränken seiner Trüffelbäume noch lange hätte weitermachen können. Wäre da nicht Jérémies Hund gewesen! Der Dackel, der immer bei ihm war, der seine Schwester nicht kannte und den sie wahrscheinlich nach dem Mord verloren hat. Der Dackel sucht sein Herrchen. Der Dackel findet die Calvinistengrabstätte, um die sich niemand gekümmert hat, wegen des dichten Wäldchens, das es seit so langer Zeit verbirgt, dass sich niemand mehr daran erinnert. Gibt es einen schöneren Ort, frage ich dich, als eine Grabstätte, um Leichen zu verstecken? Wer hätte an eine Grabstätte gedacht? Niemand! Außer der unvergleichlichen Roseline, die schon lange vor diesem Lorbeerwäldchen murrt. Diese Roseline… Ich werde mich neben ihr fotografieren lassen, bevor ich fahre... Sie ist die wahre Spürnase bei diesem Fall.»

Nach einer Pause fuhr er fort:

«Claire hat vier Fehler begangen: Der Hund hätte beseitigt werden müssen, und Jérémie hätte mit derselben Waffe getötet werden müssen, die Albert benutzte, und auf die gleiche Weise. Die Tatsache, dass sie das verpasst hat, spricht für sie: Der Mord war vermutlich nicht vorsätzlich, und wahrscheinlich kannte sie Alberts Methoden nicht, also war sie bei den anderen Morden nicht seine Komplizin. Zweitens lag die Leiche nicht mit den andern in einer Reihe. Sie lag nicht in der chronologischen Reihenfolge, einer Ordnung, die Albert bis dahin – aus welchem Grund? – sorgfältig eingehalten hatte. Drittens hätte die Tatwaffe beseitigt werden müssen. Wir haben sie im Kofferraum des Mercedes gefunden. Es war tatsächlich ein Engländer. Claire hatte ihn sehr gewissenhaft gereinigt und abgewaschen. Aber das Elektronenmikroskop, das ist wie das schlechte Gewissen von Lady Macbeth: Damit kommt alles wieder an die Oberfläche. Mit seiner Hilfe haben wir auch Claires vierten Fehler aufgedeckt. In der Mordnacht ist sie mit ihrem Mantel an den Silberdisteln hängen geblieben, mit denen der Garten der Grabstätte gespickt ist. Sie hat dort – oh, Rosemonde... hauchdünn wie eine Spinnwebe – einen Fitzel Stoff hinterlassen, der identisch ist mit dem Stoff des Mantels, den wir bei der Durchsuchung in ihrem Zimmer beschlagnahmt haben. Und diesen Mantel da, Rosemonde, den tragen in ganz Frankreich derzeit nur hundert Personen – wir haben sie gezählt –, und keine dieser Personen konnte sich zu dem Zeitpunkt, als Jérémie Piochet dorthin geschafft worden ist, in der Calvinistengrabstätte befunden haben. So, das war's!»

Er seufzte tief und sagte:

«Und was mich betrifft, meine liebe Rosemonde, ich sollte bei der Polizei kündigen, denn dass mein Freund Brèdes tot ist, das ist meine Schuld...»

«Wie, Ihre Schuld?»

«Ja doch. Weil ich am Morgen des Tages, als ich beim Marquis zum Mittagessen war, über den Platz gekommen bin, wo Boule gespielt wurde, und Alyre Morelon hatte Roseline mitgebracht, und Roseline schrie Zeter und Mordio, und weißt du, vor wem sie das getan und dabei mit aller Kraft an ihrer Leine gezogen hat? Vor Albert Pipeau! Ich sehe ihn noch vor mir! Ich habe ihm die Hand gedrückt, und in seinem Blick stand das pure Entsetzen! Verstehst du, Rosemonde, Albert stammt aus einer Familie, in der sie von Generation zu Generation Schweineschlachter sind. Und wenn der Schlachter kommt, dann muss man ihn vor den Schweinen verbergen! Deshalb, weil sie einen sah, schrie Roseline Zeter und Mordio! Da hätte es bei mir läuten müssen, als ich später wieder darüber nachgedacht habe...»

Er stand auf. Er hatte ihr so ziemlich alles gesagt. Der arme Mambo saß auf der Bank und wartete ergeben, dass man über sein Schicksal entschied.

«Und was machen Sie mit ihm?», fragte Rosemonde.

«Ach, ich habe so eine Art Hundeheim in Piégut, wo schon acht sind. Ein pensionierter Jagdhüter kümmert sich um sie. Er wird da nicht unglücklich sein.»

«Lassen Sie ihn mir zur Erinnerung», sagte Rosemonde.

«Warum zur Erinnerung? Man hat auch manchmal

Urlaub bei der Polizei… Und in Banon habe ich kein Aufenthaltsverbot.»

«Bei mir jedenfalls nicht… Oh, ich bin ganz durcheinander von dieser Geschichte. Glauben Sie wirklich, dass Albert deshalb so viele umgebracht hat? Glauben Sie, er war dermaßen verrückt, dass er an diesen Unsinn aus Hexenbüchern geglaubt hat?»

«Warum denn sonst?»

«Aus Einsamkeit», sagte Rosemonde.

Mehr bekam er nicht aus ihr heraus.

Auf dem letzten Markt im Dezember, am Tag vor Neujahr, tauchte plötzlich die Uillaoude beim Aufkäufer auf, beladen mit zwei Körben Trüffeln, während die anderen sich mit einem Kilo pro Tag zufrieden geben mussten. Der Kreis um den Mann erweiterte sich wie von Zauberhand.

«Sind das die von Ihrem Neffen, Uillaoude?»

«Was glaubst du? Dass ich die verkommen lasse? Dieser Besitz steht mir zu, ich habe eine Hypothek drauf – und es sind mehr, als ein Kaplan segnen würde!»

«Bringen Sie die doch lieber nach Apt, wenn's recht ist, ja!»

Sie zuckte die Schultern:

«Ich tu's ja nur dir zu Gefallen! Ich hole acht Kilo pro Tag raus! Alles Dinger mit achtzig bis hundert Gramm und prall wie die Faust! Trüffeln für arabische Scheichs! Und riech mal dran! Schnupper mal dieses Aroma!»

Aber der Aufkäufer wich entsetzt zurück, als ob die Uillaoude ihn dazu zwingen wollte, die Trüffeln zu essen. Er fletschte die Goldzähne.

«Ah! Herrje», sagte sie mitleidig. «Ich werde meinen

Beruf wieder aufnehmen! Weil ihr offenbar nach wie vor glaubt, ihr seid verhext. Wenn ich daran denke, dass große Jungs wie du an diese Geschichte glauben können!»

«Aber die Polizei ...»

«Die Polizei! Glaubst du denn vielleicht an die Polizei? Ich werd dir mal was sagen: Diese Verbrechen, das ist noch so 'n Schachzug vom CIA! Und mein Neffe, der arme Kerl, den haben sie umgebracht, damit er nicht redet!»

Diese Version der Tatsachen war es dann schließlich, die sich in Banon durchsetzte.

Der Schäfer fing im Pendel der Wanduhr sein letztes Gespenst des Abends und verfolgte es bis zum Abfluss der Spüle: hopp!

«Ich werde euch verlassen», verkündete er, «aber ich komme wieder... Nach reiflicher Überlegung werde ich mein Jurastudium nun doch zu Ende bringen. Und dann kaufe ich die Kanzlei von Maître Lagardère in Banon, der nicht mehr der Jüngste ist. Ich werde Notar wie mein Vater, weil die freien Berufe, im Endeffekt...»

Francine, die das Geschirr in den Küchenschrank räumte, vergaß vor Verblüffung, die Arme wieder zu senken. Zum Schäfer gewandt, versuchte sie, ihn sich zurechtgemacht vorzustellen: mit einer Designerkrawatte, einem Siegelring, gepflegten Fingernägeln und gestutzten Haaren.

«Aha?», sagte Alyre.

Er fühlte sich unwohl. Etwas fehlte ihm. Seine Frau mit ihrem nackten Hals ohne Perlenkette, ihr nackter Arm ohne Armband, ihre nackten Finger nur mit einem schäbigen goldenen Ehering, seine Frau erschien ihm armselig, und das schnürte ihm das Herz zusammen.

Als der Schäfer den Raum verlassen hatte, fragte er:

«Sag mal, Francine... Im Grunde, diese dreihunderttausend Franc, die wir auf der Sparkasse haben oder in Schatzanweisungen... Und die paar Louisdors, die in einem Beutel unter Roselines Futtertrog hängen... Was meinst du? Wenn wir die in Schmuck umwandeln würden? Im Grunde... Diamanten sind ja beständig... Die gewinnen an Wert... Und falls mal 'ne Revolution kommt...»

Francine drehte sich abrupt zu ihm hin. Sie weinte.

«Soll ich dir mal was sagen, Alyre? Ich liebe dich!»

Er wandte sich ab. Er ging auf den Hof hinaus. Er steuerte auf Roselines Koben zu, wo die Sau leise grunzend seinen Gutenachtgruß erwartete.

Er war glücklich wie ein Jüngling vor der ersten Liebesnacht.

Pierre Lagrange

Eiskalte Provence

Ein neuer Fall für Albin Leclerc

Winter in der Provence – stille Zeit, mörderische Zeit

Die Vorbereitungen für das Weihnachtsfest im Hause Leclerc laufen auf Hochtouren: überall duftet es nach französischen Köstlichkeiten und alles ist weihnachtlich geschmückt. Doch Albin ist alles andere als in Weihnachtsstimmung. Da kommt ihm die Anfrage der örtlichen Polizei gerade recht. Die Kollegen sind vor Weihnachten so überlastet, dass sie Albins Hilfe dieses Mal wirklich gebrauchen können. Denn in einer kleinen Hütte wurde eine junge Frau tot aufgefunden – eingehüllt in ein Brautkleid. Die Spuren führen den Ex-Commissaire zu einer Sekte, die Schreckliches plant ...

368 Seiten, Klappenbroschur

Pierre Lagrange

Düstere Provence

Ein neuer Fall für Albin Leclerc

Eine Mordserie erschüttert die Provence. Drei Männer sind bereits tot: ein Bankier, ein Priester und ein Restaurant-Besitzer. Sie alle haben vor 25 Jahren gegen Louis Rey ausgesagt. Jetzt kommt der ehemalige Gangsterboss aus dem Gefängnis. Und er rächt sich. Als Albin Leclerc die Ermittlungen aufnimmt, glaubt er noch, dass seine privaten Probleme seine einzigen wären. Doch schon bald wird es ernst für den Commissaire. Denn er ist der vierte Mann, den der Gangster beseitigen will …

Der fünfte Fall für Commissaire Leclerc in der Provence

416 Seiten, Klappenbroschur